O ENIGMA DO CHIFRE

O ENIGMA DO CHIFRE

LOU ANDERS

Tradução
Jacqueline Damásio Valpassos

Título do original: *Nightborn* (*Thrones&Bones*).
Copyright © 2015 Lou Anders.
Copyright da arte da capa e das ilustrações de dentro do livro © 2015 Justin Gerard
Copyright dos mapas © 2015 Lou Anders
Copyright das regras do jogo de tabuleiro Aurigas © 2015 Lou Anders
Copyright da edição brasileira © 2017 Editora Pensamento-Cultrix Ltda.
Publicado mediante acordo com o autor através da Baror International, Inc. Armonk, New York, U.S.A.
Texto de acordo com as novas regras ortográficas da língua portuguesa.
1ª edição 2017.
Todos os direitos reservados. Nenhuma parte desta obra pode ser reproduzida ou usada de qualquer forma ou por qualquer meio, eletrônico ou mecânico, inclusive fotocópias, gravações ou sistema de armazenamento em banco de dados, sem permissão por escrito, exceto nos casos de trechos curtos citados em resenhas críticas ou artigos de revistas.

A Editora Jangada não se responsabiliza por eventuais mudanças ocorridas nos endereços convencionais ou eletrônicos citados neste livro.

Esta é uma obra de ficção. Todos os personagens, organizações e acontecimentos retratados neste romance são produtos da imaginação do autor e usados de modo fictício.

Editor: Adilson Silva Ramachandra
Editora de texto: Denise de Carvalho Rocha
Gerente editorial: Roseli de S. Ferraz
Produção editorial: Indiara Faria Kayo
Editoração eletrônica: Join Bureau
Revisão: Vivian Miwa Matsushita

Dados Internacionais de Catalogação na Publicação (CIP)
(Câmara Brasileira do Livro, SP, Brasil)

Anders, Lou
    O enigma do chifre / Lou Anders; tradução Jacqueline Damásio Valpassos. – São Paulo: Jangada, 2017. – (Tronos & ossos)

    Título original: Thrones & bones : nightborn.
    ISBN: 978-85-5539-083-8

    1. Ficção – Literatura juvenil I. Título. II. Série.

17-03152   CDD-028.5

Índices para catálogo sistemático:
1. Ficção : Literatura juvenil   028.5

Jangada é um selo editorial da Pensamento-Cultrix Ltda.

Direitos de tradução para o Brasil adquiridos com exclusividade pela
EDITORA PENSAMENTO-CULTRIX LTDA., que se reserva a
propriedade literária desta tradução.
Rua Dr. Mário Vicente, 368 — 04270-000 — São Paulo, SP
Fone: (11) 2066-9000 — Fax: (11) 2066-9008
http://www.editorajangada.com.br
E-mail: atendimento@editorajangada.com.br
Foi feito o depósito legal.

Para Xin

A Cidade de Castelurze

1. Grave Hill
2. Estalagem Stane Dorminhoco
3. Mercado do Portão Oeste
4. Salgueiros Ventosos
5. Bairro Abastado
6. Residência de Leflin Raiz Verde
7. Folias do Fosco
8. Bairro Religioso
9. Santuário dos Cinco Ancestrais Sagrados
10. Memorial Jornel Thocker
11. Fortaleza
12. Pescador Preguiçoso
13. Torre Abandonada do Necromante
14. Favelas
15. Antigo Mercado
16. Antigo Coliseu
17. Quartel
18. O Lobisomem Pescador
19. Cervejaria e Taberna de Potto Pertfingers
20. Moinho
21. Serraria

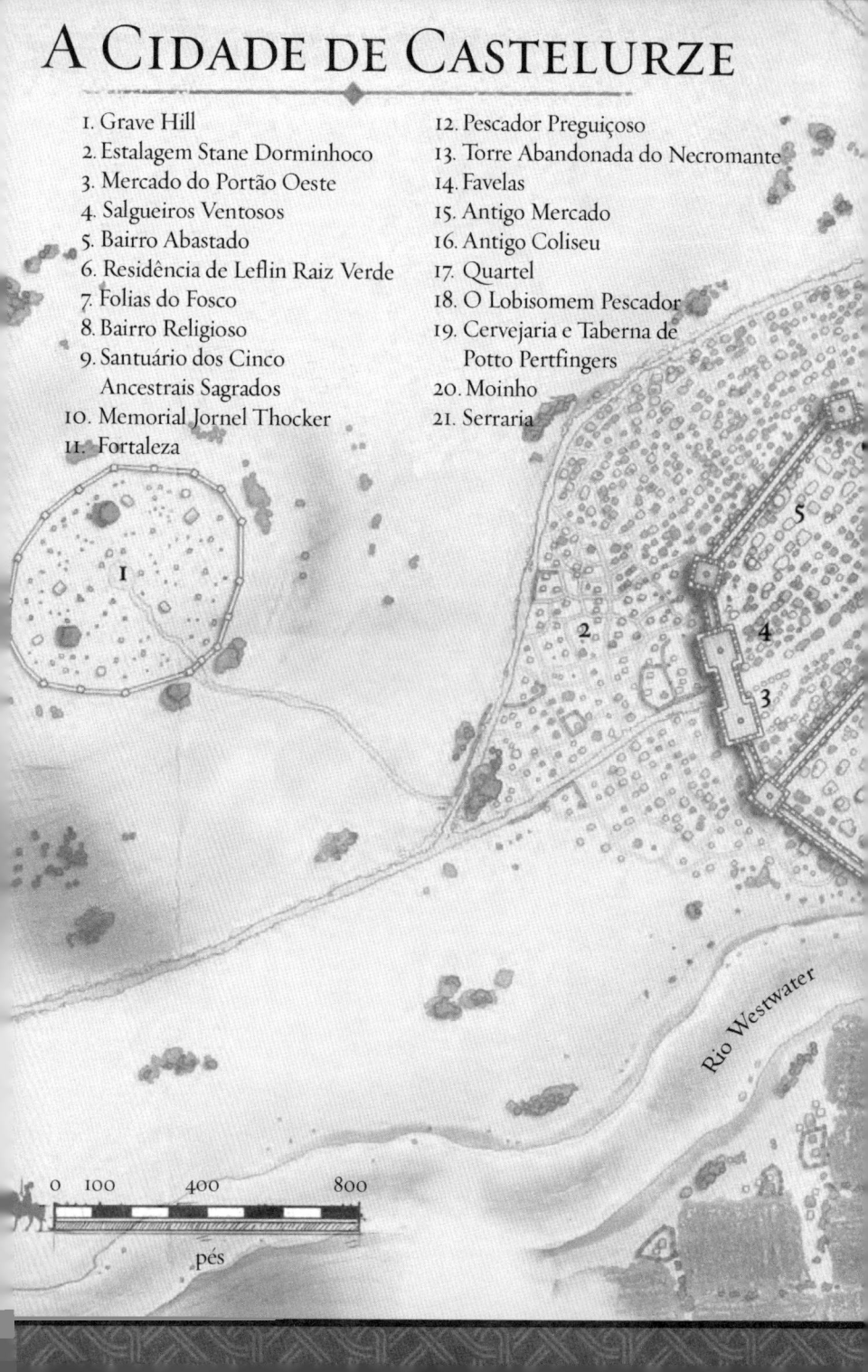

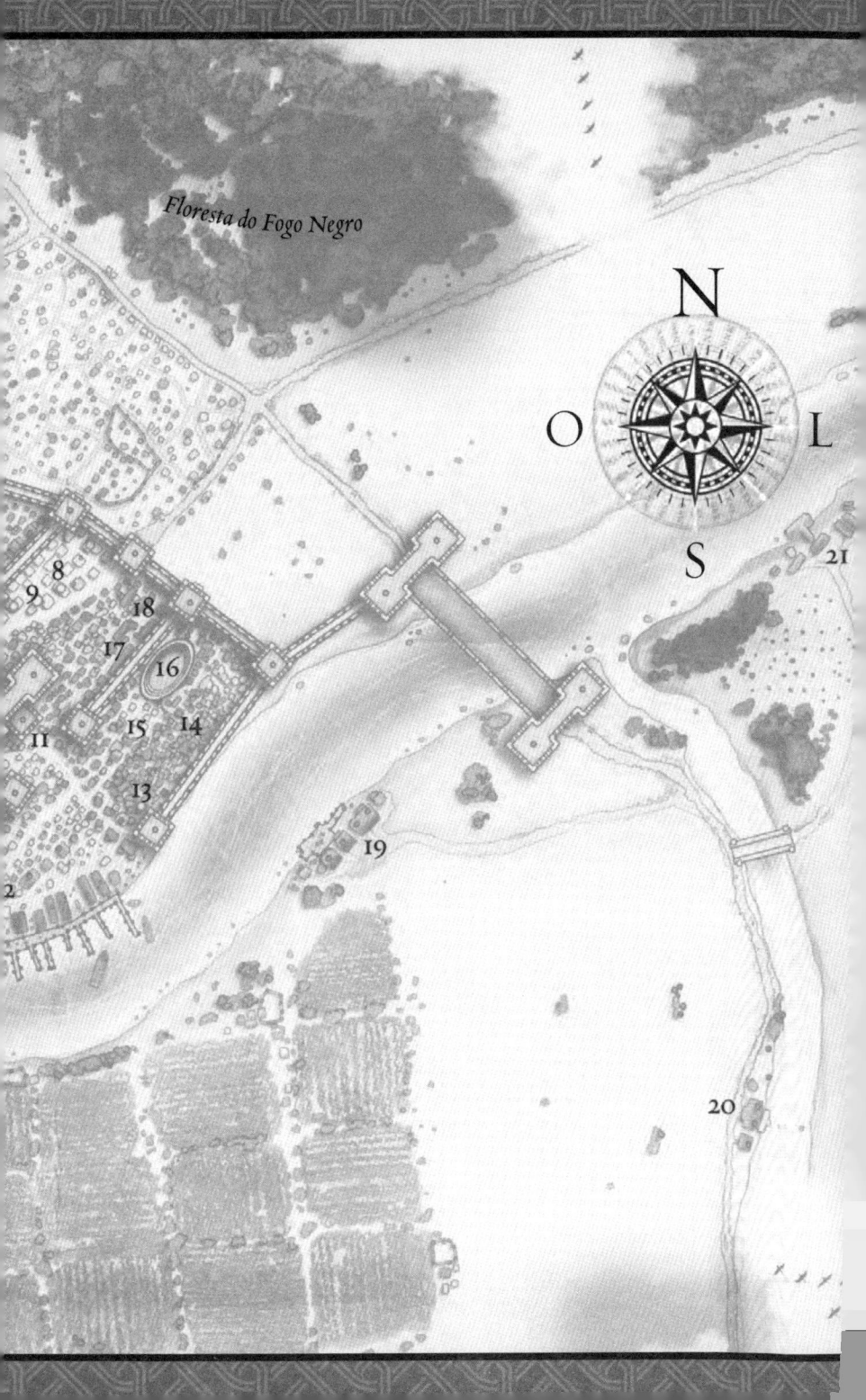

SUMÁRIO

CAPÍTULO UM: Jogos perigosos 15
CAPÍTULO DOIS: Segunda chance 27
CAPÍTULO TRÊS: Os feitos dos heróis 47
CAPÍTULO QUATRO: Um bárbaro no portão 57
CAPÍTULO CINCO: Situações delicadas 83
CAPÍTULO SEIS: Raiz do problema 99
CAPÍTULO SETE: A filha do gigante de gelo 111
CAPÍTULO OITO: Segredo sepulcral 119
CAPÍTULO NOVE: A Ordem do Carvalho 135
CAPÍTULO DEZ: Acusações 145
CAPÍTULO ONZE: Juntos novamente 159
CAPÍTULO DOZE: Vem cá, gatinho 173
CAPÍTULO TREZE: O voo noite adentro 187
CAPÍTULO CATORZE: Rompendo as barreiras 201
CAPÍTULO QUINZE: Cidade sitiada 217
CAPÍTULO DEZESSEIS: A pesca das pistas 231
CAPÍTULO DEZESSETE: Na parada 247
CAPÍTULO DEZOITO: Um dia nas corridas 259
CAPÍTULO DEZENOVE: O Palácio Submerso 279
CAPÍTULO VINTE: Nas sombras da dúvida 293

CAPÍTULO VINTE E UM: O Rei de Mármore 301

CAPÍTULO VINTE E DOIS: A queda de Gordasha 313

CAPÍTULO VINTE E TRÊS: Um império sem correntes 325

GLOSSÁRIO 339

O enigma do chifre que não emite som 349

"Quando você é usquiriano" 351

Regras de Aurigas™ 355

Breve história do continente de Katérnia 363

Linha do tempo dos impérios 367

Agradecimentos 371

O ENIGMA DO CHIFRE

CAPÍTULO UM

Jogos perigosos

Não havia nada de mais aterrorizante do que o mundo exterior. Pequena e rápida, Desstra disparava de sombra em sombra sob a luz das luas. Seus companheiros rastejavam silenciosamente por entre as árvores de ambos os lados. Sentia-se exposta ao ar livre. Muito vulnerável sem as toneladas de rochas por sobre sua cabeça. Mas o céu noturno pouco familiar a ela a entusiasmava, e a perspectiva de vitória a mantinha focada. Eles poderiam vencer essa.

Desstra sentiu uma pressão contra a perna e parou de imediato. O fio estava completamente esticado contra a sua canela. Bastaria só mais um pouquinho de força para arrebentá-lo.

Ela se ajoelhou com cuidado. Prendeu o fio quase imperceptível entre o polegar e o indicador, segurando-o no lugar enquanto afastava a perna. Seu olhar seguiu o fio até um galho de árvore vergado. Um pequeno amontoado de bolsas de ovos de aranha se equilibrava no ramo. As bolsas tinham o tamanho e a forma de uma fruta podre. Mas nem sinal de filhotes de aranha por ali. O mais provável é que os invólucros estivessem cheios de veneno, ácido, gás ou outra coisa igualmente desagradável. Arrebentar o fio iria arremessá-los bem na sua direção. Era uma armadilha tosca, construída às pressas. As que ela tinha plantado mostravam mais refinamento. Mais difíceis de detectar, mais difíceis de desarmar.

— Por que a demora? — rosnou uma voz à sua direita: Tanthal. De todos os elfos negros que viviam nas cavernas de Sombras Profundas, era dele, com toda certeza, que ela menos gostava. Seria possível que o elfo não estava vendo que por pouco ela não caíra numa armadilha? Provavelmente vira sim e não se importava. Tanthal sempre a criticava. Era sarcástico e tinha um ar de superioridade. Ela odiava o fato de serem companheiros de equipe, mesmo ele sendo um dos dois melhores alunos da escola.

Tanthal veio até ela exibindo um sorrisinho de menosprezo em seu rosto pálido. Ela fez um gesto, indicando o fio disparador.

— Estamos com um pouquinho de pressa — disse ele.

— Bondade sua apontar o óbvio.

— Se você já terminou de desperdiçar tempo aqui...

— Que tal você cuidar da sua vida? — Desstra revidou, mas aí sentiu suas orelhas pontudas se contraírem instintivamente. Tanthal percebeu e parou de falar. Ele podia ser arrogante, mas estava longe de ser idiota. A floresta de Wyrdwood guardava perigos maiores do que a rivalidade entre colegas de escola.

Lá estava... havia uma sombra na árvore em frente a eles.

O braço direito de Desstra lançou-se para a frente ao mesmo tempo que o esquerdo empurrou Tanthal com toda a força para o lado. Ele rolou graciosamente e se pôs de pé. Então, sua boca se abriu de surpresa quando viu o dardo enterrado no chão, bem no lugar onde estava antes.

Ouviu-se um gemido de dor e em seguida um elfo negro desabou pesadamente da folhagem. Um dos pequenos dardos de Desstra reluzia espetado no pescoço do elfo, que caíra de cara no chão.

— Ele está...? — Tanthal começou a perguntar.

— Paralisado — Desstra respondeu. — Cicuta diluída. Vai ficar bem em poucas horas, quando o organismo eliminar o veneno.

Parecia que Tanthal estava prestes a chutar o infeliz elfo. Ela o empurrou para o lado e virou o adversário abatido de costas, para que não sufocasse com a neve do final de inverno.

— Você é boazinha demais — disse Tanthal. — Deixa ele pra lá. Temos um jogo para ganhar.

O elfo passou por cima do oponente caído. Desstra cerrou os dentes e o seguiu. Tanthal estava certo em ambas as acusações. Um veneno mais forte estaria dentro das regras. E as apostas eram altas demais para não jogar para ganhar.

Aquela noite era o exame final, o auge de dois anos de treinamento. As turmas tinham sido enviadas para a floresta de Wyrdwood e seriam rivais numa competição para testar todas as suas habilidades: dissimulação, sabotagem, velocidade, combate, estratégia. E a capacidade de operar na superfície. Só a equipe vencedora iria se formar e se juntar aos membros da elite da Ardil, a ordem secreta que protegia o povo das Sombras Profundas e era seus olhos e ouvidos no mundo da superfície. Era a maior das honras, algo que não se conquistava a troco de nada.

Desstra, Tanthal e uma elfa chamada Velsa eram tudo o que restava da sua equipe. Ao se aproximarem do acampamento inimigo, eles diminuíram a marcha. Desstra colou-se ao tronco de uma árvore e espiou através de seus galhos. Viu a bandeira negra que tremulava no alto de uma lança fincada no solo de uma clareira. Não havia ninguém por perto. Bem, ninguém que ela conseguisse ver. Devia haver guardas escondidos nas proximidades, e armadilhas e outros perigos espalhados por toda a área.

Ela chamou a atenção de Tanthal e depois apontou para cima e subiu pelos galhos. Quando alcançou uma altura suficiente, deslizou devagar para a ponta de um ramo. Equilibrando-se sobre os calcanhares, buscou em sua bolsa um carretel de seda de aranha. O fio era surpreendentemente fino, mas forte como aço. Suas luvas especialmente tratadas permitiam que manipulasse a teia sem que grudasse em seus dedos. Ela deixou um pouco de fio desprender-se do carretel, balançando-o no nível da bandeira. O vento apanhou o fio e levou-o em direção ao seu alvo. Quando o fio encostou na bandeira, aderiu imediatamente.

Desstra esperou enquanto seus companheiros de equipe preparavam suas armas. Então, deu um puxão rápido no fio de teia de aranha, arrancando a bandeira do solo com lança e tudo. Pegou-a com uma das mãos e depois saltou da árvore. Em torno dela, três duendes rivais deixaram seus esconderijos. Hora de correr.

A clava de Tanthal colidiu com o crânio de um oponente. O estudante caiu estatelado e não se mexeu mais. Mas outro elfo apareceu bem na frente de Desstra, de braços abertos e um punhal afiado em cada mão. Seu sorriso dizia quanto ele achava fácil dominá-la.

Desstra fincou a lança na neve, usando-a para catapultar-se. Enquanto sobrevoava o surpreso elfo, ela deixou algo cair da sua mochila. A bolsa de ovos partiu-se aos pés do oponente, espirrando nele uma pegajosa pasta de fungos. A pasta espalhou-se rapidamente, transformando-se numa desagradável espuma amarela que iria prendê-lo no lugar até que se dissolvesse.

Desstra permitiu-se um momento de orgulho. O objetivo agora era levar a bandeira roubada de volta ao seu próprio acampamento. Sua colega Velsa lhe daria cobertura. Desstra carregaria o troféu. Tanthal se opusera a isso — queria essa honra para si mesmo —, mas era ela, sem dúvida, quem corria mais rápido em sua turma.

Infelizmente, o adversário remanescente era quase tão rápido quanto ela, e ultrapassou Velsa com facilidade. Desstra desviou-se de suas facas afiadas. Então, Velsa alcançou o elfo, agarrou-o, mas não conseguiu desacelerar o rival. Algo cortou o ar entre eles. A clava de Tanthal. Mas sem atingir ninguém. No que ele havia mirado mesmo?

O fio disparador estalou sob a força do golpe. O ramo vergado arremessou seu conjunto de bolsas de ovos. Tanto o oponente quanto Velsa foram engolfados por uma onda de gás asfixiante. Desabaram juntos, com as mãos na garganta e arquejando.

Por pouco Desstra não arremessou sua própria bolsa de ovos em Tanthal.

— Não fique aí parada, eu te salvei! — disse ele, inclinando-se para recuperar sua clava. — Temos que continuar.

Desstra hesitou, remexendo em sua mochila. Ela podia ter um antídoto para Velsa.

— Deixa ela aí — grunhiu Tanthal. — Ela prefere suportar a dor agora do que deixar de se formar graças à sua bondade sem sentido.

Agora eram só eles dois. Voltaram a correr.

— Você sacrificou um de nós! — Desstra jogou-lhe na cara, incapaz de esconder o choque na voz.

— Desde que nossa equipe vença, o que importa isso? — Tanthal respondeu. — Vamos todos nos formar. Velsa vai me agradecer depois. Eles todos vão.

Desstra não tinha tanta certeza. Embora fosse verdade que todos os membros da equipe vencedora estariam automaticamente formados, eles também seriam avaliados um a um. Sua posição na Ardil dependia disso. Ocorreu a Desstra que, ao eliminar um dos companheiros de equipe, Tanthal estava melhorando as próprias chances de obter uma posição mais elevada na hierarquia. Foi uma jogada impiedosa, mas não ilegal. Uma jogada que ajudou um pouco a equipe como um todo, mas beneficiou mais o próprio Tanthal.

Eles diminuíram o ritmo à medida que se aproximavam do seu acampamento. Desstra tinha montado todas as armadilhas ali pessoalmente. Uma série complexa de fios disparadores e espetos escondidos tornava a área quase intransponível para quem não conhecia o esquema. Para Desstra, firme em seus passos como era, ziguezaguear entre os obstáculos era moleza.

Mas havia um problema. Três estudantes rivais haviam se espalhado para bloquear a sua aproximação. Os próprios guardas do acampamento haviam sido abatidos, embora as armadilhas de Desstra ainda protegessem o lugar.

— Que chances você diria que eu tenho de me deixar carregá-la? — perguntou Tanthal, indicando a bandeira.

— Eu diria que bem poucas — Desstra respondeu. Ela estava desconfiada de seus motivos. Quando o elfo arrogante franziu a testa, ela disse: — Não pergunte se acha que não vai gostar da resposta.

— Precisamos passar por esses três. Me dá a lança. Vou tratar de chamar a atenção deles. Quando vierem atrás de mim, você vai poder passar entre as armadilhas. Quando estiver do outro lado, eu atiro a lança pra você. A menos que não consiga pegá-la.

— Eu consigo pegá-la — ela resmungou, embora não estivesse pronta para concordar com o plano.

— Bom, daí você pode correr com ela para a nossa base.

A estratégia fazia sentido. Mas parecia altruísta demais para vir de Tanthal. Entretanto, Desstra não conseguiu enxergar nenhuma falha nela e, por isso, passou a bandeira para o companheiro de equipe.

Tanthal saiu do seu esconderijo.

— Procurando por isso? — ele gritou, agitando a bandeira de um lado para o outro no ar.

Os três estudantes rivais convergiram para ele no mesmo instante.

Desstra passou bem longe deles e foi direto para o acampamento. Eles nem sequer olharam para ela, só tinham olhos para a bandeira. Se não a conseguissem recuperar, adeus formatura.

Desstra alcançou o primeiro fio disparador e saltou sobre ele.

— Desstra, pega aí! — foi o grito de Tanthal.

Mas não era isso o combinado. Ela não estava nem perto do outro lado do campo de armadilhas.

Ela se virou bem a tempo de ver a lança mergulhando em sua direção. Ela a agarrou por instinto, não entendendo a razão de Tanthal não ter seguido o plano. Todos os três elfos negros correram de imediato para ela. Foi então que ela percebeu o que Tanthal tinha feito. Ela estava com a lança. Apenas com a lança. Ele havia removido a bandeira negra.

Mas a outra equipe não sabia disso. Eles estavam indo direto para ela. Ela se virou para correr, pulando seus muitos fios disparadores. Mas os elfos em sua cola não viram as armadilhas. Foram bem na direção dos fios, cada elfo rompendo vários. O caos irrompeu de todos os lados.

Gás, dardos, espuma, teias. Todos foram engolidos, Desstra inclusive. Seu pé direito num instante ficou preso num grude forte que ela mesma inventara, enquanto seu braço esquerdo se emaranhou num bolo de teias de aranha que daria trabalho desembaraçar.

Felizmente, ela tinha evitado as armadilhas mortais com ácidos ou venenos, mas a confusão em que estava metida já era bem ruim. Ela e os três oponentes não iriam se livrar daquilo tão cedo.

Tanthal riu quando passou por eles despreocupado, atravessando com agilidade o terreno desimpedido. Agitou a bandeira negra para eles ao passar.

— Você... você... a bandeira.... — Desstra não conseguia falar. Estava engasgada de tanta indignação e por causa também de um gás roxo malcheiroso. Seus olhos ardiam e sua garganta queimava.

— Nenhuma regra diz que a bandeira tem que ficar na lança — ele riu.

— Você me traiu! — ela gritou de volta.

— E nós ganhamos. Relaxa, Desstra. Só garanti a sua formatura.

Ele fez uma pequena reverência e, em seguida, marchou para o acampamento.

Desstra largou-se no chão, sem nada que pudesse fazer além de esperar suas armadilhas se dissolverem. Seus adversários resmungavam e praguejavam, mas ela estava surda às suas queixas. Ela iria se formar, é verdade, mas qual seria a sua avaliação? Certamente seus instrutores veriam que sua atuação havia sido decisiva para a vitória — na verdade, ela teria vencido por sua equipe se Tanthal não a tivesse traído. Presa nos nós de suas próprias armadilhas, ela não tinha certeza. O que importava eram os resultados. Não desculpas sobre o que poderia ou deveria ter sido. Uma coisa estava clara: Tanthal havia manipulado ambos os lados com habilidade e vencera.

— Ganhei! — disse Karn, deslizando o Jarl para fora da borda do tabuleiro com um sorriso. — Você me deve dois barris de peixe em troca do meu boi.

A cara peluda de Bandulfr pairava sobre o tabuleiro de Tronos & Ossos. Seus olhos injetados estudavam todas as peças, procurando algo com que pudesse contestar. Depois, cuspiu para o lado reconhecendo a derrota e recostou-se, abrindo um sorriso largo que revelava a falta de muitos dentes.

— Você joga bem, jovem Karn Korlundsson — disse o pescador. — Mas será que não podemos fazer uma melhor de três?

— Até que eu gostaria — respondeu Karn com sinceridade. — Mas tenho que ir ao mercado descarregar algumas peles de raposa-do-ártico. Apronte os barris para mim, está bem? Vou mandar Pofnir buscá-los mais tarde.

A decepção de Bandulfr ficou estampado em seu rosto. Então ele se inclinou na direção de Karn. O menino sentia o cheiro de maresia no homem.

— Seu pai deixou você fazer todas as negociações este ano, não foi? Pensa que desfilar o jovem herói por aí faz com que consiga melhores barganhas?

— Estava na hora de eu aprender — respondeu Karn.

— E você aprendeu. E bem. Muito bem — reconheceu Bandulfr. — Mas acho que a oportunidade de barganhar com uma lenda local compensa um pouco as negociações difíceis que você conduz, hein, rapaz? Poucos norronir fizeram o que você fez. Vencer o velho Helltoppr em seu monte sepulcral e enfrentar o dragão Orm em sua toca? Posso dar uma olhada? Rapidinho?

Karn suspirou. Todo mundo queria dar uma olhadinha.

Ele retirou a Clarão Cintilante da bainha e ergueu-a. A lâmina tinha um brilho vermelho-dourado que resultava de algo incomum misturado ao seu aço, e era mais leve do que deveria ser para o seu tamanho. Mas não tinha nenhuma gravação decorativa. Nem joias mágicas no seu guarda-mão oval ou no castão redondo; nem runas místicas ao longo da sua lâmina. Era apenas uma espada comum no estilo espata, um pouco longa demais para ele, na verdade. Seria mais adequada para um guerreiro mais alto ou alguém montado a cavalo.

Korlundr insistira para que seu famoso filho usasse a espada nessa viagem. Karn não podia negar que estava gostando de tanta atenção. Aonde quer que fosse, as pessoas batiam em suas costas e perguntavam como tinha sido quando seu tio traíra seu pai e forçara Karn a fugir sozinho para as vastidões geladas do norte. Eles queriam ouvir como Karn enfrentara um dragão, como tinha vencido um guerreiro draug zumbi em seu monte sepulcral e como tinha devolvido a seu pai a vida. Mas, acima de tudo, eles queriam ouvir sobre Thianna, a garota meio-gigante da cordilheira de Ymir que Karn conhecera nas regiões nevadas. Thianna, que estava fugindo de seus próprios problemas familiares e que se tornara sua companheira de aventura e, depois, a sua melhor amiga. Ele não teria sobrevivido sem ela.

— Ela era realmente tão grande assim? — perguntou Bandulfr. — Era dessa altura? — ele estendeu a mão acima da própria cabeça.

— Maior que isso — respondeu Karn, sorrindo. — Em todos os sentidos.

Ele deixou a tenda do pescador e tomou a rua a leste do cais, rumo ao mercado de peles. A vida em Norrøngard era boa, mas ele sentia falta daquela menina gigante e da emoção de tê-la em sua vida. Coisas como aquelas aventuras malucas que tinham vivido pertenciam ao passado agora.

Perdido em pensamentos, Karn não notou a sombra que pairava sobre ele até que o bater de asas levantou nuvens de poeira e as pessoas começaram a gritar, a apontar e a fugir.

Garras afiadas o prenderam pelas axilas. Então o chão começou a se afastar rápido e Karn se viu subindo para o céu.

CAPÍTULO DOIS
Segunda chance

A pedra era dura e implacável. Os joelhos de Desstra doíam. Ainda assim, ela gritou o lema da escola tão alto quanto qualquer um de seus colegas de classe.

— Velozes como o grande lobo! — gritou o mais forte que pôde, mas com os olhos baixos. — Silenciosos como a sombra!

As vozes misturadas dos alunos ecoavam pelas paredes e o teto abobadado. A rocha natural da caverna havia tempos tinha sido esculpida em um auditório ornamentado. Colunas imensas ladeavam o palco, com esculturas nas paredes retratando momentos importantes na história das Sombras Profundas. Era o sonho de todo elfo negro ver seus próprios feitos gravados na pedra eterna.

— Mortais como a serpente! — entoou a turma. — Fortes como a rocha do nosso lar.

Era tudo muito emocionante. Bom, pelo menos para os vencedores. Momentos antes, a equipe perdedora tinha sido obrigada a devolver seus uniformes de estudante e dispensada com desonra. Nunca mais estariam autorizados a entrar naquele salão ou em qualquer uma das cavernas particulares da Ardil. Desstra observou de soslaio os rivais se afastando de cabeça baixa. Os ex-alunos teriam de buscar outras profissões — cultivadores de cogumelo, seguranças de residências, artesãos de couro, pedreiros. Não importava. Eles teriam de se contentar com o consolo de que todos esses eram meios respeitáveis de trabalho, necessários para o bem-estar das Sombras Profundas e, de fato, eram mesmo. Ela imaginava que tais empregos poderiam inclusive ser gratificantes — para alguém que não tivesse o sonho de ser um membro da Ardil. Mas essas profissões não eram gloriosas. A glória pertencia apenas a Desstra e seus companheiros.

Um por um, seus colegas foram chamados pelo nome — Soren, Ulami, Urven, Velsa, Dindrel. Um por um, eles se levantaram e se aproximaram do altar de pedra, onde uma anciã os presenteava com seu novo equipamento. Novas armaduras e também mantos com capuz da Ardil — tudo manufaturado em couro preto. Agora eles eram agentes oficiais da Ardil, prontos para dar a vida pela cidade. À medida que cada aluno saía, a expectativa de Desstra aumentava. Por fim, havia restado apenas ela e um outro elfo. Como não poderia ser de outra forma, era *ele*.

— Tanthal — convocou a experiente instrutora Orysa. Tanthal levantou-se e aproximou-se do altar. — Você se saiu bem. Estamos extremamente satisfeitos. — Desstra ouviu o ruído de algo mudando de mãos e escutou Tanthal suspirar. Ela não conseguiu evitar olhar para cima. Seu colega segurava um longo casaco de couro. Em vez do casaco todo preto dado aos outros formandos, o de Tanthal era negro com desenhos amarelos. Seu couro era feito da pele sarapintada da salamandra-de-fogo gigante. O couro era forte e flexível e, assim como a criatura de onde ele veio, resistente às chamas.

Desstra foi tomada pela surpresa. Essa pele era utilizada somente na capa de um oficial!

E seu próprio nome ainda não tinha sido chamado. Ela baixou rápido a cabeça, mas suas orelhas queimavam de emoção e orgulho. Tanthal havia sido convocado antes dela. Estaria ela para ser alçada a um posto ainda mais alto? Os instrutores tinham visto seu desempenho. Eles sabiam que a vitória de sua turma em Wyrdwood fora graças à sua habilidade, não importava quanto Tanthal pudesse ter sido desleal no final.

Ela ouviu os passos de seu traiçoeiro colega distanciando-se conforme era conduzido para fora do salão. Então, era a vez de Desstra. Estava sozinha com a instrutora sênior. Ela aguardou, a cabeça ainda baixa, o seu nome ser chamado.

E aguardou.

E aguardou.

Desstra não se conteve. Olhou para cima.

— Suponho que você ache que merece ser cumprimentada.

A instrutora sênior Orysa era tão severa quanto se pode ser. Tinha os olhos duros como obsidiana. O rosto parecia cinzelado no granito. Seu cabelo negro estava raspado, expondo um crânio pálido e nu, exceto por tatuagens que formavam um padrão de teia.

— Suponho que sim — gracejou Desstra, porém, em seguida, ficou calada quando viu que a expressão de Orysa não havia se alterado. — Não mereço?
— Seu desempenho em Wyrdwood. Como você o avalia?
— Foi muito bom. Quero dizer, nós vencemos — Desstra balbuciou, confusa com a entonação da instrutora.
— Quem venceu foi Tanthal — Orysa a corrigiu. — O resto de vocês pegou carona na vitória dele.
— Mas — protestou Desstra — eu preparei as armadilhas defensivas. Eu recuperei a bandeira. Eu...
— Desstra! — disse Orysa, interrompendo-a. — Suas táticas, camuflagens e habilidade com armas são excelentes. Ninguém contesta isso. Suas poções são potentes. Suas armadilhas, elegantes e eficientes. Você tem reflexos rápidos e demonstra uma precisão letal com seus dardos.
— Concordo — disse Desstra. Apesar de sua bravata, ela estava começando a ficar preocupada. Se elas concordavam a respeito de suas habilidades, onde estava o seu uniforme? Por que tinha sido deixada por último, se não para ser classificada como a melhor? — Mas...? — Ela perguntou com hesitação.
— Mas parece que lhe falta uma certa, digamos, crueldade. A disposição para fazer o que for preciso.
— Espere um minuto. Eu venci... por todos nós. Eu venci. Orysa meneou a cabeça careca.
— Você tem o coração mole. Não um coração de pedra. Você pode ser silenciosa como a sombra, mas não creio que seja forte como a rocha do nosso lar. Levante-se.

Desstra ergueu-se, desorientada e perplexa. Como ela poderia ser a última da turma a se formar se estava sendo repreendida? Quando ficou de pé, seus olhos pousaram sobre o que estava em cima da pedra do altar — um traje muito incomum.

Uma jaqueta de couro sem mangas. Tinha os mesmos padrões que as roupas de Tanthal, mas, em vez de ser preto e amarelo, o mosqueado era de uma cor diferente.

— Laranja? — admirou-se Desstra. — Salamandras com padrões alaranjados eram raras. Numa sociedade que enfatizava a conformidade, elas geralmente eram consideradas arautos da má sorte.

— Uma aberração — esclareceu Orysa. — Um espécime raro que não se encaixa com os outros. Assim como você.

— Eu não compreendo — confessou Desstra. Orysa suspirou.

— Você representa um problema para nós, pequena elfa — disse a instrutora sênior. — Assim como o couro desse réptil, você também é uma aberração. Suas habilidades são muito valiosas para a reprovarmos direto. Entretanto, ainda não sentimos que você está pronta para seguir em frente. Portanto, será oferecida a você outra chance. Foi decidido que você não poderá prosseguir. Permanecerá no nível de estudante.

— Eu vou ser colocada em outra turma? — Sua cabeça girava. Ela esperava se formar com honras, mas, em vez disso, nem ao menos estava se formando. Começar do zero, com novos recrutas, seria humilhante.

— Não — respondeu Orysa. — Você não precisa de mais treinamento. Isso é evidente. O que você precisa é de um envolvimento real, de trabalho de verdade para endurecer o seu espírito. Você precisa enfrentar algo que é mortal como a serpente e suplantá-lo. Perigo e risco de morte. Você está sendo designada a um oficial e enviada em missão de campo.

Em campo, mas não como graduada. Desstra nunca tinha ouvido falar de tal coisa. Ela olhou para sua estranha armadura de couro preto e laranja. Como poderia encarar os colegas quando suas próprias vestimentas a destacavam como alguém diferente?

— Alguns meses atrás — Orysa continuou —, o Guardião das Asas relatou uma grande agitação em sua colônia. Eles ouviram alguma coisa, algo que os perturbou em seu ninho. Um som muito agudo até mesmo para os ouvidos dos elfos. Agentes foram enviados para o mundo da superfície, viajando por terra até o nordeste de Norrøngard para investigar o som. Eles não conseguiram retornar. No entanto, nossos espiões em outros lugares confirmaram que um objeto de poder havia muito perdido ressurgiu. Ele está além do nosso alcance neste momento. Mas mais desses objetos estão sendo procurados, e uma missão no sul relatou um progresso interessante. Você e um oficial irão se juntar a essa missão em curso e sua formatura dependerá da avaliação favorável dele sobre o seu desempenho. Desstra, está sendo oferecida a você uma segunda chance. Você entende? Não desperdice essa oportunidade.

Desstra assentiu, vergonha e arrependimento queimando em suas bochechas pálidas. Seu coração mole havia lhe custado sua graduação. Como ela poderia encarar de novo a sua família — ou qualquer outra pessoa? Era melhor mesmo que estivesse sendo enviada numa missão fora das Sombras Profundas, onde não teria que enfrentar a decepção nos olhos deles.

— Você deve se preparar para sua missão imediatamente. Esperamos que obedeça a seu superior em todas as coisas.

— Sim, instrutora sênior — acatou Desstra. Ela ouviu alguém se aproximar por trás.

— Não fique com essa cara, minha triste aprendiz — disse uma voz presunçosa. — As coisas poderiam ser piores.

Isso era mentira. Desstra soube no minuto em que o oficial abriu a boca que as coisas estavam tão ruins quanto poderiam ser. Ela virou-se devagar, sentindo como se o teto da caverna estivesse desmoronando sobre ela naquele momento. Oh, como desejaria que estivesse! O oficial que estava diante dela em seu casaco longo de couro preto e amarelo novo, parecendo repugnantemente satisfeito consigo mesmo — o mesmo oficial a quem ela fora designada, aquele a quem ela teria que obedecer, que iria decidir o seu destino e determinar o rumo de sua vida —, era Tanthal.

Karn balançava no ar frio e rarefeito. O chão estava muito lá embaixo, e isso era enervante. Quilômetros e mais quilômetros corriam por debaixo de seus pés. Era assustador olhar para baixo, mas ele tinha que esticar o pescoço dolorosamente para olhar para cima. A criatura que o carregava era uma wyvern, como aquelas que ele e Thianna haviam enfrentado no último inverno. As wyverns tinham vindo de um país distante, montadas por mulheres guerreiras de pele azeitonada que vestiam armaduras de bronze e portavam lanças que cuspiam chamas. Elas estavam procurando por Thianna, ou melhor, pelo chifre mágico que ela levava consigo. Mas Karn e Thianna as haviam derrotado, e o chifre tinha sido destruído. Engolido, na verdade.

Esta wyvern estava sem cavaleiro. Karn tinha quase certeza de que era a mesma que havia ajudado Thianna antes. Da última vez que ele viu a criatura, ela dissera à menina gigante que estava indo embora, voando para longe dos problemas dos humanos e suas lutas. Karn desejou poder conversar mentalmente com a wyvern como Thianna tinha feito, mas isso era uma dádiva do chifre e um talento da cultura da mãe de Thianna. Não era algo que ele pudesse fazer. Ele não fazia ideia da razão pela qual a wyvern o havia capturado, nem para onde estavam indo.

Com curiosidade crescente, Karn estudou o terreno. Parecia que ela estava voando para o nordeste. Passaram sobre um curso d'água que em algum momento desembocaria no fiorde perto de sua casa. Mas eles estavam quilômetros ao norte da Fazenda de Korlundr. Sua localização era mais próxima ao Baile dos Dragões, onde ele conheceu Thianna e a aventura deles começou. Karn teve um vislumbre do antigo acampamento quando o sobrevoou. Fez um cálculo mental, desenhando uma linha imaginária a partir da cidade de Bense até o Baile dos Dragões e seguindo em frente. Quando percebeu para onde a linha apontava, começou a se debater.

A wyvern rosnou e deu-lhe um chacoalhão. Karn sabia que seus esforços seriam inúteis. Afinal de contas, ele não queria que o réptil o deixasse cair — embora uma queda daquela altura não fosse muito pior do que aquilo que poderia estar reservado para ele quando chegassem ao seu destino. Eles estavam indo para Sardeth, para a Cidade Arrasada. Lar do grande dragão Orm.

Karn e Thianna já tinham enfrentado o dragão antes. Chegaram inclusive a fazer um acordo com ele. Orm os havia deixado partir, com a promessa de que eles destruiriam o Chifre de Osius. E Thianna assim o fez, orquestrando os eventos de forma que o dragão, de fato, engolisse tanto o chifre quanto a misteriosa mulher que estava atrás dele. Karn pensava que o dragão tinha ficado satisfeito com esse resultado. Teria Orm mudado de ideia? Talvez o enorme linnorm houvesse se arrependido de deixá-los partir. Pior ainda, talvez Orm de alguma forma tivesse ouvido falar que Karn estava se gabando na cidade de Bense. Será que estava furioso pelo fato de um mero garoto estar afirmando ter levado a melhor sobre ele? Karn desejou ter ficado de boca fechada. A admiração de alguns peixeiros norronir e comerciantes de peles não valia o risco de ser transformado em jantar de dragão.

As ruínas de Sardeth surgiram logo abaixo deles. Karn olhou melancolicamente para as árvores chamuscadas, os restos das construções que outrora haviam sido um orgulhoso posto avançado do Império de Górdio. O coliseu em ruínas, que era o covil de Orm, estava bem à frente deles. A wyvern mergulhou, levou Karn para baixo e depositou-o mais ou menos no centro da arquibancada. O piso do coliseu havia desmoronado, expondo o labirinto de túneis e salas que eram o hipogeu subterrâneo onde animais e gladiadores tinham aguardado sua vez de entrar na arena. Enquanto Karn observava, algo se moveu nas sombras. Então, Orm Hinn Langi, a Destruição de Sardeth, ergueu-se no ar.

— Saudações, rato! — disse o dragão com um sorriso.

A mão de Karn instintivamente deslizou para o punho da sua espada. Os grandes olhos de Orm acompanharam o movimento. As pupilas do dragão se estreitaram. Karn se deu conta de como a Clarão Cintilante seria inútil contra a enorme criatura. Orm poderia assá-lo vivo ou engoli-lo inteirinho antes mesmo que a espada fosse desembainhada. Ele forçou os dedos a relaxar, encarando o dragão e aguardando para ver o que iria acontecer. A reação do dragão foi a última coisa que podia esperar.

Orm riu.

— Perdão, Karn Korlundsson — disse o enorme linnorm, o estrondo de seu humor reverberando nas paredes do coliseu e fazendo vibrar toda a construção —, mas você deveria ver a sua cara.

— Minha cara? O quê? — gaguejou Karn. O sangue lhe subiu às bochechas quando percebeu que o dragão estava gozando da cara dele. Sentia-se ao mesmo tempo aliviado e embaraçado. — Quer dizer que você não...?

— Estou com fome? — perguntou Orm com um sorriso malicioso. Ele riu novamente. — Não, por que eu me daria ao trabalho de mandar buscá-lo lá em Bense apenas para devorá-lo? Pretensão sua achar que é uma refeição tão apetitosa assim, jovem norrønur.

— Acho que posso conviver com o fato de não ser saboroso — observou Karn. — Mas por que mandou me trazerem aqui? O que você quer?

— Conversar, ora bolas — disse Orm.

Esta foi mais uma surpresa num dia cheio de surpresas. E se por um lado Karn estava feliz por não ser o jantar, bate-papos com dragões não eram exatamente o programinha mais inofensivo do mundo. Ainda assim, ele estava curioso. Uma questão chamou a atenção dele de imediato. Apontou para a wyvern, lá onde ela estava empoleirada nas arquibancadas do coliseu, observando os dois.

— Como conseguiu que ela fosse me buscar? Aliás, como você sabia onde ela estava?

— Bom, muito bom! — disse o dragão, batendo as garras dianteiras. — São perguntas inteligentes. Eu não esperava menos, e odeio ser decepcionado. Usei o Chifre de Osius, é claro.

— Agora você sabe como ele se chama? — surpreendeu-se Karn, que não se lembrava de terem dito a Orm o nome do chifre que pertencera à Thianna. Além disso, o chifre havia sido destruído. Thianna disse que Orm tinha cuidado disso de forma definitiva. — Mas você não o...?

— Engoli? Sim. — Orm mudou de posição, exibindo mais de seu corpo comprido como uma cobra. — E tenho aprendido muito sobre essa coisa odiosa desde que a devorei. Descobri seu nome, um pouco de sua finalidade... Inclusive absorvi um pouco do seu poder. Como é que dizem mesmo? Você é o que você come, afinal de contas.

— Você consegue fazer isso?

A reação de Orm foi apenas mostrar sua língua veloz como uma serpente.

— Ok, você consegue... Então, você usou o poder do chifre para convocar esta wyvern. E aí a obrigou a ir atrás de mim.

Orm sorriu.

— Bravo! Eu sabia que não tostá-lo era uma boa ideia.

— Fico feliz que pense assim — disse Karn. — Mas por quê? Não quero saber por que não me tostou. Quero saber por que foi me buscar para conversar.

Em resposta, o dragão correu a grande língua pela parte interior dos lábios, incomodado com algo alojado entre seus enormes dentes.

Orm inclinou-se para a frente — Karn sobressaltou-se um pouco com isso; não pôde se conter — e levou o focinho para perto do rosto de Karn. O garoto sentiu o calor e o fedor de carne podre do bafo do dragão. Então, Orm torceu o lábio superior para o lado e cuspiu algo aos pés do garoto.

Karn olhou para aquela coisa encharcada de saliva diante dele. Parecia uma roupa, não, uma armadura — uma armadura de couro preta com padrões amarelos. Ele a reconheceu.

— Isso é uma armadura svartalfar! — exclamou Karn.

— Elfos negros.

— Os elfos negros — na verdade, eles tinham pele branca, mas olhos e cabelos escuros — eram uma espécie subterrânea que habitava as profundezas das montanhas a sudoeste de Norrøngard. Raramente eram vistos na superfície. No passado, a hostilidade entre os seres humanos de Norrøngard e os elfos das Montanhas Svartálfaheim era declarada e várias guerras tinham sido travadas. Nos dias atuais, havia uma trégua não muito bem definida, e encontros com os elfos eram raros.

— Os svartalfar vieram bisbilhotar o meu coliseu — explicou Orm. — Algo que não ousaram fazer em séculos.

— E então você devorou os elfos?! — perguntou Karn, seu estômago revirando com o pensamento.

— Naturalmente — respondeu o dragão. — Embora não antes de saber o que estavam procurando.

— Era o chifre? — adivinhou Karn. — Tem certeza? Eles disseram isso a você?

O dragão sorriu.

— Bem, como você mesmo sabe por experiência própria, gosto de brincar com a minha comida.

Karn engoliu em seco. Sabia que isso era verdade.

— Eles devem ter ficado desapontados ao descobrir que você tinha engolido o único chifre que existia.

— Estou certo de que ficaram — afirmou o dragão. — Embora eu imagine que, no final das contas, eles encontraram o que estavam procurando. — Orm riu da própria piada. — Mas essa não é a parte importante — continuou ele. — O mais importante é que eles não acreditavam que era o único existente.

Karn sobressaltou-se diante dessa revelação.

— Não é o único? Quer dizer que existe *outro* Chifre de Osius? Ah, não!

— "Ah, não" digo eu. — Os olhos de Orm se estreitaram. O chifre anterior havia permitido que Thianna penetrasse na mente de Orm. Isso deixara o dragão desconfortável. Mas se alguém pudesse realmente dominar o poder do chifre, seria capaz de controlar Orm da maneira como ele comandou a wyvern. O magnífico linnorm tinha destruído uma cidade e devorado legiões de soldados em sua juventude. Se os elfos negros — ou qualquer outra pessoa — pusessem as mãos em outro chifre, eles poderiam transformar Orm numa arma de poder devastador e implacável.

— Antes que eu a devorasse, minha comida me disse que um segundo grupo de elfos negros foi enviado para o sul, para procurar outro chifre.

— Onde?

Orm indicou com o focinho a armadura mastigada aos pés de Karn. Karn olhou novamente e viu um estojo metálico para pergaminhos em meio aos restos.

— Abra-o — disse o dragão.

Fazendo uma careta para o cuspe úmido e quente em sua superfície, Karn apanhou o estojo e abriu a tampa. Enfiou os dedos ali e retirou um pergaminho amarelado.

— Você sabe ler? — perguntou Orm.

— Sei — disse Karn, irritado com a pergunta, mesmo que a alfabetização não fosse comum entre os Norrønir.

— Então, leia.

Karn estreitou os olhos para ler os sinais rúnicos. A luz do dia estava declinando rápido, e o sol havia mergulhado por trás dos altos muros do Coliseu.

— Está um pouco escuro.

Orm cuspiu de novo, e Karn saltou de verdade quando uma pequena bola de fogo irrompeu da boca do dragão. A chama queimou onde bateu, um bolo de cuspe crepitante como lava fundida que emitia um halo de luz avermelhada.

— Está do seu agrado? — perguntou Orm com afetada polidez.

— Serve. — Só depois de fulminar o dragão com o olhar é que Karn voltou a atenção para o papel. Nem o pergaminho nem a escrita eram particularmente antigos. Portanto, não era valioso nem uma relíquia. Alguém o havia escrito recentemente. Isso significava que o valor estava no que aquilo dizia. Ele estudou as palavras.

— Parece um enigma — disse Karn.

— Leia-o em voz alta — Orm ordenou.

Karn obedeceu.

"*Antes a um castelo entre as urzes indo,
Onde todo desejo da vida é findo.
Por sobre o Carvalho e por baixo do Milho vá,
O Chifre silencioso procure lá.*"

Karn olhou para cima.

— Não entendo — disse ele. — O que isso significa?

— Suspeito que seja uma pista para o paradeiro do segundo chifre, uma pista que os elfos negros estão seguindo. A frase do início despertou uma lembrança em mim.

— "*Antes a um castelo entre as urzes indo*"?

— Sim. Desconfio que seja uma referência à cidade de Castelurze. Um antigo posto gordiano no país de Nelênia e agora uma cidade independente.

— Ok. Faz sentido. Já ouvi falar de Nelênia. Fica a sudeste, em algum lugar lá pelo meio do continente, embora não conheça a cidade. Mas o que isso tem a ver comigo?

— O que isso tem a ver com você? — O dragão parecia surpreso. — Não é óbvio, Karn Korlundsson? Eu quero que você vá lá e encontre-o.

Karn quase deixou cair o pergaminho.

— Eu? Por que eu?

— Por que não você? Você já provou ser engenhoso. Inteligente. Esperto. Derrotou Helltoppr em seu monte sepulcral. Você levou a melhor até mesmo sobre um dragão. — Orm estreitou os olhos de forma ameaçadora. — Não é isso o que dizem nos mercados de Bense?

Karn bateu com a palma da mão na testa.

— Eu sabia que isso ia voltar para me morder!

— Você prefere que eu morda você? — brincou o dragão.

— Não! Não! — Karn se apressou a gritar. — É uma expressão, uma figura de linguagem.

— Muito bem. Nada de mordidas, então. O enigma é muito antigo, mas acredito que os elfos negros atribuíram um novo significado a ele à luz dos recentes acontecimentos.

— Quer dizer que eles já ouviram falar um pouco da minha história?

— Toda a Norrøngard parece ter ouvido. Não é improvável que seus espiões também tenham ouvido e por isso vieram aqui para buscar a verdade.

— Hum, sinto muito por isso. Mas ainda não sei por que você precisa de mim. Sou fazendeiro agora. Não saio por aí em

41

aventuras. Por que não pede para outra pessoa? Por que não pede para Thianna? Ela é maior do que eu, mais forte. É muito melhor com uma espada do que eu. Ela sabe o que o chifre é e como usá-lo. Afinal, foi o povo da mãe dela que o fabricou. Ela inclusive está indo para aquelas bandas. Para ser franco, em todos os aspectos, é óbvio que ela é uma escolha muito melhor do que eu.

— Eu também pensava assim — disse o dragão calmamente.

Karn olhou nos olhos do grande linnorm, intrigado.

— É mesmo? — disse Karn.

— É mesmo — concordou o dragão. — Convoquei a wyvern para buscar Thianna depois que os elfos negros invadiram a minha casa. Ontem, a wyvern voltou sem ela, que não apareceu no ponto de encontro combinado. Deve ter entrado em conflito com os esquemas deles.

Um medo pior do que acabar como jantar de dragão invadiu Karn.

— Será que algo aconteceu com Thianna?! — sobressaltou-se ele, sua pele gelando. Em seguida, uma onda de raiva afastou seu medo.

Karn começou a tremer e pensou em brandir a Clarão Cintilante na cara do dragão. Estava furioso que Orm tivesse enviado sua amiga para uma situação de risco tão óbvio. Então se deu conta do perigo que seria insultar o maior dragão daquela parte do mundo. Paralisou no meio do gesto e do insulto.

— Mais calmo? — perguntou Orm.

— Acho que sim — disse Karn. — Hum, sinto muito.

— Espero que sim.

Karn embainhou a espada e baixou a cabeça. Repassou o que sabia.

— Então, Thianna pode estar em apuros. E você quer que eu vá encontrá-la?

Orm assentiu.

— Por que você mesmo não vai?

Algo brilhou no rosto do dragão. Aversão? Talvez fosse medo?

— Reneguei o sul há muito tempo — disse ele.

— Por quê?

— Não é da sua conta.

— Também não é da minha conta rastrear chifres mágicos.

As narinas de Orm flamejaram.

— Perdi uma coisa lá. Algo muito querido foi tirado de mim. Saí de lá e nunca mais olhei para trás. Digamos que foi isso.

— E comeu várias legiões de soldados gordianos quando chegou aqui. O que sempre pareceu um exagero para mim. Foram os gordianos que o provocaram?

— Não vou discutir isso com você — Orm rosnou. — Deixe pra lá.

Karn não queria deixar pra lá, mas discutir com dragões não era uma atitude sábia. Ainda assim, começou a suspeitar que Orm não tinha vindo para Norrøngard por acidente. Norrøngard era o canto mais distante do continente, a partir do centro do antigo Império Górdio. O dragão tinha escolhido este local remoto de propósito. Quando chegou, estava fugindo de algo. O que poderia ter acontecido para perturbar uma criatura tão grande quanto Orm? Ele resolveu deixar a questão de lado para pensar mais tarde.

— Tudo bem — decidiu-se Karn.

— Você vai? — perguntou Orm.

— Eu faria qualquer coisa por Thianna — respondeu Karn. — Mas não sei o que consigo fazer sem ela.

— Você vai ter que se bastar sozinho. Mas talvez eu possa lhe dar uma mãozinha. — Orm cheirou Karn, seu focinho farejando sua espada na cintura. — Essa arma não é das minhas. Mas eu farejo o seu potencial. Tire-a da bainha.

Normalmente, Karn iria questionar se era sensato erguer uma lâmina para um dragão, mas ele já tinha quase ameaçado Orm com a espada naquele dia mesmo, então o que tinha a perder? Puxou a Clarão Cintilante e segurou-a diante dele.

— Esta espada tem uma história mais célebre do que você pensa. Um dia, ela já foi uma arma de grande poder.

Orm ajeitou seu volumoso corpo e, em seguida, estendeu ambas as garras dianteiras. Karn empertigou-se e manteve a Clarão Cintilante estável. O dragão colocou as garras em ambos os lados da espada. Depois fechou os olhos, e Karn ouviu um ronco forte na garganta da criatura. Palavras que ele não reconheceu numa língua que ele não falava. Era a linguagem secreta dos dragões. A pele no braço de Karn formigava. A lâmina parecia pulsar com energia.

Orm abriu os olhos.

— Está feito. Não consegui restaurar por completo a sua magia perdida, mas emprestei um pouco da minha própria. Você vai achá-la mais fácil de manejar, embora ela só vá aumentar a sua própria habilidade, não substituí-la.

Karn olhou para a lâmina. Era impressão sua ou a lâmina parecia brilhar levemente ao crepúsculo?

— Obrigado.

As pálpebras de Orm baixaram e subiram, significando um sutil "de nada".

— Agora — disse ele —, como anda o seu Universal? — O dragão estava se referindo ao idioma do antigo Império Górdio, que agora era uma língua compartilhada entre os diversos países do continente de Katérnia. Karn sabia que não podia esperar que seu norrøniano fosse entendido perfeitamente em Nelênia.

— Enferrujado — admitiu.

— Puxa... — disse o dragão, decepcionado. — Então receio que vá apreciar esta parte ainda menos. Coloque a cabeça na minha boca.

CAPÍTULO TRÊS
Os feitos dos heróis

— Os homens morrem. O gado morre. Apenas os feitos dos heróis permanecem — Bandulfr rugiu alto na Taberna do Stolki. O pescador tinha ouvido Karn contar sobre seu recente encontro com Orm e estava entusiasmado que o menino pudesse zarpar para outra aventura. Os outros estavam menos empolgados com a perspectiva.

— Bobagem — redarguiu Pofnir, o homem livre que cuidava de boa parte dos negócios da Fazenda de Korlundr. — Karn precisa ficar aqui e conduzir o comércio. Ele não tem tempo para ficar passeando por aí a serviço de um dragão estranho. Diga a ele, Karn.

— Bem, eu... — começou Karn.

— Bobagem! — bufou Bandulfr. — A vida é breve e brutal. A velhice é vergonhosa.

— Hum, eu na verdade não ficaria nem um pouco envergonhado se pudesse envelhecer... — murmurou Karn.

— Claro que ficaria! — vociferou o pescador, apertando um braço em torno de seu ombro e tentando puxar o menino para longe de Pofnir. — Karn sabe que canções de louvor e um nome nobre e digno são o que importa.

— Não, espere aí! — disse Karn, que não estava apreciando o modo como todo mundo estava falando como se ele não estivesse ali. Além disso, estava procurando uma maneira educada de salientar que era pouco provável que *Bandulfr* fosse um nome nobre e digno em Bense. O pescador também não era exatamente *jovem*.

— Karn não quer ouvir esta besteirada toda — objetou Pofnir, retirando o braço de Bandulfr de Karn e tentando conduzir o menino para uma direção diferente. — Ele tem que repassar a taxa de câmbio do couro de primeira para as negociações de amanhã.

— Sim, mas... — disse Karn.

— Couro? — rugiu Bandulfr, plantando uma palma no peito de Pofnir e empurrando o homem livre para o lado. — Karn, conte a Pofnir que você já fez trolls de bobos, derrotou um draug zumbi, enganou um dragão e salvou a vida do seu pai. Diga que você não tem tempo para couro nenhum! Esta será uma aventura sobre a qual os escaldos escreverão canções!

— Bem, eu nunca... — gritou Pofnir, cutucando Bandulfr com um dedo. — Karn sabe que você só quer embarcá-lo numa aventura para que não tenha mais que barganhar com ele!

Karn observava os dois homens discutindo — um deles tão ansioso para vê-lo atirar-se no perigo e o outro lembrando-o de todas as suas responsabilidades. Ele olhou esperançoso para a porta da taberna, esperando que seu pai retornasse das negociações do dia. Queria o conselho de Korlundr. Karn não se sentia forte ou corajoso o suficiente para enfrentar sozinho o desafio à frente. E não apenas sozinho — ele não teria Thianna com ele.

Thianna. Desaparecida e em perigo. A incerteza de Karn desapareceu.

— Um menino é considerado um homem quando já consegue manejar uma espada, lançar um insulto... — bradava Bandulfr.

— Eu vou — decidiu-se Karn, falando bem alto.

— O quê? — Pofnir piscou. — Mas e o couro?

— Isso pode esperar — disse Karn. — Eu sei. E eu sinto muito. Mas eu vou. Não por causa do dragão. Não por causa do chifre. Não por causa... desculpa, Bandulfr... das canções. Estou indo pela Thianna. Porque ela precisa de mim.

— Mas o que você vai fazer por ela? — questionou Pofnir, ainda piscando perplexo para Karn.

— Tudo o que eu puder.

Parecia que Pofnir iria contestar, mas ouviram um tumulto na porta. Todos os olhos se voltaram para o alvoroço.

Karn esticou o pescoço para olhar sobre a multidão. Esperava que Korlundr tivesse retornado. Mas não foi isso que viu.

Pessoas de pele clara com cabelos e roupas negros estavam invadindo a Taberna do Stolki. Os norrønir resmungavam e cuspiam ao vê-los, mas, mesmo assim, recuavam para deixá-las

passar. Embora Karn nunca tivesse visto aquele estranho povo tão de perto, ele o reconheceu de imediato.
— Elfos negros — disse ele em voz baixa.
— Fiquem na paz, senhores — disse Stolki, apressando-se com canecas de hidromel nas mãos. — Já faz um bom tempo que não vemos os svartalfar em Bense. Vocês também vão querer comida, além das bebidas?
— Nem uma coisa nem outra — respondeu um elfo altivo com um sorriso de escárnio. Ele usava um longo casaco com padrões amarelos. — Estamos procurando um garoto.
— Um garoto? — repetiu Stolki.
— Sim — confirmou o elfo. — Uma lenda local, esse garoto.
— Não há garotos aqui — Bandulfr esbravejou, conseguindo de alguma forma exibir o machado pendurado no cinto.
— Há apenas homens entre os norrønir. *Homens durões.*
— Homens ocupados — acrescentou Pofnir, dando um passo à frente. — Homens com trabalho a fazer. — Karn sentiu uma onda de gratidão. Ambos o estavam protegendo. Outros na multidão colocaram-se entre Karn e os elfos negros.
Ele sentiu uma mão em seu ombro.
— Venha por aqui. — Era sua irmã Nyra. — Fique com a cabeça abaixada — advertiu ela, pegando sua mão. Ela o conduziu pelo salão lotado. Quando chegaram à porta dos fundos, ela se virou para ele.
— Vá e resgate sua amiga — disse-lhe a irmã. Então, enfiou algo na palma da mão dele. Karn viu que era a bolsa de moedas de Nyra.
— Eu não posso...
— Claro que pode — assegurou a irmã. — Agora, vá lá ser um herói.

— Você poderia...?
— Vou contar para o papai. Ele vai entender. E a mamãe. Ela não vai gostar. Mas vai entender também.

Karn abraçou forte a irmã.

— Tome conta deles — ele sussurrou.
— Tome conta de você — respondeu ela.

Então, ela o empurrou para a noite.

Achei que meus dias de ser perseguido tinham acabado... pensou Karn. Ele se movia o mais rápido possível, sem nunca deixar de ser cauteloso.

Sua principal preocupação era evitar as ruas da cidade, pulando cercas com discrição e esgueirando-se através de quintais, em vez disso. Infelizmente, pisar fora das pranchas de madeira que pavimentavam as principais vias de Bense fez com que suas botas ficassem como estavam agora: completamente cobertas de lama. Elas chapinhavam enquanto ele corria.

Karn foi para o centro da cidade, onde várias ruas se uniam para formar o grande Mercado do Trapaceiro, um lugar onde tudo o que não fosse peixe, pele ou aço podia ser comprado. Estava deserto àquela hora, pois todo mundo tinha se retirado para aproveitar a noite numa taberna ou cervejaria.

Ele deslizou das sombras e entrou no mercado. Barracas e tendas cercavam a área, em cujo centro havia um monte de pedras empilhadas. As pedras compunham um hörgr, um santuário para um dos deuses dos norrønir: Lothar, o deus da trapaça e das travessuras. Karn se dirigia para as pedras agora.

Infelizmente, surgiu um elfo negro entre Karn e seu destino. Um elfo vestido de preto com detalhes alaranjados. Encapuzado. Franzino. Possivelmente uma elfa, mas não tinha certeza. De pé com as costas para o hörgr e aparentemente sozinha. Bom. Karn avaliou a situação e decidiu como jogar.

— Procurando alguém? — disse ele, entrando deliberadamente na linha de visão do elfo ou elfa.

Uma mão pálida mergulhou numa bolsa de couro. Karn podia apostar que havia armas escondidas ali dentro. Armas bem desagradáveis.

— Eu nunca te vi por aqui. Novo em Bense? — perguntou.

— Então talvez você não saiba que este lugar é chamado de Mercado do Trapaceiro. Pode adivinhar por quê?

A mão dentro da bolsa hesitou. O elfo estava tentando descobrir do que Karn estava falando. Hora de fazer o outro entrar em ação.

— Vou te mostrar.

Karn soltou um alto e longo assovio.

A wyvern saiu de trás das pedras do hörgr, guinchando que nem louca e abrindo suas asas em toda a sua extensão.

Assustado, o elfo saltou para longe das pedras. Karn quase riu quando ele (ela?) mergulhou no chão e rolou para o lado. Em vez disso, aproveitou a oportunidade e passou pelo elfo correndo. Saltando de pedra em pedra, Karn alcançou a wyvern e pulou para a sela.

— Vamos! — incentivou ele.

A wyvern alçou voo.

Abaixo deles, o elfo atirou algo que explodiu contra a barriga do réptil numa nuvem roxa repugnante, mas que se dissipou rápido com o bater das asas da wyvern. Num instante, a cidade de Bense desapareceu e Karn já estava sobrevoando as águas do Golfo da Serpente. Ele se permitiu um último olhar para trás, enquanto a costa de Norrøngard ficava cada vez mais distante. Então, virou o rosto para o sul e para a emoção da aventura à sua frente.

Mais uma vez, Desstra se encontrava a um só tempo aterrorizada e exultante sob o céu aberto. Só que, desta vez, ela era uma parte dele. Ali, acima das nuvens, sentia que era um das centenas de milhares de pontos de luz, uma estrela cadente arremessada no espaço. O ar frio chicoteava seus cabelos enquanto ela voava pela noite. Sua pele pálida e branca brilhava ao luar. Ela agarrou a juba em torno do pescoço de sua montaria alada e se inclinou para esfregar o rosto na pelagem marrom e macia. O animal guinchou de prazer e sacudiu a cabeça.

— Eu não sei por que vocês dois estão tão felizes — comentou Tanthal, que seguia um pouco à frente dela. — Afinal de contas, perdemos o norrønur.

As orelhas de Desstra se contraíram de raiva. Será que Tanthal tinha que estragar todo bom momento? Provavelmente sim. Ele vivia para isso.

— Tem razão — respondeu ela. — Isso porque seu plano nada sutil de ir chegando de qualquer jeito e capturá-lo funcionou às mil maravilhas.

Outro elfo voando ao lado deles deu uma risadinha. A expressão de Tanthal mudou. Ele não gostava de ser desmoralizado na frente da equipe.

— Foi você que o deixou escapar no mercado — disse ele.

— Ele estava sozinho lá. Apenas um garoto.

— Ele não estava completamente sozinho, estava? — objetou Desstra, pensando no enorme réptil que tanto a assustara. Sim, o fato de Karn ter fugido a irritava, mas ela não iria

53

assumir a responsabilidade por aquela operação mal planejada e uma wyvern-surpresa. — De qualquer forma, como eu ia saber que ele também podia voar? Os norrønir não voam. Não desse jeito. — Pensar em voos animou-a outra vez. Ela deu tapinhas carinhosos na cabeça de sua montaria. — Nada é tão bom como isto, não é, rapaz?

Morcegão soltou outro guinchinho. Desstra estava surpresa com a rapidez com que formara um vínculo com o morcego gigante. Quando o Guardião das Asas os introduziu no seu abrigo, o morcego soltou-se de seu poleiro e voou para baixo, em direção a ela, logo de cara. Alguns de seus colegas haviam se esquivado das criaturas de presas afiadas, inseguros e intimidados por elas, mas Desstra correu para o Morcegão e atirou os braços em volta de seu pescoço.

— Você é muito branda com a sua montaria — disse Tanthal.

— Ele vai folgar com você se não mostrar desde o início quem é que manda.

— Morcegão não vai fazer isso — disse Desstra. — Nós nos entendemos muito bem.

Tanthal bufou.

— De qualquer forma — disse ele —, Bense não foi uma perda total. Eu só esperava que o garoto pudesse nos contar algo de suas experiências recentes com o chifre. Em vez disso, a presença da wyvern significa que nós agora sabemos que ele também o procura. E que está fazendo isso porque Orm com certeza o convocou. Nossos caminhos vão se cruzar de novo, e, da próxima vez, saberemos que não devemos subestimá-lo.

Ele observou Desstra acarinhando o pelo de Morcegão. Irritado com o tratamento carinhoso que ela dispensava ao animal, fez uma correção de curso torcendo cruelmente a sensível orelha de sua própria montaria. O morcego guinchou de dor, mas voou na direção indicada.

— Coração de pedra, Desstra — disse ele. — Pescou algo no bolso e jogou-o para ela. Ela pegou. Era uma pedra redonda.

— O que é isso?

— Um lembrete — ele respondeu.

— Do que há na sua cabeça? — ela zombou.

— De onde viemos — Tanthal retrucou. — Espero que você seja forte como a rocha do nosso lar. E estou te observando. Se eu não gostar do que vir... — Ele deixou o restante da frase suspenso no ar, não pronunciado. Como se ela precisasse se lembrar de quem segurava as rédeas do seu futuro. — Talvez seja melhor você começar parando de mimar esse morcego. É uma besta de carga, não um animal de estimação, e só responde à força e autoridade. — Ele beliscou a orelha de sua montaria novamente, como se para demonstrar o que queria dizer, mas desta vez o morcego gigante empinou debaixo dele. Tanthal quase foi atirado da sela. Ele soltou um grito e se agarrou com força para não cair.

— Força e autoridade? — riu Desstra. — Se é isso que você estava buscando, eu diria que perdeu. — Vários outros elfos riram com ela. Irritado, Tanthal golpeou o pescoço do morcego.

— Às vezes, um toque suave funciona melhor — Desstra continuou. — Você deve pensar nisso como a montagem de armadilhas. Ou a mistura de venenos. Talvez, quando chegarmos a Castelurze, eu lhe mostre o que quero dizer.

CAPÍTULO QUATRO
Um bárbaro no portão

Karn deixou a wyvern escondida entre as árvores. Eles tinham chegado durante a noite, quando ninguém notaria sua aterrissagem. Ele estava com receio de que a falta de equipamento de camping tornasse desconfortável a noite na floresta, mas não precisava ter se preocupado. Depois de passar um período no deserto gelado de Ymiria, o clima ameno do sul era fichinha. E se existissem animais selvagens nas florestas, a presença de um réptil enorme e mal-humorado que sibilava ruidosamente quando roncava os manteria afastados.

— Estarei de volta assim que puder — garantiu ele à wyvern, que bufou em sinal de indiferença e voltou a dormir.

Araland, Ungland, Saisland — todas foram passando rapidamente enquanto ele cruzava o continente até Nelênia.

Karn viu cidades, vilarejos, castelos, montanhas, lagos, rios, estradas. Mesmo tendo crescido ávido por histórias e mapas de outros lugares, nada poderia de fato prepará-lo para a dimensão das terras ao vivo.

Agora, a cidade de Castelurze estava diante dele. E que bela visão era! Os antigos muros gordianos ainda rodeavam a cidade por todos os lados, exceto na região das docas, mas quase metade da população havia se espalhado por habitações para além daqueles muros. Ele seguia agora por uma estrada — uma estrada de verdade, não caminhos de terra como os de Norrøngard. Era pavimentada com pedra e ladeada por calçadas e valas de drenagem. Karn ficou admirado com a constatação de que algo tão simples como uma estrada agradável pudesse fazê-lo se sentir tão deslocado.

Logo à frente surgiu uma ponte antiga, encimada por torres de guarda em ambas as extremidades. Ele viu uma serraria na margem oposta. À sua direita, fileiras de casas em enxaimel, o gesso branco visível entre o madeirame exposto. Não se parecia em nada com as casas comunais e cabanas de pau-a-pique de Bense. Karn sentiu-se rústico e sem sofisticação, um garoto bárbaro dos confins do mundo. Longe, muito longe de casa.

Havia uma delimitação nos portões da cidade, onde dois guardas se postavam, questionando cada viajante antes de deixar que ele ou ela entrasse.

Após uma curta, porém malcheirosa espera atrás de um burro flatulento, era a vez dele. Os guardas o olharam com expectativa.

— Meu nome é Karn Korlundsson. Estou aqui para encontrar...

— Olha, rapaz — um dos guardas foi logo dizendo. — Nós não falamos norrøniano. Se quer ser compreendido, fale neleniano ou a língua universal.

Karn piscou perplexo para o homem. Ele havia entendido tudo perfeitamente. Então, por que o homem não conseguia entendê-lo? Ele tentou de novo.

— Meu nome é Karn Korlundsson. — As palavras de Karn morreram em sua garganta.

— Assim é melhor — disse o guarda. — Prossiga.

Mas Karn estava tentando olhar para baixo, para sua própria boca. Ele passou a língua sobre o lado interno dos dentes e esticou os lábios.

— Eu acho que há algo de errado com esse aí — observou o segundo guarda.

Ouvindo atentamente suas próprias palavras, Karn falou mais uma vez.

— Meu. Nome. É. Karn. Korlundsson — disse ele, prolongando cada palavra para ouvir o som. Ele *estava* falando a língua universal. E falando muito bem, por sinal. Karn sorriu. Enfiar a cabeça na boca de um dragão havia sido uma experiência terrível, mas veja só o resultado! Ele estava fascinado pelo talento para línguas de Orm. Perguntou-se quantos idiomas mais ele poderia falar.

— Meu nome é Karn Korlundsson — ele repetiu, desta vez em neleniano.

— Você continua dizendo isso — respondeu o primeiro guarda.

— Despache-o daqui — disse o segundo guarda. — Ele não parece bater muito bem.

— O quê? Espere! — disse Karn, parando de brincar de testar línguas. — Desculpe, eu só estava testando meu neleniano. Preciso entrar na cidade. Preciso mesmo.

— Sei — disse o primeiro guarda —, todo mundo *precisa* entrar na cidade. Mas vamos ver se você está trazendo alguma coisa que *a cidade* precise.

— Não entendi.

— Seu negócio aqui, rapaz. Qual é? Se você é um comerciante, onde estão as suas mercadorias?

— Eu não sou comerciante. Sou fazendeiro, na verdade, mas estou aqui para encontrar uma amiga. O nome dela é Thianna, Nascida no Gelo. Cabelos escuros, pele azeitonada, ela é bem alta. — Karn elevou uma mão sobre a cabeça para indicar a altura de Thianna. O guarda número dois assobiou, mas o guarda número um não ficou impressionado.

— Não é um comerciante, então. Apenas um vagabundo.

— Eu já disse, vim encontrar alguém.

— Geladinha, a menina gigante, sei. Bem, se você é um homem de negócios, não se oporá a fazermos um pequeno negócio. — Ele estendeu a mão.

O segundo guarda bufou.

— Ele está cobrando o pedágio para entrar, filho. São três peças de cobre.

Karn assentiu e procurou em sua mochila a bolsa de moedas de Nyra. Ele não tinha dinheiro neleniano, mas os guardas não pareceram fazer quaisquer objeções à moeda aralandesa que ele lhes entregou.

— Um momento, garoto — disse o segundo guarda, colocando uma mão no peito de Karn quando ele fez menção de passar por eles. — Você não pode ficar andando por aí com essa peixeira.

— O quê?

— Sua espada, filho — esclareceu o segundo guarda. — Você terá que embrulhá-la. Nós vamos selar as extremidades das dobras com cera. Plebeus são proibidos de portar espadas abertamente dentro da cidade.

Karn não gostou nem um pouco da ideia de amarrar a Clarão Cintilante. Então, ele se deu conta da palavra que os guardas utilizaram.

— Espere — disse ele. — Plebeus?

— Sim. Apenas nobres podem portar armas em lugares públicos.

Em Norrøngard não havia nobres como nestas terras do sul. Eram apenas os jarls e o restante do povo. E os haulds, agricultores cuja família possuía uma fazenda por seis ou mais gerações, como o seu pai. E o próprio Karn não havia conduzido a negociação semana passada em Bense? Isso fazia dele um hauld em treinamento, uma espécie de nobre.

— Eu não sou plebeu — alegou ele.

A reação de ambos os guardas foi bufar. Ele percebeu que sua camisa de lã e suas calças eram toscas demais para os padrões de moda nelenianos. Suas botas enlameadas com certeza não iriam ajudar. Ele era apenas um bárbaro maluco sem nenhum negócio para tratar na cidade grande, sozinho e sem amigos, com uma espada mágica tocada por um dragão que não lhe seria de serventia alguma se estivesse embrulhada e selada com cera.

— Eu *não sou* plebeu — ele repetiu, empertigando-se o mais alto que pôde e estufando o peito. Lembrou-se de que guardas da cidade não eram nada comparados a draugs e dragões. — Eu sou Karn hauld Korlundsson, sétima geração da Fazenda de Korlundr. Vocês dois ao menos sabem o que é um hauld?

— Claro que sabemos o que é um rauli, um raul, ou seja lá o que for que você disse que é — gaguejou o primeiro guarda.
— Então, vocês entendem por que eu posso portar uma espada — Karn os encarou.
— Hum... — atrapalhou-se o primeiro guarda. — Sim, senhor.
— Não tínhamos a intenção de ofendê-lo — observou o segundo guarda.
— Isso é tudo, então?
— Oh, sim, senhor. Tenha um bom dia, senhor — disse o primeiro guarda. — E bem-vindo a Castelurze.
Karn sorriu ao cruzar o rastrilho de ferro dos portões da cidade. Ele olhou para a multidão de agricultores que esperavam para entrar na cidade. Certamente, muitas de suas fazendas estavam em suas famílias havia anos. Os guardas, obviamente, não sabiam o que era um hauld, e isso era bom.

— Feche a boca, filho. Vai entrar mosca.
Karn percebeu que tinha ficado ali parado, olhando boquiaberto. Castelurze tinha casas, templos, lojas e outros comércios amontoados uns contra os outros, muitos deles com vários andares de altura. Ruas pavimentadas. Multidões apressadas em todos os lugares. Vendedores de rua. Artistas. Pregoeiros. Mendigos. E, ao contrário de Bense, em que, fora um ou outro anão de passagem, todos eram norrønir, um bocado de transeuntes não era humano.
— Elfos da floresta — disse ele consigo mesmo. Era a primeira vez que punha os olhos naquele povo habitante da

floresta. Ao contrário dos elfos negros pálidos e reclusos que conhecia, a pele dos elfos da floresta variava da cor dourada do carvalho ao marrom escuro da nogueira, chegando quase ao negro do ébano. Eram criaturas esbeltas e graciosas vestidas em tons de verde, castanho e vermelho. Cores da floresta.

— Eles todos são tão... bonitos!

— Para alguns, talvez — resmungou alguém perto dele. Karn olhou para o lado... e para baixo.

O ser ao lado dele parecia um pouco com um anão. Mas não era tão forte nem tinha o peito largo que os anões costumam ter, e tinha orelhas pontudas como um pequeno elfo.

— Sua boca está aberta de novo, filho — disse a criatura.

— Sinto muito, é só que... desculpe eu perguntar, mas você é um anão?

— Um anão? Não, sou um gnomo. Você não sabe a diferença?

— Gnomos... — disse Karn. — Eu ouvi falar de vocês. Não quis ofender... supus... Onde moro, só tem anões.

O gnomo suspirou.

— Acho que é um erro comum, se você não é daqui. Olha, gnomos escavam a terra. Anões, a rocha. Eles gostam de joias e nós gostamos de flores. Há muitas outras diferenças, é claro, mas esse é um bom critério, se você ficar na dúvida.

Nesse ponto, um pregoeiro veio até eles e agarrou a manga de Karn.

— Procurando uma pousada, jovem mestre? — perguntou o pregoeiro. — O Lobisomem Pescador tem quartos limpos, funcionários educados, excelentes frutos do mar. Nada de baratas ou ratos debaixo da cama.

— Obrigado, ainda não decidi o que vou fazer — Karn respondeu, soltando a manga da mão do pregoeiro e despachando com um aceno outro que se aproximava. — Eu só quero me orientar. Na verdade, estou à procura de uma amiga, não de um quarto.

Isso lhe deu uma ideia.

— Mas talvez seja uma boa ideia descobrir onde ela pode ter ficado.

— Uma amiga, hein? — disse o gnomo. — Bem, o Pescador Preguiçoso provavelmente é um lugar muito tosco para qualquer um que seja sensato. Sua amiga é elfa?

— Não.

— Isso provavelmente exclui a Salgueiros Ventosos. O Lobisomem Pescador é um bom lugar se você não se importar com o menu limitado. Peixe, peixe, peixe e mais peixe.

— Onde *você* ficaria?

— Bem, o Stane é limpo e agradável. É o melhor que o seu dinheiro pode conseguir se você não se importar com a caminhada.

— Não, não é onde *eu* ficaria. Onde *você* ficaria?

— Eu? Bem, eu ficaria na Folias do Fosco, mas não foi construída para pessoas altas. Fosco atende gnomos e outros povos de baixa estatura. Sua amiga é uma anã ou um roedor?

— Não, na verdade ela é muito alta. Tem mais ou menos essa altura — Karn estendeu a mão por cima da própria cabeça para indicar o tamanho de Thianna.

O gnomo assobiou.

— Bem, com certeza não ficaria confortável na Folias do Fosco. Uma menina grande como essa não acharia nada agradável.

— Você estaria certo se a pessoa em questão fosse outra qualquer — respondeu Karn. — Mas é que você não conhece Thianna. É Folias do Fosco e ponto. Qual é o endereço?

Foi bem difícil descobrir onde ficava. Desstra se ajoelhou diante da estátua de Malos das Profundezas, patrono dos elfos negros. Na base da estátua, apenas uma única e desamparada vela queimava, solitária e triste.

Ela ficou encantada ao encontrar o santuário para os cinco ancestrais sagrados bem próximo ao portão leste de Castelurze. Tanthal, impaciente para se encontrar com seus contatos e se inteirar sobre a missão, tinha ficado esperando do lado de fora, na rua. Será que ele não queria as bênçãos dos antepassados? Provavelmente não achava que precisava. Perfeito demais para precisar de algum conselho. Ela estava feliz por ficar livre dele, mesmo que só por um instante.

Em torno dela, viajantes e elfos da região homenageavam os outros quatro aspectos do seu povo: Luz, Mar, Montanhas e Florestas. Não era surpresa que a estátua de Nasthia, a Mãe Verdejante recebesse a maior parte da atenção. Desstra esperava que o negligenciado ancestral dos elfos negros apreciasse sua devoção e lhe concedesse orientação. Ela tirou uma moeda do bolso e colocou-a ao lado da vela bruxuleante. Imagens de venenos, armadilhas e vários truques sujos borbulharam em sua mente. Mas a sabedoria real e útil demorou a chegar.

"*Antes a um castelo entre as urzes indo,*
Onde todo desejo da vida é findo."

Pelo menos eles estavam na cidade certa, mas o que significava o segundo verso? O fim dos desejos da vida? Para Desstra significava tornar-se um membro da Ardil — tudo o que ela sempre quis. Para isso, teria que completar a missão. Completar a missão não era o único desafio que enfrentava. Suportar Tanthal ia ser complicado. Ele podia ameaçá-la com a formatura, mas seria inteligente o suficiente para perceber que precisava dela para terem sucesso na missão?

Karn tinha chegado a Castelurze um pouco antes deles. Os guardas no portão tinham confirmado isso. Relatórios da Inteligência diziam que gostava de jogos, o que poderia lhe dar uma vantagem na solução do enigma do poema e encontrar o chifre antes que ela ou Tanthal o fizessem. E apesar de seu sotaque e de seus trajes, ele poderia se misturar à multidão muito melhor do que ela. Desstra precisava de uma maneira de ficar de olho nele sem dar na vista.

Ela olhou para a estátua de Malos. Os veios azuis no mármore semitranslúcido pareciam vasos sanguíneos de verdade na pele pálida. Ela olhou para o próprio pulso pálido. O que era bonito no crepúsculo parecia doentio ao sol. Além disso, sua pele leitosa revelava que ela era uma habitante das cavernas. Uma estranha. Elfos negros eram raros na superfície, mais raros ainda tão longe de casa. Ela já estava atraindo olhares, mesmo no santuário dos Cinco, com ninguém por perto, senão outros elfos.

Desstra estudou o lugar à sua volta e seus olhos se demoraram na estátua de Nasthia, a Mãe Verdejante. Ela tinha sido trabalhada em bronze dourado brilhante. Se ao menos Desstra fosse uma elfa da floresta... ninguém questionaria onde ela estava indo nem o que estava fazendo.

— Desculpe — disse ela, pegando de volta sua moeda do pedestal de Malos. Andou até a estátua de Nasthia e acrescentou a sua oferta a uma grande pilha. — Mas preciso reconhecer o mérito onde ele de fato está.

— Ai! — gritou Karn ao bater a cabeça no batente baixo da porta.

— Você precisa tomar cuidado, garoto.

Karn resmungou — o conselho viera um pouco tarde demais — e endireitou-se com cuidado. A Folias do Fosco ficava no norte da cidade, onde as propriedades comerciais se misturavam às mais ricas e tradicionais residências de Castelurze. Com toda certeza, o local era especializado em atender clientes baixinhos.

Ele entrou no salão comunitário. Havia mesas e cadeiras de aparência sólida, mas de dimensões reduzidas, espalhadas pelo ambiente onde meia dúzia de clientes comiam e bebiam. Karn viu gnomos, anões (estava aprendendo a diferenciá-los) e várias criaturas que não se pareciam com outra coisa que não grandes roedores vestidos à moda neleniana. Ele desviou os olhos antes que ofendesse alguém por ficar encarando.

— Você é o gerente? Fosco? — perguntou ao gnomo que o cumprimentara quando ele entrou.

— Fosco Pertfingers, ele mesmo! — o proprietário respondeu. Era um sujeito idoso e robusto, com uma cara toda enrugada. — Tem certeza que não ficaria mais confortável em outro lugar? — perguntou ele, sem maldade.

— Tenho certeza que ficaria — respondeu Karn. — Mas não estou procurando um quarto. Na verdade, estou procurando uma amiga que veio para Castelurze antes de mim. Acho que ela pode ter ficado hospedada aqui.

— Então ela é baixinha, não é? — perguntou Fosco.

— Não — disse Karn, balançando a cabeça. — Ela é completamente o oposto de baixinha — Ele apontou para o teto.

Os olhos de Fosco se iluminaram.

— A jovem senhorita Thi — disse ele. — Sim, ela se hospedou aqui. O seu nome é Corn*?

— Karn.

— Karn, certo. Você é aquele garoto norrønur de quem ela me falou.

— Ela está aqui! — exclamou Karn, todo empolgado.

Desânimo tomou conta do rosto de Fosco.

— Ela alugou um quarto, mas eu não a vejo faz tempo.

Claro que não seria tão fácil.

— Eu posso vê-lo? — perguntou Karn. — O quarto, quero dizer.

— Para quê?

— Preciso encontrá-la. Talvez eu descubra uma pista do lugar para onde ela foi.

— Acho que tudo bem. Para dizer a verdade, estou um pouco preocupado com ela. Não que eu meta o meu nariz nos negócios dos meus clientes, sabe?

O velho gnomo levou Karn até uma escada nos fundos, por onde subiram para o segundo andar.

— Ai! — gritou Karn ao bater a cabeça com força numa viga de madeira exposta.

— Você tem de tomar cuidado com a sua cabeça — disse Fosco inutilmente.

---

* Milho. (N. T.)

— Acha mesmo? — bufou Karn. Mas, apesar da testa machucada, ele não podia deixar de se sentir satisfeito com o seu progresso. Tinha adivinhado corretamente que os tetos baixos e a clientela baixinha fariam Thianna se sentir mais confortável depois de crescer como a menor dos gigantes.

— Aqui estamos — disse Fosco, abrindo uma porta para um quarto modesto, mas limpo, com uma mesinha e uma cadeira, um criado-mudo e uma cama bem pequena. Havia um arranjo de flores na mesinha de cabeceira, ao lado de uma pequena estátua dourada.

— Foi aqui que ela ficou? — perguntou Karn, admirado. Fosco assentiu.

— O teto é um pouco mais alto do que o da maioria dos meus outros quartos — explicou o gerente. — Por causa da inclinação no telhado. Imaginei que ela precisaria de mais espaço para a cabeça.

Karn olhou para a cama, pequena demais para alguém do tamanho de Thianna e notou que ela estava muito arrumada, com os lençóis enfiados bem firme, perfeito demais para ser obra de Thianna.

— Ela dormia no chão? — perguntou.

O gnomo deu de ombros.

O quarto tinha o seu próprio banheiro, apenas uma banheira de ferro fundido e um balde num armário grande, mas Karn deu uma espiada lá dentro. A banheira tinha um pedaço de gelo flutuando na água gelada.

— Era *aqui* que ela dormia! — disse ele, triunfante. Era óbvio que Thianna vinha usando sua magia para congelar a água na banheira e assim poder dormir num bloco de gelo, como fazia em seu lar. — Você pode tirar a garota de Ymiria

— disse ele —, mas não pode tirar Ymiria da garota. — Ele se virou para Fosco. — Eu gostaria de alugar este quarto, se possível. — Ele tinha que ficar em algum lugar. A cama podia ser muito pequena para ele, mas como estava sozinho numa cidade estranha, pensar que Thianna tinha estado no mesmo lugar recentemente seria reconfortante.

— Isso vai lhe custar cinco cetros de prata por dia — disse Fosco. Karn assentiu. Ele não tinha cetros, mas estava certo de que poderia conseguir o equivalente na bolsa de moedas de Nyra. Sentou-se na beirada da caminha para contar a quantia e seus olhos bateram na estátua dourada. Era de uma mulher sentada num trono, com um leão reclinado ao lado dela, como um gato domesticado.

— Quem é ela? Uma deusa-mãe? — perguntou Karn.

— Cibele — disse Fosco. — Uma dentre os antigos deuses do Império Górdio.

— Deusa dos leões?

— Dos animais selvagens. Ela é a mãe da montanha. Também é a deusa da cidade e das muralhas da cidade, da fertilidade e do milho.

— Eu não sabia que nelenianos adoravam os antigos deuses — disse Karn.

— Nós não adoramos. De qualquer forma, eu não.

— Então por que ter uma estatueta dela em seus quartos? — perguntou Karn.

— Não é minha — disse Fosco. — Sua amiga, a jovem senhorita Thi, a comprou no mercado.

— Isso não faz o menor sentido. — Karn pegou a estátua de Cibele. — Thianna é de Ymiria. Lá eles não são nem um pouco chegados a deuses.

— Então, o que ela está fazendo com uma estátua de uma deusa?

— Pois é, boa pergunta... — disse Karn.

— Quem quer que você seja, não é muito bom em perseguições — murmurou Desstra, para si mesma.

Desstra estava no Mercado Velho. Era um bairro perigoso, no canto leste da cidade, perto de um antigo coliseu gordiano ainda de pé. Ela estava ali para adquirir alguns itens finais de que precisava para a sua performance daquela noite — o plano que ela persuadira Tanthal a deixá-la pôr em prática. A barraca diante dela vendia cosméticos: lascas de pau-brasil embebidas em água de rosas, o ruge conhecido como Pó Carmim para Senhoras, tinturas de cera de abelha e óleo para amaciar os lábios.

Desstra ergueu um espelho de mão, fingindo se olhar nele. Em vez disso, ela inclinou-o para que pudesse ver por cima do ombro.

— Agora peguei você! — disse ela para a imagem no espelho, alguém há cerca de vinte passos de distância, na sombra de uma loja. Vestia uma capa com capuz, apesar do calor, e portava uma espécie de cajado envolto em couro.

Ela tinha visto a mesma pessoa várias vezes já naquela tarde. Duas vezes podia ser coincidência, mas, num lugar daquele tamanho, mais de duas vezes significava intenções hostis. Sem dúvida, ela estava sendo seguida. A pergunta era: por quem? Não pela guarda da cidade — a guarda não teria necessidade de ocultar sua presença. Também não era um ladrão furtivo de bolsas: um ladrão já teria agido. Nem um assassino ou espião, ou alguma organização rival da Ardil: um profissional não seria tão fácil de detectar. Aquela pessoa não tinha a habilidade do subterfúgio. Era desleixada. E trabalhava sozinha.

Desstra baixou o espelho, para decepção do vendedor da barraca. Endireitou os ombros e se virou. Atravessou todo o mercado com passo firme e em linha reta na direção da figura encapuzada.

A capa se agitou, mas a figura fingiu não perceber a aproximação de Desstra. Talvez pensasse que a elfa iria se desviar. Pensou errado.

Pouco antes de Desstra alcançá-la, a figura saiu em disparada.

Desstra começou a correr atrás dela.

O estranho era rápido, mas uma certa irregularidade na marcha denunciava que era manco ou estava machucado. Desstra foi mais rápida.

O cajado girou no ar e derrubou um carrinho de vasos de plantas no meio do caminho dela. O pequeno lojista gnomo vociferou, sacudindo o punho atrás da figura de capa. Desstra saltou por cima de ambos, gnomo e carrinho.

Sua presa tomou a direção sul, seguindo para as ruas estreitas e sombras escuras das favelas de Castelurze.

Desstra pegou uma bolsa de ovos entre as suas coisas e arremessou-a na figura de capa, errando o alvo. A espuma amarela e pegajosa escorreu pela parede, inútil e desperdiçada.

Ela chegou à esquina. Sentiu uma contração nas orelhas, um sexto sentido que lhe prevenia sobre problemas mesmo antes de vê-los. Atirou-se para trás, quase dobrando-se em duas, o céu brilhante ferindo os seus olhos, bem quando o punhal passou raspando pelo seu rosto. Estatelou-se na rua, fazendo um estardalhaço.

Quando Desstra voltou a ficar de pé, os dardos de arremesso já estavam em suas mãos. Mas não havia mais sinal da sua presa.

Ela aprumou as orelhas, escutando. Ouviu passos apressados à direita. Dobrou a esquina tão rápido quanto a cautela lhe permitia.

A figura encapuzada estava logo à frente.

Desstra correu pela rua de paralelepípedos. Atirou um dardo. Atingiu a capa, mas não pareceu ferir a pessoa que a vestia. Será que estava de armadura por baixo?

O cajado do estranho atingiu um suporte apodrecido e fez um toldo desabar no caminho dela. Quando Desstra conseguiu ultrapassar o obstáculo, a figura de capa já tinha desaparecido.

Ela saiu da rua principal e entrou numa viela. Um manto esfarrapado estava largado no chão, seu próprio dardo preso no tecido sujo.

A rua estava cheia de pedestres. Gnomos, seres humanos, elfos da floresta, seres cobertos de pelos e com aspecto de roedores conhecidos como murídeos. Comerciantes, mendigos, peixeiros, criados em serviço, cidadãos cuidando de seus negócios, agricultores transportando produtos para o mercado, cargas a caminho das docas, uma guerreira estrangeira trajando uma armadura gasta de bronze e couro. Sua presa podia ser qualquer um deles. Ou nenhum deles.

Desstra se abaixou e recuperou seu dardo das dobras da capa descartada.

— Aí está você! — disse Velsa, sua colega de equipe, enquanto Desstra se levantava e guardava sua arma. — Tanthal me mandou encontrá-la — explicou a outra elfa negra. — Localizamos o garoto.

— Ótimo! — disse Desstra. — Já estava na hora de um xeque-mate.

Karn passou o resto do dia conhecendo Castelurze. Tentou perguntar discretamente em lojas e estalagens se alguém tinha visto uma menina gigante. Era difícil fazer isso sem chamar atenção, mas ele não precisava ter se preocupado. Não conseguiu informação nenhuma. Vasculhou em torno das docas, procurando por algo que nem mesmo ele sabia o que era. Perambulou pelas áreas mais pobres da cidade o máximo que se atreveu. Mas todos os lugares não davam em nada.

No fim da tarde, retornou à estalagem do Fosco, cansado, abatido e sujo.

— Já de volta, garoto? — O velho gnomo sorriu enquanto lavava pratos detrás de um balcão. Karn assentiu. — Só batendo pernas por aí?

— Eu andei por todo lado — Karn respondeu.

— Não teve sorte?

— Nada.

— Lamento muito. — Fosco franziu a testa e apoiou as mãos sobre o balcão. — Sabe, de acordo com a lei, um estalajadeiro tem o direito de ficar com os pertences de um inquilino se eles aparecem, bem, mortos.

— Ela não está morta! — Karn rugiu. Fosco ergueu as mãos como quem se desculpa.

— Eu não estou dizendo que ela está. O que estou dizendo é para não me culpar por não dizer nada logo de cara. Eu estava esperando o momento adequado para considerar que ela não voltaria mais. Mas agora você está aqui. Então, imagino que eu deveria apenas entregá-la a você.

— Me entregar o quê?

Fosco curvou-se sob o balcão e surgiu com uma mochila marrom desgastada.

— A mochila da Thianna! Está com você!

— Eu não olhei dentro dela — Fosco apressou-se em explicar, na defensiva.

Karn apanhou a mochila. Desfazendo as amarras, ele a abriu. Viu alguns dos equipamentos de Thianna — utensílios de cozinha e suprimentos, um saco de dormir, uma muda de roupa, bem como a pedra fosforescente que ela mantinha pendurada num cordão. Ele estava à procura de qualquer pista que pudesse ajudá-lo a descobrir para onde ela tinha ido. Então encontrou um pedaço de pergaminho dobrado.

Ele o esticou sobre a mesa. Continha apenas uma linha escrita, onde alguém havia rabiscado algumas runas norrønir com carvão.

— "Leflin Raiz Verde" — leu em voz alta. Karn olhou para Fosco. — O que é um Leflin Raiz Verde? É uma planta da região?

Fosco riu.

— Parece mais um nome de elfo da floresta para mim. Raiz Verde, Pé Marrom, Dente Verde, Nariz Dourado... Eles curtem esse tipo de nome.

— Um elfo da floresta. Você o conhece?

O olhar de Fosco fez Karn perceber como a pergunta era tola.

— Ok, saquei. Castelurze não é uma aldeiazinha qualquer. Mas como posso encontrá-lo?

Fosco tamborilou os dedos, pensando.

— Tente na Salgueiros Ventosos — sugeriu ele. — No andar de cima de uma fileira de lojas, próximo ao portão oeste. É um lugar muito frequentado por elfos da floresta. É um ponto de partida tão bom quanto qualquer outro para encontrar esse tal de Raiz Verde.

— Obrigado. — Karn apoiou a mochila nos ombros. Seus pés doíam depois de passar o dia todo andando, mas agora ele estava com as energias renovadas. Virou-se para a porta.

— Espero que encontre a sua amiga, garoto — desejou Fosco.

— Eu também — respondeu ele. — Eu também.

A música era ao mesmo tempo bela e fantasmagórica. Parecia vir de toda parte e de lugar nenhum. Karn tinha quase certeza de que era um instrumento de cordas, mas o som rico e ressonante não se parecia com nada que ele já tivesse ouvido.

A sala diante dele estava sutilmente iluminada por velas, que proporcionavam uma luz aconchegante e suave. O perfume de sândalo era intenso, mas não chegava a ser enjoativo. Ele desejou ter tomado um banho na estalagem do Fosco antes de sair. Era provável que o incenso não fosse forte o suficiente para encobrir o seu próprio cheiro. Agora não havia nada que pudesse fazer a respeito.

Todos os elfos na sala o fitaram quando ele entrou.

— Hum, fiquem na paz — disse ele incerto para o mar de olhos que o encaravam.

— Neste ambiente, que alternativa temos? — respondeu, com ar brincalhão, uma mulher de pele marrom-avermelhada e cabelos na altura da cintura. Ela deu uma risadinha e retornou para a sua conversa.

Isso não foi exatamente uma recepção calorosa, pensou Karn. Mas pelo menos ninguém está tentando me matar.

— Estou procurando por Leflin Raiz Verde — ele foi perguntando de mesa em mesa para os elfos. Ninguém o conhecia.

Aquela taberna dos elfos da floresta não se assemelhava em nada ao caos barulhento e fétido da grande Taberna do Stolki lá em Bense. As acomodações da estalagem pareciam ser bem diferentes umas das outras. Karn passou por recantos e alcovas cortinadas enquanto atravessava os ambientes. O chão nem era nivelado por igual: toda vez que ele cruzava uma porta, tinha que subir ou descer um degrau.

Depois de atravessar várias salas, Karn afinal encontrou um bar — um enorme balcão de madeira polida que fazia uma curva em semicírculo em volta da sala. Parecia ter sido construído a partir de uma única peça de madeira, embora ele não tivesse ideia de como tinham conseguido levar o balcão ali pra dentro. No canto oposto da sala, em cima de um pequeno estrado, Karn encontrou a fonte da música. Ele assistiu, fascinado, enquanto uma bela elfa da floresta batia suavemente com dois martelinhos nas cordas esticadas sobre uma caixa de ressonância em forma de trapézio. A música que ela produzia era sobrenatural, mas não parecia nem de adoração aos deuses nem de guerra. Fez Karn querer dançar. De preferência, entre as árvores e sob a luz das luas. Imaginou como se chamaria o estranho instrumento.

— Gosta do dulcimer? — perguntou um elfo da floresta de estatura alta ao lado dele.

— Sim — respondeu Karn. — Acho que sim.

— Tem bom gosto. — A pele do homem era da cor do mogno e os cabelos, da noz.

— Estou procurando uma pessoa — aproveitou Karn. — Um elfo da floresta chamado Leflin Raiz Verde.

— Está, é? — O elfo franziu a testa. — Talvez o seu gosto não seja assim tão bom no final das contas.

— Pode me dizer onde encontrá-lo?

O elfo meneou a cabeça.

— Você não sabe onde ele está, então?

— Eu não disse isso. Disse que não poderia lhe dizer onde encontrá-lo.

O elfo da floresta passou por uma mesa, apanhando uma cadeira para se juntar a um jogo que estava sendo montado. Karn o seguiu.

— É importante que eu fale com ele.

O elfo da floresta o ignorou, bem como os outros na mesa. Estavam ocupados organizando o jogo.

Karn olhou para a mesa. Peças de jogo coloridas estavam sendo posicionadas num tabuleiro que tinha quadrados dispostos numa curva acentuada, como uma espécie de pista de corrida.

— O que é isso? — quis saber.

— Nunca jogou uma partida de Aurigas? — o elfo da floresta com pele de mogno respondeu.

— Nunca nem vi isso.

— Então fique quieto enquanto jogamos — retrucou o elfo. Seus companheiros riram.

Karn estudou o tabuleiro. Jogos o fascinavam. E ele sabia que muitas vezes lhe davam dicas sobre os jogadores. Aurigas parecia ser para quatro jogadores. Cada um controlava quatro peças de jogo de uma mesma cor. Havia uma linha de partida evidente e uma linha de chegada também evidente.

— É um jogo de corrida — constatou Karn. O elfo assentiu.

— Para que servem esses espaços? — Ele apontou para as marcas em formato de estrela que estavam pintadas em determinados pontos ao redor da pista.

— São pontos de segurança — disse outro elfo à mesa. — Você não pode ser mandado de volta se estiver num deles. Dois jogadores podem ocupar uma mesma estrela ao mesmo tempo.

— Mandado de volta?

— Não dê corda para o menino estrangeiro — advertiu o primeiro elfo.

— Deixe que eu adivinho! — disse Karn. — Você manda um adversário de volta colocando uma peça no espaço dele. A menos que ele esteja num espaço marcado por uma estrela. Qual é o objetivo? Levar todas as suas quatro peças até a linha de chegada?

— Se for um jogo longo ou torneios — explicou o elfo. — Mas normalmente só é preciso levar dois até o outro lado para ganhar.

— A ordem de partida faz diferença — analisou Karn, batendo na extremidade esquerda do tabuleiro. O jogador que começasse ali teria uma rota mais longa até o fim da pista.

— Sim — concordou o elfo. — O jogo simula as corridas de bigas dos famosos hipódromos do antigo Império de Górdio. As equipes de aurigas que eram patrocinadas pelos patronos mais ricos podiam escolher a posição de partida. Nós rolamos dados para definir a ordem de partida.

— Vamos ficar de conversa fiada ou vamos jogar? — interveio o segundo elfo.

— Preciso falar com o Leflin Raiz Verde — lembrou Karn.

— Eu já disse, garoto — resmungou o elfo. — Leflin Raiz Verde não quer falar com você.

— Deixe que ele decida isso.

— Não.

Karn estudou o elfo.

— Você gosta de jogos, não é? — Karne imprimiu um tom desafiador à sua voz. — Quero dizer, você gosta pra valer deles?

— Do que você está falando, garoto?

— Me deixe jogar. Se eu perder, vou embora e não o incomodo mais. Mas se eu ganhar, você me diz onde eu posso encontrar Raiz Verde.

— Interessante, mas meus amigos aqui e eu vamos nos unir contra você e derrotá-lo num segundo. Não será bem uma competição, creio eu.

— Então, vamos encontrar alguém que jogue nas outras posições — sugeriu Karn. — Alguém neutro.

— Esta é uma estalagem de elfos da floresta, rapaz. E você é um estrangeiro que está bem longe de casa. Onde vai encontrar alguém disposto a jogar contra os meus interesses?

— Eu jogo — disse uma voz. Karn viu que uma jovem elfa da floresta havia entrado no aposento. Ela parecia ter mais ou menos a mesma idade que ele, embora, em se tratando de elfos, fosse difícil dizer. Sua pele era de um carvalho dourado brilhante e seu cabelo louro era da cor da bétula amarela. — Prometo não auxiliar injustamente qualquer um de vocês dois. Vou jogar pelos meus próprios interesses.

O elfo cor de mogno estudou-a por um momento.

— Está bem — disse ele. — Mas isso ainda nos deixa sem um quarto jogador.

— Ah, não acho que isso será problema. — Todos os olhos se voltaram para ver quem tinha falado.

— Saudações, Karn! — cumprimentou Tanthal, sentando-se calmamente numa cadeira vaga. Embora Karn não soubesse o nome dele, reconheceu de imediato o recém-chegado como um dos elfos negros que invadiram a Taberna do Stolki. — Parece que eu o encontrei procurando *chifre* em cabeça de cavalo.

CAPÍTULO CINCO
Situações delicadas

— De jeito nenhum! — Karn tinha a mão no punho da Clarão Cintilante. Ele puxou meia espada da bainha de madeira, mas parou quando viu que o elfo negro não havia se levantado. Tanthal permaneceu sentado na cadeira, espreguiçando-se e entrelaçando os dedos atrás da cabeça, como se não tivesse nada com que se preocupar no mundo. Sua expressão dizia que achava a reação de Karn infantil e embaraçosa. Karn deslizou a lâmina de volta, mas manteve a mão no punho.

— Outro jovem estrangeiro na Salgueiros Ventosos? — disse o elfo da floresta. — Dois em uma noite, e ambos de Norrøngard.

— Svartálfaheim — corrigiu Tanthal. — Eu sou Tanthal, da cidade das Sombras Profundas, que se localiza abaixo das Montanhas Svartálfaheim.

O elfo cor de mogno bufou.

— Então, um *de* Norrøngard e outro de *debaixo* de Norrøngard. Você dois estão um bocado longe de seu cantinho de mundo.

— Eu vim à procura de uma amiga — disse Karn.

— E você? — perguntou o elfo da floresta, olhando para Tanthal. — Você também está procurando um amigo?

— Eu não acho que ele tenha amigos — disse Karn.

— Pelo menos tenho aliados — respondeu o elfo negro de um jeito ameaçador.

Ignorando a troca de farpas, o elfo da floresta falou com a garota de pele dourada.

— Acho que nós não tivemos o prazer de sermos apresentados.

— Nesstra — disse ela com um ligeiro cumprimento de cabeça.

— Você não esteve na Salgueiros Ventosos antes...

— Não, senhor. Cresci na cidade de Bela Sombra, na Floresta do Fogo Negro.

— Sei onde fica Bela Sombra. Tenho sócios lá. Qual é a sua família?

— Os Sunbottoms — disse ela. Karn pensou ter visto a elfa lançar um olhar incerto para Tanthal antes de responder.

— Bem, Nesstra Sunbottom, bem-vinda à mesa. E seja bem-vindo, Karn. E bem-vindo, Tanthal. Vou adorar dar uma surra em todos vocês. — Ele pegou quatro dados, o osso branco brilhando contra a palma de sua mão marrom-avermelhada.

— Você não nos disse o seu nome — observou Karn.

— É verdade — respondeu o elfo cor de mogno. — Eu não tenho um. — Ele deixou essa afirmação ecoar por um momento. — Se você precisar de um nome para me chamar esta noite, pode me chamar de Senhor Carvalho.

Os dados foram distribuídos.

— Os números maiores ficam com as melhores posições de partida — o Senhor Carvalho explicou mais uma vez, por causa dos recém-chegados. Infelizmente, o número mais alto acabou por ser de Tanthal, que tirou um seis. Isso significava que o elfo negro iria jogar com o time dourado, começando o jogo na posição que proporcionava o menor número de quadrados ao redor da pista. O Senhor Carvalho veio em seguida, com o time preto. Nesstra Sunbottom ficou com o verde. Karn tirou o menor número e começou a jogar na pior posição, com o time que ninguém queria, o vermelho. Esperando tirar a má sorte do seu caminho logo de início, ele fez uma oração para Kvir, apenas por precaução. *Espero que Norrøngard não seja muito longe para você me ouvir,* pensou. Mas se o deus da sorte estivesse fora do alcance de sua voz, Karn teria que fazer sua própria sorte.

Estudando o tabuleiro, viu de imediato que seguir em frente não era necessariamente a melhor estratégia. Correr em torno da pista significava que outros jogadores poderiam tirá-lo se o atacassem por trás, pousando em cima da sua peça de jogo e devolvendo-a ao início. As regras, no entanto, diziam que qualquer número par de movimentos poderia ser dividido entre suas peças. Ele tirou um quatro e dividiu seus movimentos ao meio, para colocar duas peças em jogo, em vez de enviar uma à frente para disputar a liderança.

— Tímido — observou Tanthal.

— Esperto — respondeu Nesstra, com um sorriso para Karn. Isso lhe rendeu uma carranca do elfo negro.

Em seguida, foi a vez de Nesstra e depois do Senhor Carvalho, que deixaram o portão de partida sem nada de extraordinário. Então foi a vez do elfo negro. Infelizmente, a sorte de Tanthal continuou. Ele também tirou um três. Em vez de ir direto para a frente, ele saiu do seu caminho para pousar sobre uma peça de Nesstra, enviando-a de volta ao começo.

— Você não precisa fazer isso — observou Karn. — Não adianta muita coisa com o jogo tão no começo, não é?

— Isso faz com que meus adversários saibam que eu não estou para brincadeira — respondeu Tanthal.

O padrão do jogo continuou o mesmo. Tanthal sempre parecia estar jogando para espicaçar, com Nesstra sofrendo o peso de seus ataques. O Senhor Carvalho jogava com habilidade, sem correr riscos desnecessários nem infligir dor desnecessária, mas sem medo de fazer ambas as coisas quando serviam ao seu objetivo. Karn preferia colocar mais peças em jogo e trabalhá-las como um time, correndo apenas riscos calculados. Ele pousava sobre outros jogadores quando estavam diante dele e em seu caminho, mas não se afastava do seu curso para fazer isso. Ele descobriu que os dados introduziam um grau de incerteza que o seu jogo favorito, Tronos & Ossos, não tinha. Ele preferia um jogo que fosse de pura estratégia, mas a presença de quatro jogadores em vez de dois acrescentava uma dimensão interessante.

— Aurigas... parece estimular tanto a cooperação como a traição — ele observou.

— Você está pegando o jeito bem rápido! — o Senhor Carvalho comentou com relutante admiração.

— Obrigado. Jogos me fascinam. — Ele olhou ao redor. — Assim como lugares novos.

— Há um velho ditado — disse o Senhor Carvalho. — Se você está em Górdio, viva como os górdios; se você está em outro lugar, viva como vivem lá.

— Essa é uma boa filosofia de vida! — disse Nesstra. — Perceber que outros povos têm algo a lhe ensinar.

— Só ensinam alguma coisa se a outra pessoa vier de um chiqueiro — disse Tanthal. — Quando se é de uma cidade tão grande quanto Sombras Profundas, você sabe que seus próprios costumes são superiores.

— E ainda assim você está aqui — disse Karn.

— E você também está aqui. Moleque de recados de dragão.

— Um dragão *faminto*. Você deve se lembrar disso.

— Hum. Talvez. Mas ele está bem longe daqui.

Karn olhou para os dois elfos da floresta. Quem podia saber o que eles estavam achando daquela conversa. Nesstra sorriu timidamente para ele. O Senhor Carvalho estudou-o com olhos perspicazes.

À medida que o jogo avançava, Tanthal mantinha sua liderança. Karn achava que o elfo negro estava sobrevivendo mais da sorte com os dados do que da sua habilidade ou destreza.

Nesstra teve a chance de mandá-lo de volta, mas ela não aproveitou. Karn se perguntou por quê. Com a inação de Nesstra, Tanthal foi o primeiro a cruzar a linha de chegada. Mas o elfo negro não tinha colocado outras peças em jogo, e agora tinha uma longa volta repleta de adversários para negociar se ele quisesse pôr uma segunda peça na corrida, o que era necessário para a vitória. Infelizmente, ele continuou a tirar bons números nos dados, e sua segunda peça cobriu a distância sem demora.

Karn deparou-se com uma oportunidade de deter Tanthal, mas só se ele gastasse toda a sua "munição" num movimento que o faria colidir com Nesstra. Esperava que ela entendesse. Karn buscou os olhos dela, e a elfa lhe deu um levíssimo aceno de cabeça. Teria sido uma permissão? Ele tinha a sensação de que Nesstra queria ver Tanthal derrotado tanto quanto ele mesmo. Karn pousou sobre a peça dela, enviando-a de volta, mas isso o colocou perto de Tanthal o suficiente para ultrapassá-lo em sua próxima jogada.

Depois disso, o elfo negro ficou com raiva. A vitória provavelmente estava fora do seu alcance, por isso, quando ele colocou suas peças em jogo, usou-as para se vingar. Isso não lhe rendeu nenhum amigo. Karn, Nesstra e o Senhor Carvalho se juntaram para encurralar Tanthal em cada oportunidade. Tanthal soltou vários palavrões cabeludos quando foi enviado de volta ao início outra vez.

— Que sorte você ter tantos aliados! — disse Karn com ironia, rindo.

Por fim, as segundas peças tanto de Karn como de Nesstra estavam com ótimas chances de alcançar a linha de chegada. Nesstra estava na liderança e só Karn poderia impedi-la.

Ele rolou os dados e viu que o seu resultado permitiria que ele pousasse sobre a peça dela.

A mão de Karn tocou sua peça de jogo. Então, ele viu a decepção estampada nos traços dourados da elfa. Derrotar Tanthal significava mais para ela do que para ele. Por quê, ele não sabia.

Karn dividiu o seu movimento entre dois, decidido a não prejudicar Nesstra. Ela rolou os dados e ganhou quando chegou sua vez. Chegou em primeiro lugar, e ele em segundo.

Os olhos dela lhe diziam "obrigada", embora os de Tanthal dissessem algo muito diferente. O que os olhos do Senhor Carvalho expressavam enquanto estudavam Karn, ele não saberia dizer. O Senhor Carvalho chegou em terceiro lugar. Contrariado, Tanthal não teve a chance de completar seus movimentos finais. Todos eles se recostaram em suas cadeiras, olhando uns para os outros.

— Você teve a chance de ganhar e não aproveitou? — disse Carvalho.

— Idiota... — zombou Tanthal.

— Você é o perito no jogo, então, não é? — Nesstra fulminou de volta.

— A jogada foi idiota — disse Tanthal.

— Foi surpreendentemente incomum — o Senhor Carvalho corrigiu. — Resta saber se foi por idiotice ou algum outro motivo.

— Bem, já me cansei disso — disse Tanthal. Ele se levantou, espanando sua roupa com estardalhaço. — Fiquem aí celebrando suas pequenas vitórias. As maiores vocês não irão conquistar. — Com isso, o elfo negro saiu da sala. Karn se virou para o Senhor Carvalho.

— E sobre a nossa aposta? Você vai me dizer como posso encontrar esse cara, o Raiz Verde?

O Senhor Carvalho ficou em silêncio tanto tempo que Karn pensou que ele poderia não responder. Então, pegou um pergaminho do bolso e escreveu algo nele com uma caneta de pena. Empurrou-o através da mesa para Karn, mas não tirou a mão de cima.

— O que é isso? — perguntou Karn.

— Respostas — disse o elfo. — Mas, antes de ler, decida por si mesmo se realmente quer fazer a pergunta.

Karn estava parado na rua, em frente à estalagem Salgueiros Ventosos. Contemplou as luas no céu. Os nelenianos não chamavam a lua maior de Manna, como o seu próprio povo. Mas o satélite parecia o mesmo tanto ali como em Norrøngard. Todo o resto, no entanto...

O som de uma briga tirou a atenção de Karn do céu. Ele viu a elfa de pele dourada. Ela estava sendo abordada por dois dos estranhos seres roedores que ele vira antes na pousada. Um deles parecia um grande camundongo. O outro parecia mais uma ratazana. Ambos tinham adagas e estavam ameaçando Nesstra.

Num piscar de olhos, a Clarão Cintilante estava na mão dele. Karn investiu contra o mais próximo dos dois, o camundongo. A espada de seu pai atingiu o rosto do rato, cortando o nariz da criatura. Ele guinchou — *muito alto!* — e ergueu a mão para cobrir o ferimento. Mas, em seguida, seus pequenos olhos redondos se estreitaram. A ratazana se afastou de Nesstra e puxou uma segunda faca longa do cinto. Karn desejou ter um escudo.

— Fique atrás de mim! — disse ele por cima do ombro para Nesstra. Ele brandiu a Clarão Cintilante num arco amplo, forçando ambos os agressores a se afastar. A Clarão Cintilante, que sempre fora leve para o seu tamanho, agora praticamente flutuava no ar, graças ao toque do dragão. Mas os norrønir tinham um ditado: "Uma arma é tão boa quanto aquele que a usa".

Karn desejou ter uma menina gigante ao seu lado. Thianna a essa altura já estaria usando uma daquelas criaturas como bola de Knattleikr. Em vez disso, ele teve de se defender sozinho enquanto protegia uma pequena elfa.

A ratazana mergulhou à esquerda de Karn, golpeando com ambos os seus punhais de uma só vez. Karn girou a Clarão Cintilante com um movimento forte, desviando as armas para o lado. Mas agora seu flanco direito estava desprotegido, e o camundongo golpeou aquela região. Uma faca fisgou sua perna direita antes que ele pudesse bloqueá-la.

Ignorando a dor súbita, Karn segurou o punho da Clarão Cintilante com as duas mãos. Investiu firme contra o focinho ferido do camundongo. A criatura guinchou e caiu para trás. Mas nenhum dos roedores estava recuando muito. Karn sabia que não poderia escapar daquela luta.

Os dois roedores reajustaram as armas nas mãos. A ratazana sorriu, cheia de maldade. Karn abriu mais as pernas e segurou a Clarão Cintilante diante de si. Preparado como jamais esteve. Era isso.

— Talvez você queira correr — disse ele por cima do ombro para Nesstra.

— Mas pode ser também que eu não queira — a elfa respondeu.

Dardos delgados voaram pelas laterais das orelhas de Karn. Cada um acertou em cheio, um no focinho da ratazana, o outro no pescoço do camundongo. A ratazana desabou antes.

— Isso não é justo... — balbuciou o camundongo e, em seguida, também foi para o chão.

Karn virou-se para Nesstra.

— Uma poção do sono — revelou ela, o queixo erguido. — Eles vão ficar fora do ar só por alguns minutos.

— O que eles são?

— Batedores de carteiras, é claro.

— Não, eu perguntei o que são *essas coisas*?

— Ah. Murídeos. Roedores. Um da família dos camundongos e outro da família das ratazanas. — Ela olhou para a perna de Karn. — Você está ferido!

Karn desceu o olhar para onde o sangue estava vertendo através de suas calças rasgadas.

— Precisamos cuidar disso — disse Nesstra. Ela olhou para a Salgueiros Ventosos e meneou a cabeça. — Vou ajudar você a ir para casa.

— Para casa — riu Karn. — Ela pode estar mais longe do que você pensa em ir. Mas vou ficar na estalagem Folias do Fosco.

Nesstra deslizou o braço de Karn sobre os seus ombros magros. A perna dele não parecia tão ruim, e ele se sentiu bobo por colocar seu peso sobre uma menina tão pequena, mas a elfa da floresta era surpreendentemente forte.

— Você não precisa...

— Shh — disse ela. — Estou mesmo te devendo uma, por correr em meu socorro.

— Não me parece que você precisava ser socorrida.

— Eu costumo guardar os meus dardos na coxa, mas para entrar na Salgueiros Ventosos eu os coloquei na minha bolsa. Não consegui retirá-los a tempo quando eles me abordaram. Mas você manteve os dois ocupados por tempo suficiente.

— Poção do sono! — exclamou Karn, espantado. — Como você sabe preparar uma coisa assim?

— Eu sou uma elfa da floresta — argumentou Nesstra. — Somos bons com ervas. Aliás, obrigada por me deixar ganhar. O jogo, quero dizer.

— Você parecia precisar vencer. Estava sendo massacrada por aquele elfo negro abusado. Achei que iria doer bastante nele se fosse você quem tirasse o primeiro lugar.

— Tanthal parece conhecer você.

— Na verdade, não. Estamos apenas começando a nos conhecer.

— Você sempre faz inimigos assim tão rápido?

Karn deu de ombros.

— É melhor conhecer quem eles são de verdade logo de início, vai por mim. — Karn ficou em silêncio, pensando em seu tio Ori, que havia traído tanto o seu pai quanto a ele próprio. Nesstra também estava quieta. Ela o viu observando-a.

— Tenho alguma experiência com a crueldade dos elfos negros — desabafou ela.

Fosco apressou-se para ajudar quando viu Karn entrando pela porta de sua estalagem mancando. Juntos, ele e Nesstra acomodaram o menino norrønur numa cadeira e apoiaram a perna dele em cima de outra. A elfa de pele dourada rasgou a perna da calça para examinar o ferimento.

— Ei, essa é a única calça que eu tenho — protestou Karn.

— Quieto! — disse ela, examinando o corte. — Você tem sorte; a ferida não é profunda.

Nesstra abriu sua bolsa e revirou o conteúdo, retirando um pequeno frasco de vidro.

— Isso vai arder, mas vai evitar a infecção.

Karn rangeu os dentes enquanto ela aplicava uma pomada. Então, Nesstra tirou agulha e linha da bolsa.

— E isso provavelmente vai doer ainda mais.

— Bem, você parece estar em boas mãos — disse Fosco, empalidecendo diante do ferimento. Ele bateu no ombro de Karn e se afastou para atender seus outros clientes.

— Então, o que o traz a Castelurze? — perguntou Nesstra. Ela deve ter achado que Karn fez uma cara desconfiada, porque acrescentou: — É para desviar a sua atenção disto. — Ela ergueu a agulha.

— Ah — disse ele. — Eu vim aqui procurar uma amiga. — Karn grunhiu enquanto Nesstra deslizava a agulha através da pele lacerada.

— Continue falando — estimulou ela, puxando a linha com um pouco de força para deixar os pontos bem firmes.

— Uma grande amiga. — Karn grunhiu. — De Ymiria. — Nesstra ergueu uma sobrancelha. — Ela é metade gigante. — Grunhido. — Seu pai é gigante. Sua mãe, humana. — Grunhido. — Ela desapareceu há alguns dias.

— E você percorreu todo esse caminho só para encontrá-la? Ela deve ser uma grande amiga!

— Você não faria o mesmo pelos seus amigos?

— Eu não sei — disse a elfa com tristeza. Ela puxou o último ponto bem apertado e cortou a linha com seus dentinhos perfeitos. — Terminei com a sua perna. Ela vai ficar boa, e a minha pomada vai tratar de curá-la bem rápido.

— E quanto a você? — perguntou Karn. — De onde é que você disse que era mesmo? — Algo estranho nublou o rosto de Nesstra. — Bela Sombra, não é? Nesstra Sunbottom de Bela Sombra.

— Que bela memória você tem, Karn de Norrøngard! — Ela parou de guardar seus suprimentos médicos. — Eu vivi em Bela Sombra minha vida toda. Eu queria ver mais do mundo. Encontrar uma maneira de deixar minha família orgulhosa.

— Sei como é isso — disse Karn. — Onde você está hospedada?

— Eu estava planejando ficar na Salgueiros Ventosos. Mas posso arranjar um quarto aqui. Isto é, se você não se importar em ter companhia.

— Não — disse ele, feliz por enfim ter uma amiga numa cidade estranha. Alguém para quem Castelurze também representasse uma nova experiência viria bem a calhar. Ele começou a se levantar.

— Sente-se! — ela mandou. Nesstra andou até uma mesa próxima, onde Karn viu outro jogo de Aurigas. A elfa apanhou-o e o levou até onde ele estava sentado. — Enquanto você repousa a sua perna, vamos jogar outra partida. Só nós dois. E, desta vez, você não vai me deixar ganhar. Precisamos descobrir qual de nós dois realmente é o melhor.

Karn sorriu.

— Você também é fã de jogos?

— Sim — confirmou ela, recolhendo os dados. — Enquanto jogamos, você pode me contar tudo sobre essa tal de Thianna e como nós vamos fazer para encontrá-la.

— Nós?

— Claro! — disse Nesstra. — Afinal de contas, você me socorreu. Deixe-me ajudá-lo a completar a sua missão. Além disso, não tenho dúvida de que você vai encontrar o que veio procurar aqui, e quero estar bem ao seu lado quando isso acontecer.

— Você não me disse que a tampinha tinha um ferrão!

O que parecia uma ratazana esfregou o focinho onde o dardo o havia atingido. Ele parecia estar sofrendo uma reação alérgica à poção do sono, que provocou um inchaço na ponta do nariz, deixando-o vermelho e batatudo. Parecia um morango apodrecendo. Seu comparsa, com aparência de camundongo, coçou o pescoço acima da gola do gibão.

— Dois ferrões — disse o camundongo.

— Vocês foram avisados de que ela estava armada — disse Tanthal. — Se não conseguem dar conta de uma menina, deveriam estar bem envergonhados de si mesmos, e não com raiva de mim. — Eles estavam na parte mais pobre de Castelurze, onde conversas entre tipos desagradáveis não chamariam atenção. Ainda assim, os moradores mantinham distância.

— Armada, sim — disse o da espécie das ratazanas. — Venenosa, não.

— Vocês foram pagos — respondeu o elfo negro.

— E você conseguiu exatamente o que queria pelo seu dinheiro. Mas nós levamos mais do que imaginamos.

— Isso é da natureza de qualquer contrato — disse Tanthal. — Você faz o melhor acordo que consegue e espera um resultado favorável.

— Sim, bem, talvez os termos do acordo não tenham sido firmados com clareza suficiente para o nosso gosto — disse o que parecia uma ratazana. — O que estamos querendo dizer é que talvez devêssemos ser compensados pelo nosso problema extra.

— Vários problemas extras — acrescentou o camundongo.

— Vocês querem mais dinheiro?

Os roedores assentiram.

Tanthal suspirou.

— Estou desapontado. Mesmo. — Ele apontou para Velsa, que estava com outro elfo negro. Ela deu um passo à frente, e os roedores viram que ela carregava um pequeno baú de madeira. Velsa colocou o baú no chão diante dos murídeos.

— É isso aí, então? — perguntou o que parecia uma ratazana, ávido. — Nossa compensação extra?

— É, compensação extra — repetiu o camundongo.

— É tudo o que vocês merecem — disse Tanthal.

Os roedores curvaram-se ansiosos sobre o baú. O trinco era complicado e não abriu rápido.

— Foi um prazer fazer negócios com você — disse o que parecia uma ratazana.

— Muito prazer — repetiu o camundongo, esfregando as patas.

— Não, não — respondeu Tanthal enquanto os elfos negros se retiravam. — O prazer foi todo meu.

O que parecia uma ratazana franziu o cenho para isso, mas ele já tinha destravado o baú. Abriu a tampa. Uma nuvem de fumaça roxa e nociva elevou-se do baú vazio.

Os roedores gritaram alto, mas seus protestos não duraram muito...

CAPÍTULO SEIS

Raiz do problema

— Por onde começamos?

Nesstra estava esperando por Karn no salão comunitário da estalagem Folias do Fosco quando ele desceu, bem cedo pela manhã. Karn notou que ela estava carregando seus dardos numa bainha na coxa esquerda.

— Para não correr mais riscos — explicou ela.

Juntos, eles saíram para as ruas de Castelurze.

— Hoje o dia está mesmo muito bonito — comentou Karn, olhando para o céu azul intenso.

— É primavera — disse Fosco, que estava varrendo o chão diante da porta da frente.

— Já ouvi falar — disse Karn, meio de brincadeira.

— Lá de onde você vem não tem primavera?

— Se temos, não chamamos assim. Mas na verdade nós só temos duas estações: frio e mais frio.

O gnomo resmungou.

— Então, o que já sabemos? — perguntou Nesstra, quando eles já não podiam ser ouvidos. — Vamos repassar o seu enigma: "Antes a um castelo entre as urzes indo, Onde todo desejo da vida é findo. Por sobre o Carvalho e por baixo do Milho vá, O Chifre silencioso procure lá".

— Nós só sabemos de fato que estamos na cidade certa — disse Karn. — Então acho que devemos começar pelo segundo verso.

Eles passaram o dia procurando o fim dos desejos da vida. Isso significou um monte de tempo nos mercados, tentando encontrar as coisas que eles mesmos desejavam ou coisas que eles imaginaram que quem escreveu o enigma poderia ter desejado. Eles olharam tecidos coloridos, joias vistosas, perfumes finos, espadas bem trabalhadas, e, no caso de Karn, em especial, uma grande variedade de tabuleiros de jogos e peças. Examinaram uma variedade de alimentos saborosos e especiarias exóticas, que chegavam aos mercados de Castelurze vindos de todo o continente. Nenhum deles parecia se encaixar. Por fim, Karn declarou que era hora de deixarem os mercados e procurarem em outro lugar.

Ficaram parados diante das casas dos ricos, imaginando como seria viver lá dentro. Karn podia ver que um bom número de pessoas, certamente os moradores das favelas de Castelurze, considerariam essas habitações como a realização absoluta de seus desejos. No bairro religioso, eles conversaram com um monge solitário de uma terra distante, que falou da necessidade de desapego de todas as formas de desejo e laços terrenos, mas ele nada sabia sobre chifres mágicos ou estar acima do carvalho ou por baixo do milho, e ele não foi muito útil. Karn parou diante de uma estátua de Cibele e se perguntou outra vez sobre a estatueta no quarto de Thianna. Ele não sabia por que uma antiga deusa de Górdio teria interessado uma gigante do gelo. Suspirou.

— Não se preocupe — disse Nesstra. — Eu tenho certeza de que você vai encontrar o chifre.

— Eu não estou procurando o chifre — Karn retrucou aborrecido. — Estou procurando Thianna.

— Desculpe — disse a elfa da floresta. — Só quis dizer que, como Thianna estava procurando por ele, nós encontraríamos a sua amiga e o chifre juntos. É por isso que estamos seguindo as pistas que ela seguiu.

— Eu sei. Não quis ser ríspido com você. Só estou preocupado.

Nesstra colocou a mão no ombro dele.

— Me conte sobre ela.

— Thianna? — Karn sorriu. — Bem, ela é grande. Realmente grande. Muito, muito grande. E durona. Ela fala alto. Muito alto, na verdade. É audaciosa. Meio mandona. Ela é o tipo de garota atire-primeiro-pergunte-depois. Não dá o braço a torcer numa discussão, não importa quem esteja do outro lado, mesmo que seu adversário seja um dragão. Ela é um pouco sensível quando o assunto é sua altura, no entanto.

— Não gosta de ser alta?

— Não, não. Ela adora ser chamada de "alta". Mas não a chame de baixa. A não ser que você goste que quebrem seu nariz. E se você quiser levá-la a fazer alguma coisa que ela não quer, apenas sugira que ela não pode. Então, é só se afastar e vê-la agir.

— Ela é uma jogadora, como você?

— Que nada. Não é muito boa em jogos de tabuleiro. Gosta mais de jogos de bola. Os violentos, principalmente. E ela esquia muito bem na neve.

— Certo — Nesstra assentiu. — Você também esquia bem?

— Não muito bem. Ela também gosta de lutar. E não, eu também não sou bom nisso.

— Então vocês dois não têm muito em comum?

— Em termos de interesses, não.

— Não parece que você gosta muito dela.

— Está brincando? — exclamou Karn. — Ela é minha melhor amiga no mundo inteiro. Eu faria qualquer coisa por ela.

Nesstra ficou em silêncio de novo. Karn recordou como ela reagiu na outra vez em que ele mencionara a sua amizade. Ele não sabia muito sobre os elfos da floresta, ou elfos em geral. Talvez eles pensassem sobre essas coisas de forma diferente. Ainda assim, a jovem elfa da floresta com certeza estava sendo uma amiga para ele agora. Seria tudo por gratidão? Uma dívida por sua ajuda contra os roedores da noite anterior? Ou era por ser tão solitária? Ele entendia o que era estar longe de casa numa cidade estranha. Karn colocou a mão no bolso e sentiu o pergaminho que o Senhor Carvalho lhe dera.

— Por que não encerramos por hoje? — ele sugeriu, sentindo-se um pouquinho culpado por não confiar nela por completo.

— Você está bravo? — perguntou ela.

— Não. Só quero ficar um pouco sozinho. Posso me encontrar com você lá no Fosco amanhã.

Karn estava no extremo norte da cidade, à sombra dos antigos muros gordianos, com uma alta torre de guarda às suas costas e a porta de uma casa de enxaimel de três andares diante dele. Em sua mão, o pergaminho. O nome de Leflin Raiz Verde estava escrito nele, com um endereço e as palavras *Venha amanhã ao pôr do sol. Sozinho.*

As palavras foram escritas no alfabeto da língua universal. Ele lia a língua universal melhor do que a falava, mas suspeitava que a lia ainda melhor agora graças ao toque do dragão.

Karn aguardou até o sol mergulhar atrás dos muros. A primeira estrela da noite brilhava lá no céu.

Ele bateu na porta.

Houve um ruído lá dentro. Karn perguntou-se como seria Leflin Raiz Verde. Mais importante: como ele explicaria por que um menino de Norrongard tinha vindo de tão longe para ver o elfo da floresta? Aliás, por que será que Thianna tinha anotado o nome desse elfo? Ele era um amigo, um contato, um aliado ou um inimigo? Bater na porta talvez não tivesse sido uma jogada inteligente. Talvez aquilo fosse uma armadilha. Talvez...

A maçaneta girou. A porta se abriu. Inteligente ou não, a jogada estava feita.

Um elfo da floresta estava em pé na entrada, fazendo Karn ofegar.

— Olá, Karn! — cumprimentou o Senhor Carvalho.

— Leflin Raiz Verde é você?! — Karn arfou.

— Quando eu disse que Leflin Raiz Verde não queria falar com você — disse o elfo da floresta de pele cor de mogno —, eu sabia o que estava falando. Leflin Raiz Verde, ao seu dispor.

O Senhor Carvalho, ou melhor, o senhor Raiz Verde, afastou-se para permitir que Karn entrasse na residência.

Karn viu-se conduzido até a sala principal da casa. Uma escadaria levava possivelmente aos quartos e uma cozinha podia ser vista pelo vão de uma porta. O restante do andar térreo era utilizado como uma combinação de escritório e biblioteca, com várias poltronas confortáveis, uma grande mesa, uma escrivaninha e prateleiras e mais prateleiras de livros e pergaminhos.

— Eu sou uma espécie de historiador — revelou Raiz Verde quando reparou no interesse de Karn em sua biblioteca. — Não foi isso que o trouxe até aqui? Aprofundar-se no passado?

— Eu já disse — Karn o rememorou com frieza —, estou procurando a minha amiga.

— Você jogou uma partida interessante na noite passada, eu reconheço — disse Raiz Verde. — Você foi inteligente o bastante para ganhar, mas preferiu ser gentil. Foi isso que fez, não foi?

— Derrotar aquele svartalfar presunçoso parecia significar mais para Nesstra do que para mim.

— Hmm. Duvido que eu manteria a minha palavra se você tivesse derrotado apenas a mim, mas o que você fez foi inesperado.

— Então, você vai manter a sua palavra agora?

Raiz Verde ponderou.

— Eu lhe prometi respostas. Tem certeza de que as quer?

— Eu tenho que encontrar Thianna.

— Ela não está aqui. — O elfo da floresta gesticulou ao redor como se estivesse convidando Karn a procurar uma gigante escondida entre os móveis.

— Mas ela esteve? — perguntou Karn, sem desviar os olhos dos de Raiz Verde.

— Não. Ela me rastreou na Salgueiros Ventosos, assim como você fez, e estava vindo me encontrar, mas ela nunca apareceu. — O semblante de Karn foi tomado pela tristeza. — E aí você seguiu os passos dela. E aqui está você. Com elfos negros como inimigos. E você sabe o que ela estava procurando.

Karn compreendeu que Raiz Verde já sabia o que Thianna e Tanthal estavam procurando.

— Conte-me sobre o Chifre de Osius — pediu Karn.

Leflin Raiz Verde suspirou.

— Imagino que tenha sido por isso que sua amiga entrou em contato comigo. Segredos enterrados devem permanecer enterrados. Eu teria dito isso a ela.

— Por favor, isso é tudo que eu tenho para seguir adiante.

— Muito bem, sente-se. Vamos fazer uma viagem ao passado.

— Você sabe, é claro, da existência do Império de Górdio, que durou mais de mil anos e teve sua queda há quase um milênio. Mas quanto você sabe sobre os impérios anteriores?

— Anteriores? — perguntou Karn.

Raiz Verde bufou.

— Foi o que pensei. Não se tratava de um império humano e por isso nada lhe foi ensinado sobre ele. Mas houve uma grande civilização, maior do que qualquer outra que a sucedeu. — Ele puxou um estojo de pergaminho da estante e desenrolou um grande mapa sobre a mesa. Karn viu o formato familiar do continente de Katérnia, mas poucos dos nomes dos países batiam com os que ele conhecia. Raiz Verde apontou para um vasto território destacado com folha de ouro. — Um império dos elfos da luz governou grande parte do mundo civilizado, e vocês humanos existiam apenas nas sombras dessa luz.

Karn irritou-se com a parte de "vocês humanos", mas ficou quieto.

Raiz Verde continuou.

— Mas ervas daninhas crescem quando não se cuida do jardim. — Raiz Verde apontou de novo para o mapa. — Havia uma tribo de seres humanos que vivia numa pequena ilha chamada Talsathia, ao sul do que é hoje a ilha continental de Thica.

— Thica? — disse Karn, reconhecendo a importância daquele lugar. — A mãe de Thianna veio de lá.

— Interessante — ponderou o elfo, batendo um dedo no mapa, pensativo. — Interessante, de fato. Como você verá. Veja bem, foi em Talsathia, usando uma forja mística, que um ser humano conhecido como Osius criou três chifres mágicos.

— Três? Oh, não, não me diga que existem três desses?

— Isso o desagrada?

— Sim, me desagrada muito! — exclamou Karn. — Um só já é um baita de um problema.

— Fico feliz que você se sinta assim. — Raiz Verde estudou Karn de uma forma que o fez sentir que o elfo o estava avaliando. De novo. — Mas sim — disse ele. — Existem três e apenas três. Esses chifres, como eu acredito que você saiba, deram a Osius o domínio sobre serpentes. Usando o seu poder, ele reuniu e escravizou os grandes dragões. E o reinado do Rei Dragão começou. A guerra do Rei Dragão contra os Elfos da Luz foi travada por muitos anos, e eu poderia lhe contar histórias sobre ela até que as luas dessem lugar ao sol, mas isso fica para outra oportunidade. Por ora, vou apenas dizer que, embora não tenha sido destruído, o Império dos Elfos da Luz saiu avariado.

— Ponto para as ervas daninhas.

— Hum. — Raiz Verde torceu o nariz. — Talvez. Mas então, no auge do poder talsathiano, os grandes dragões se rebelaram. Os dragões desferiram um golpe contra os seus mestres e afundaram a ilha de Talsathia, sepultando a forja e seus segredos sob as ondas. O reinado do Rei Dragão havia acabado. Lembra-se daquelas ervas daninhas que você acabou de mencionar?

— Como não? — disse Karn. — É uma imagem tão lisonjeira!

— Bem, certas tribos humanas no continente agora estavam livres do domínio talsathiano. Elas pilharam o que restou do Império dos Elfos da Luz. Cresceram e se tornaram o que viria a ser o Império de Górdio. Não tão grandioso quanto o Império dos Elfos da Luz, mas o último grande império que este continente verá. A menos que você leve em conta os uskirianos, mas eu não levo.

Karn não se preocupava com o preconceito de Raiz Verde, apenas com os fatos.

— Mas o que aconteceu com os chifres? — perguntou.

— Havia muitos rumores sobre os poderosos artefatos da malfadada Talsathia. Um chifre, diziam, viajou para Thica. Foi usado lá por um tempo, então se perdeu na história e foi encontrado outra vez. E, depois, recentemente perdido.

— Ele foi para Norrongard.

Raiz Verde levantou uma sobrancelha incrédula para isso.

— Não se preocupe — Karn disse a ele. — Acredite em mim, ele já era.

— Você tem certeza disso?

— Ah, sim. Thianna o deu para um dragão comer.

— Um dragão?

— Como você disse, isso fica para outra oportunidade. E os outros chifres?

— Muito bem. — Raiz Verde assentiu. — Um chifre, dizem, permaneceu submerso no fundo do mar na Talsathia afundada. Acho que podemos descartá-lo por ora. Mas um chifre acabou viajando para o posto avançado gordiano de

Castrusentis. Seu portador morreu sem obter sucesso em dominá-lo. Reconhecido como valioso e perigoso, o chifre foi escondido do mundo. Mas uma pista para a sua localização permaneceu. Com o tempo, a história dos Chifres de Osius virou lenda, e o posto avançado de Castrusentis evoluiu para uma cidade de fato: a cidade de Castelurze.

— *Castrusentis* era o nome gordiano para Castelurze — disse Karn. — E a pista, "Antes a um castelo entre as urzes indo".

— Então, você conhece o enigma?

— Conheço, mas por que deixar um enigma se você quer manter algo escondido?

— Porque os enigmas tanto preservam um significado ao longo dos séculos como garantem que somente aqueles qualificados para compreendê-los possam de fato decifrá-los. Mas, sobre a sua amiga Thianna, suspeito que ela tenha encontrado alguma coisa.

— Encontrado *alguma coisa*?

— Sim. Uma coisa que ela estava trazendo para mim para que eu desse a minha opinião. Você está com essa coisa?

— Eu não tenho nada.

Raiz Verde pousou uma mão no ombro de Karn. O peso daquela mão não parecia amigável.

— Ela não lhe enviou um objeto? Você tem certeza? Ela não o deixou para que você o encontrasse? Diga-me a verdade, rapaz. Isso é importante.

Karn pensou na estátua dourada de Cibele na mesa de cabeceira. Mas aquilo era uma bugiganga. Não um artefato antigo ou um mapa misterioso.

— Nada. Ela não me deixou nada. Ela não me transmitiu nenhuma informação. Tudo o que eu tenho é o enigma.

Raiz Verde parecia perturbado. Karn sentiu que deveria dizer alguma coisa.

— Obrigado — agradeceu.

— Está me agradecendo? — respondeu o elfo. — Pelo quê?

— Pela ajuda.

— Eu não estou lhe contando isso para ajudá-lo, rapaz. Estou lhe contando a história do chifre para adverti-lo que fique longe. Para que você desista. O que está escondido deve permanecer escondido. Há aqueles que preferem que essas coisas permaneçam ocultas: organizações secretas que existem para assegurar que seja dessa forma. É possível que sua amiga tenha topado com uma delas. Você precisa compreender, as preocupações deles envolvem muita coisa. — Ele esticou o braço para apontar de novo o mapa da antiguidade. — Elas consideram o bem do mundo, através dos séculos e milênios. Não fazem prisioneiros. Se a sua amiga caiu nas mãos deles, eles a eliminaram.

Karn fechou a cara.

— Ela não está morta.

— Se ela foi capturada pelas forças das quais estou falando, ou por uma força oposta a essa...

Karn bateu com o punho na mesa.

— Você não conhece Thianna! Se ela foi capturada, então você deve sentir pena é de seus captores!

CAPÍTULO SETE
A filha do gigante de gelo

— Estamos ficando cansados de jogar com você.

Yelor, o elfo negro, não pôde evitar. Ele estendeu a mão para tocar seu nariz inchado, estremecendo com a pontada de dor. A detestável menina o tinha quebrado durante a última sessão. O oficial superior da Ardil designado para Castelurze estava convencido de que os interrogatórios de prisioneiros eram mais dolorosos para os prisioneiros. Infelizmente, não era isso que estava acontecendo ali.

— Talvez, se você jogasse melhor não estaria tão cansado — riu a gigante do gelo, irritante como sempre.

Thianna, Nascida no Gelo, estava de pé no meio de uma sala mal iluminada. Todos os móveis haviam sido removidos e tudo em volta estava afastado dela alguns metros. Os elfos negros não estavam dispostos a correr riscos.

As cordas que ela havia rompido em sua primeira tentativa de fuga tinham sido substituídas por grossas correntes de ferro. O resultado desse incidente para Yelor tinha sido o olho esquerdo roxo e inchado.

A cadeira que ela tinha estraçalhado e reduzido a pouco mais que gravetos em sua segunda tentativa de fuga tinha sido substituída por um robusto tronco de árvore. O tronco fora pregado firmemente no chão e no teto. O tornozelo torcido e latejante de Yelor não o deixava se esquecer do acontecido.

Se eles não obtivessem respostas dela rápido, logo ele estaria cheio de hematomas da cabeça aos pés.

— Escute aqui, sua pestinha — disse Yelor —, tudo que você tem a fazer é nos dizer onde está a chave. Fale e tudo isso pode acabar. Eu prometo.

O oficial da Ardil odiava o tom de súplica em sua voz. Odiava aquela atribuição, odiava estar tanto tempo na superfície naquela terra quente do sul, onde os únicos elfos fora os de sua própria equipe eram aqueles horríveis adoradores de árvores.

Yelor olhou para o tronco ao qual os braços de Thianna estavam amarrados. Pelo menos, havia uma certa satisfação em sua escolha de esconderijo. Era o tipo de lugar onde um elfo da floresta jamais iria, com todo aquele amor por árvores vivas.

— Mais cedo ou mais tarde, vamos acabar encontrando a chave — disse ele, esforçando-se para aparentar calma. — Se você nos ajudar agora, não só irá me poupar dias de aborrecimento, como também irá se poupar de uma experiência dolorosa.

Thianna pareceu considerar suas palavras. Então, ela baixou a cabeça e murmurou algo.

— O quê? — perguntou Yelor.

Thianna murmurou novamente.

— Ora, vamos lá, garota, não consigo ouvi-la!

O murmúrio continuou.

Yelor bufou exasperado. Ela estava presa com correntes, afinal de contas. Ele não deveria ter tanto medo de se aproximar dela. Era apenas uma menina, ainda que grande, brutal, violenta e grosseira.

Ele aproximou o ouvido da boca de Thianna.

— Afinal, o que é que você está dizendo?

— Skapa kaldr skapa kaldr skapa kaldr skapa kaldr — ela entoava.

Ela levantou a cabeça, com um sorriso triunfante.

Crraaas!

Tarde demais! Yelor percebeu que a meio gigante lançara algum tipo de feitiço de gelo em suas algemas de ferro. Fragilizadas pela geada, elas quebraram como pingentes de gelo e seus dois punhos gigantes martelaram dolorosamente os dois lados da cabeça delgada de Yelor ao mesmo tempo.

— Boa noite, durma bem! — a menina riu na cara dele. Enquanto caía duro no chão, Yelor percebeu que teria duas novas lesões desta terceira tentativa de fuga de Thianna.

Thianna nem perdeu tempo tentando abrir a porta da maneira tradicional. Ela sabia que eles a trancavam toda vez que Yelor entrava na sala para uma daquelas sessões. Ela tinha pouco tempo para arrombá-la, mas, felizmente, eles lhe tinham proporcionado um meio.

Ela contornou o tronco de árvore e o empurrou com o ombro. Bastou um empurrão rápido e forte, e o tronco soltou-se do teto. Ele se chocou contra a porta, partindo a madeira e arrancando-a do batente.

A gigante do gelo saltou através da abertura arruinada. Um guarda estava inconsciente em meio aos escombros. Ela pegou sua espada. Ele não pareceu se importar.

Então, outro elfo estava sobre ela.

Ela não tinha tempo para movimentos extravagantes. Aparou a espada dele com tanta força que a arma escapuliu da mão do elfo. A espada foi arremessada longe, atravessando a sala até fincar na parede, tremulando. Então ela o golpeou no rosto com o punho da própria espada, e ele caiu.

A sala onde ela se encontrava era comprida e retangular. Uma grande serra circular estava pendurada numa moldura de madeira sobre um poço. O tronco de árvore fazia sentido agora, assim como o som de água corrente que sempre ouvira ao fundo. Os elfos negros a tinham escondido numa serraria. Aquele era o segundo andar. Do outro lado da sala, ela podia ver a passagem para a remoção das toras serradas e a escada para o andar de baixo.

Infelizmente, vários outros elfos negros vinham subindo por ela.

— Vamos lá, companheiros! — Thianna cumprimentou os elfos negros, brandindo a espada em convite. — Nada que vale a pena vem de um jeito fácil.

Thianna irrompeu no ar da noite. Vários elfos estavam em seu encalço. Dois deles estavam tentando jogá-la no chão. Ela deixara outros dois fora de combate lá dentro. Com uma cotovelada no queixo, livrou-se de um dos atacantes. E tascou um pisão no pé do outro.

Temporariamente desimpedida, olhou em volta. A serraria tinha vários edifícios. Os tocos de árvores abatidas se estendiam diante dela. Parecia que ela estava ao sul do rio Westwater, mas não muito longe de Castelurze. Ela via a cidade à direita, do outro lado da água.

Bom, pensou. Vou estar de volta lá num instante.

Alguém se aproximava pela estrada que levava até a cidade. Uma elfa. Mais ou menos da idade dela, calculou, mas bem pequena em altura. Apenas um fiapo de menina.

— Detenha-a — gemeu um elfo ferido de dentro da serraria.

A menina de repente tinha armas nas mãos. Longos e finos dardos.

— Você não pode estar falando sério — disse Thianna.

Como resposta, um dardo voou na direção de sua cabeça. Thianna recuou e conseguiu desviá-lo com a lâmina da espada. E quase que não viu o segundo dardo chegando. Ela se jogou para o lado. O dardo não acertou nela por questão de uns dois centímetros.

— Pare com isso! — A gigante bradou. Ela atacou a pequena elfa com sua espada. E errou.

— Você é rápida, tenho que admitir — disse Thianna.

A elfa sorriu. Mas só por um segundo. E logo já tinha mais dois dardos nas mãos. Ela segurava-os como longos estiletes.

As duas meninas andavam em círculo, avaliando uma a outra.

— Você não pode causar muito dano com essas agulhinhas de nada — disse Thianna.

— São dardos envenenados — respondeu a elfa. — Um arranhão e já era. Um tem cicuta diluída.

— E o outro?

— Algo muito desagradável.

Thianna arremeteu com a espada, mas a elfa se desviou e ainda deu um jeito de golpear o antebraço da gigante ao mesmo tempo. Thianna empurrou-a com a mão livre, jogando a elfa longe. O que teria sido um corte apenas rasgou-lhe a manga.

Elas fintavam-se uma a outra, mas não se arriscavam a desferir golpes pra valer. Ambas eram muito rápidas, muito firmes em seus pés. Apesar da vantagem em tamanho, Thianna percebeu que estava diante de um dos adversários mais ágeis e coordenados que ela já conhecera. Ela era quase setenta centímetros mais alta do que a elfa, mas as duas se equivaliam. Tendo crescido rodeada por gigantes do gelo que tiravam sarro dela por seu tamanho reduzido, Thianna quase podia admirar a elfa pelo tanto que era capaz de fazer sendo daquela alturinha de nada.

Um dardo fez outro corte em sua manga. Thianna desferiu um soco outra vez com a mão livre e agarrou um ombro. A elfa cambaleou.

— Peguei você!

— Claro que sim — disse a elfa. — Você sabe o que dizem sobre as grandes árvores?

— O quê? — perguntou Thianna, desviando-se do dardo que a elfa tinha acabado de atirar.

Outra coisa voou na direção da cabeça de Thianna. Ela golpeou-a com sua espada sem pensar. Mas não era um dardo. Era algo pequeno, redondo, lembrando vagamente um ovo. Sua espada o acertou como se estivesse rebatendo uma bola de Knattleikr. Mas aquele troço não voou para longe.

O tal ovo aderiu rápido à sua lâmina. Um gás roxo nocivo exalou dele. Os olhos de Thianna no mesmo instante começaram a arder e sua garganta a fechar. A gigante não tinha sido derrotada na luta; ela tinha sido enganada! Trapaceada! Todos os dardos lançados tinham-na acostumado a um padrão. Ela não pensou duas vezes ao rebater o último projétil no ar, da mesma forma que os primeiros. A elfa queria que sua espada atingisse aquela coisa. A visão de Thianna foi escurecendo. Ela caiu de joelhos, sufocada e ofegante.

A elfa arrastou-se para perto dela, mas agora tudo que Thianna conseguia fazer era tossir. Ela sentiu sua consciência desvanecer. A elfa colocou uma mão em seu peito e empurrou-a com firmeza.

— Grandes árvores? Quanto maiores elas são, com mais força elas caem e se estatelam no chão.

CAPÍTULO OITO

Segredo sepulcral

— Só pode ser brincadeira!

Karn estava na porta de seu quarto na estalagem Folias do Fosco. A mesa, a cadeira e o criado-mudo estavam derrubados. Os lençóis haviam sido arrancados da minúscula cama. O colchão estava jogado no chão, o seu forro aberto com um rasgão e toda a palha arrancada. A estátua dourada de Cibele estava caída no piso, ligeiramente amassada, como se alguém a tivesse golpeado para ver se era oca. Não era. A mochila de Thianna havia sido aberta e seu conteúdo esvaziado e vasculhado.

Seu quarto fora completamente saqueado. Ou, pelo menos, tão saqueado quanto um quarto quase vazio como aquele poderia ser. Mas ficou claro que, enquanto ele estava reunido com Leflin Raiz Verde, alguém tinha entrado de fininho e mexido nas suas coisas, procurando algo. Nada parecia estar faltando, entretanto, nem mesmo os utensílios de cozinha de Thianna, que eram a única coisa que poderia ter algum valor.

Atrás dele, Fosco assobiou.

— Alguém andou se divertindo por aqui esta noite — disse ele.

— Eu vou pagar pelos prejuízos — Karn respondeu.

— O que tem para ser pago? Vou encher novamente o colchão com a palha e costurá-lo. Suponho que possa pagar pela linha, se quiser.

Karn assentiu. Começou de forma mecânica a recolher os objetos no aposento. Apesar da altivez na frente de Leflin, ele temia por Thianna. Queria ir para casa e esquecer toda essa história de chifres mágicos e elfos negros.

Fosco reparou em sua expressão. Ele tocou Karn no braço em solidariedade.

— Toda essa confusão porque deixei gente grande se hospedar aqui, imagino — ele ouviu o estalajadeiro resmungar enquanto ia embora.

Karn enfiou a palha de volta no colchão rasgado e, então, sentou-se na soleira da porta, de costas para o batente, e guardou de volta os pertences de Thianna em sua mochila. Quem quer que tivesse feito aquilo não sabia que Thianna havia se hospedado aqui, ou o quarto teria sido saqueado antes. Eles tinham seguido Karn até ali. Sem dúvida, depois que ele se apresentou nos portões. Ele era péssimo em passar despercebido.

Karn estava tão absorto em seu desânimo que bateu a cabeça no batente da porta ao ficar de pé.

— Ah, pelo amor de Neth! — ele praguejou. — Alguém criado numa casa comunal já deveria ter aprendido a ser mais atento.

Ele tentou, e não pela primeira vez, imaginar Thianna dentro da pequena pousada. Então, algo lhe ocorreu. Tanto Raiz Verde quanto seja lá quem tivesse feito aquilo — elfos negros, ele tinha certeza — estavam convencidos de que Thianna havia lhe dado alguma coisa. O que significava que não estava com eles. E isso queria dizer que ela de fato ainda poderia estar viva. Ela não estava carregando consigo o que quer que fosse essa coisa ou eles a teriam encontrado. Ela devia tê-la escondido em algum lugar. Mas os elfos, ou sabe-se lá quem, não teriam imaginado que Thianna ficaria numa pousada para gente pequenina. Apenas Karn a conhecia bem o suficiente para saber disso. Ele olhou para o colchão rasgado. Seus inimigos estavam tentando pensar como ele pensaria, procurando por lugares escondidos que Karn teria escolhido. Não por lugares que Thianna poderia ter escolhido. Elfos negros não eram muito baixos, mas também não eram altos. E ninguém era tão alto quanto Thianna.

Karn pegou a cadeira e arrastou-a para o meio do quarto. Subiu em cima dela e endireitou-se devagar, dobrando os joelhos e tomando cuidado para não bater com a cabeça no teto. Então, virou-se num lento círculo.

Ele precisava olhar para o quarto do ponto de vista de Thianna. Ali. Uma das vigas do teto possuía uma fenda que se estendia por grande parte de seu comprimento. A falha na madeira, visível apenas quando em pé na cadeira, ou na pele da filha de um gigante do gelo, era fácil de detectar.

Karn enfiou um dedo na abertura e sentiu algo. Entretanto, ele não conseguia pegar com os dedos, por isso, sacou a faca e cuidadosamente deslizou a lâmina pela fenda. Ele pressionou para baixo e arrastou um objeto para fora da pequena abertura. Ele caiu, e Karn o pegou em sua mão. Era pequeno e feito de ferro.

— Uma chave — disse Karn, tão empolgado que até falou em voz alta. Não havia quaisquer marcações no metal. Nada que indicasse onde ele deveria levá-la. — Antes a um castelo entre as urzes indo, onde todo desejo da vida é findo...

— O que é isso? — perguntou Fosco. O estalajadeiro tinha retornado trazendo agulha e linha.

Karn, por instinto, fechou o punho em torno da chave, escondendo-a.

Fosco apontou para a cadeira.

— Já não é alto o bastante, garoto?

— Oh, não! — disse Karn. — Eu, ah... Só sinto falta da minha amiga.

Fosco encarou-o de uma forma estranha, depois foi até o colchão e começou a costurá-lo.

— A vida é uma batalha, garoto. Altos e baixos. Ninguém está livre de problemas. Ricos, pobres, gente pequena, gente grande. Todos nós temos a nossa cota de problemas. Prontinho. Aqui está o seu colchão costurado de volta como se estivesse novo. — Fosco tirou o pó das mãos e se levantou. Ele parou à porta e se virou. — Ainda assim, é como minha mãe costumava dizer: "Melhor estar vivo e preocupado do que morto e sem queixas".

Karn concordou com um grunhido. Sua mente ainda estava a mil por hora pela descoberta da chave. Onde estaria a fechadura em que ela se encaixava? Como ela se relacionava com "todo desejo da vida é findo"?

Então, as palavras de despedida de Fosco lentamente penetraram sua mente.

Melhor estar vivo e preocupado do que morto e sem queixas.

— Eu sei — sussurrou Karn. — Eu sei onde todo desejo da vida é findo!

Grave Hill era uma colina que ficava a oeste da cidade. Karn analisou as fileiras intermináveis de lápides. Não era como o seu próprio povo marcava os lugares de descanso de seus mortos. Mas era fácil ver para o que servia.

— É como uma floresta de pedra — observou Nesstra.

— O que você está fazendo aqui? — sobressaltou-se Karn, assustado com o aparecimento súbito da elfa da floresta. Ele passou uma noite apreensiva com a banheira empurrada contra a porta, esperando que os invasores retornassem. Logo de manhã, saiu de fininho da estalagem do Fosco antes mesmo de o sol nascer, saindo por uma porta dos fundos. Fez um trajeto em ziguezague pela cidade, entrando e saindo de várias lojas, voltando várias vezes a trilhar o caminho que já havia feito, tentando se livrar de quaisquer perseguidores invisíveis.

Ele tinha inclusive saído pelo portão leste e dado toda a volta até o lado oeste de Castelurze. Só quando teve certeza de que ninguém o estava seguindo que ele finalmente foi ao cemitério.

— Seguindo você — confessou Nesstra. — Que bela maratona fizemos, não acha?

— Eu queria vir sozinho. — Karn fechou a cara.

— Eu disse que ia ajudar.

— Por que você faria isso?

— Você me ajudou.

Karn refletiu sobre isso.

— Não ajudei, na verdade.

— Tentou me ajudar, então — disse Nesstra. — Um estranho. Você estava sendo valente mesmo não sendo muito eficaz.

— Eram dois contra um — lembrou Karn, defendendo-se. — Eu *mantive os dois ocupados* até que você lançasse os seus dardos.

— Exatamente — respondeu a elfa. — Formamos uma... boa dupla.

Lá estava ela de novo, aquela hesitação. Talvez aquela elfa da floresta realmente precisasse de um amigo, tanto que estava disposta até a se envolver na aventura maluca de um estranho. Ele compreendia isso. Karn sentia falta de ter Thianna ao seu lado. Seria bom ter alguém em quem pudesse confiar. E Nesstra com certeza era uma boa lutadora. E uma fã de jogos também. Talvez eles pudessem participar de mais algumas partidas de Aurigas quando aquilo terminasse.

— Eu me encontrei com Raiz Verde na noite passada — revelou. — Já tenho elfos negros com os quais me preocupar. Ele acha que existem outros indivíduos que querem que coisas escondidas permaneçam escondidas.

Nesstra ficou em silêncio por um momento conforme assimilava as informações de Karn, então suas palavras saíram num ímpeto.

— Não acredito que você foi ver Raiz Verde sem mim! — ela gritou, sua pele dourada enrubescendo de raiva. — Por que você está me tirando da jogada?

— Eu não... hã...

— Não quer ajuda? Acha que não sou competente?

— Não é isso.

— Não quer compartilhar o seu tesouro? — exigiu saber, cutucando-o com força na altura do peito.

— Não quero que você se machuque!

Nesstra ficou perplexa.

— *O quê?*

— Eu não quero que você se machuque, está bem? — repetiu Karn. — Acho que as coisas estão prestes a ficar perigosas.

Nesstra ficou quieta por um instante. Karn perguntou-se o que ela poderia estar pensando. Então, ela bateu nos dardos delgados presos à coxa.

— Deixa que eu me preocupo com quem se machuca. — Ela caminhou até uma lápide e descansou a mão sobre ela. — Diga-me por que estamos aqui.

— Porque é aqui que todo desejo da vida é findo — explicou Karn, resignando-se com a companhia dela, mas também feliz por tê-la. — Depois que morre, você não quer mais nada. Eu não enxerguei isso logo de cara porque os norrønir enterram os mortos em montes sepulcrais e, bom, alguns dos mortos neles ainda são muito gananciosos.

— Os mortos são *gananciosos*?

— É uma longa história. Eu conto pra você outra hora. Mas eu fico me perguntando por que os elfos negros ainda não descobriram isso.

— Eles vivem no subsolo. Eles não enterram os seus mortos na terra como os seres humanos fazem. Os svartalfar lançam os falecidos em barcos flutuando num grande rio subterrâneo e aí ateiam fogo nos barcos.

— Você sabe muito sobre isso.

— Eles continuam sendo elfos, certo? Mesmo que não gostem do sol. — Ela virou-se e inclinou-se na lápide. — Então, qual é o nosso próximo passo?

— Estamos procurando por alguma coisa que "por sobre o Carvalho e por baixo do Milho vá".

— "O Chifre silencioso procure lá" — Nesstra concluiu. — Mãos à obra. Depois do seu passeio matinal, não nos resta muita luz do dia.

Havia dois grandes carvalhos distantes um do outro em Grave Hill, embora nenhum deles se assemelhasse a um milho. Nesstra subiu em ambos, escalando até o topo — ela era tão ágil! —, mas disse não ter encontrado nenhuma pista entre os galhos.

— O enigma não faz sentido — reclamou a elfa. — Os carvalhos são mais altos do que os pés de milho, não são? Como uma coisa pode estar por sobre o carvalho, mas por baixo do milho? Não deveria ser "por baixo do carvalho e por sobre o milho"? Talvez o nosso enigma esteja errado.

— Acho que não. Seja como for, é o único que temos para seguir adiante.

— Mas não faz o menor sentido.

— Se fosse fácil, todo mundo decifraria! O chifre teria sido encontrado anos atrás.

Karn analisou os túmulos. Eles variavam de lajes simples com nome e data talhados em sua superfície até sepulturas elaboradas, com estátuas e ornamentação. Como não era de admirar, quanto mais alto subiam a colina, mais pomposas as sepulturas se tornavam. Mas os túmulos também ficavam mais antigos, à medida que subiam. Nada parecia se encaixar no enigma, no entanto.

— Estamos fazendo isso da forma errada — disse Karn. — Levaríamos um mês inteiro para verificar cada um dos túmulos.

— No que você está pensando?

— Raiz Verde disse que o chifre veio para Castelurze quando a cidade ainda era um posto gordiano chamado

Castrusentis. Isso significa que podemos eliminar qualquer túmulo que esteja com uma data depois de 3 DG, quando o Império Gordiano caiu. Vamos procurar apenas nos mais antigos, e os mais antigos estão mais no alto.

— Para o topo da colina.

— Para o topo da colina.

As inscrições mais antigas nas lápides do cume estavam extremamente desgastadas. Afinal, tinham quase mil anos de idade ou até mais. Seus adornos também faziam bom uso das antigas divindades gordianas. Karn viu várias representações da figura com chifres nos ombros e do deus a cavalo nos quais ele havia reparado pela primeira vez em edifícios públicos de Sardeth, a cidade em ruínas. Ele também viu algumas representações de Cibele, a mãe da montanha, deusa das cidades e das muralhas, da fertilidade e...

— Do milho.

— Como é?

— Procure pelas representações da mãe da montanha. Cibele. Ela é a deusa do milho. Thianna tinha uma estátua dela em seu quarto. Procure por ela em túmulos que também tenham imagens de carvalhos.

Nesstra e Karn correram por entre as lápides. Ambos estavam agitados pela empolgação. Não demorou muito.

— Encontrei! — disse a elfa da floresta.

Karn foi até onde ela estava e olhou para a lápide que ela apontava.

Era uma pedra tumular simples, embora grande. Tinha gravada a deusa Cibele. Embaixo dela, uma folha de carvalho entalhada num círculo. E entre as duas, um buraco de fechadura.

— "Por sobre o carvalho e por baixo do milho" — observou Karn.

— Mas não sei o que fazer agora — disse Nesstra. — Talvez eu possa tentar arrombar essa fechadura.

— Você não vai precisar fazer isso.

— Então, o que faremos?

— Vamos usar isso! — disse Karn.

Nesstra ficou boquiaberta quando viu a chave na palma da mão de Karn.

— O que mais você está escondendo de mim?

— Que foi? Por acaso você não tem nenhum segredo? — perguntou Karn.

Nesstra não respondeu.

A chave deslizou com facilidade no buraco da fechadura. Karn girou-a. Ouviram um clique suave, seguido por um mais alto e, em seguida, a laje lentamente afundou no solo com um ruído áspero. Na abertura que agora era revelada, eles viram uma escadaria que descia para debaixo da terra.

Eles começaram a descer os degraus, Nesstra foi na frente. A luz do sol penetrava pouco mais de um metro na passagem, mas a elfa parecia não se incomodar com a escuridão.

— Espere um instante — pediu Karn. Ele retirou a pedra fosforescente de Thianna de dentro da camisa, onde estava pendurada pelo cordão em volta do seu pescoço. Chacoalhando-a, ele ativou sua débil luz.

— Ah, certo — disse Nesstra. — Obrigada.

Os degraus terminavam no início de um corredor estreito. As paredes de ambos os lados eram decoradas com padrões que se assemelhavam aos anéis dos troncos das árvores. No fim da passagem, uma enorme placa de pedra era sustentada por um grande escudo que a calçava. O escudo era retangular, com um pouco menos de um metro de altura por sessenta centímetros de largura, ligeiramente curvo, e tinha um desenho elaborado pintado em sua face. Não havia dúvida de que tinha sido colocado ali deliberadamente para impedir que a placa isolasse o que quer que estivesse além daquele ponto.

— Isso é um *scutum*, um escudo gordiano — disse Karn. — As tropas do Império de Górdio os carregavam há mil anos.

Nesstra não parou para a aula de história. Esgueirou-se sob a placa. Não querendo ficar para trás, Karn deitou-se no chão e também rastejou por debaixo dela. Mas olhou com cautela para o escudo antigo enquanto deslizava, tomando cuidado para não esbarrar nele. Se o escudo cedesse, eles ficariam presos quando a pesada pedra deslizasse para baixo.

Ele se viu num espaço muito maior, circular e com um teto abobadado. O piso tinha o mesmo padrão de anéis que as paredes lá fora. O centro da câmara era quase todo ocupado por um enorme sarcófago de pedra, cuja tampa fora esculpida para se parecer com um corpo deitado.

— Com certeza o objetivo disso é representar quem quer que esteja aí dentro — disse Karn. Ele aproximou a luz. A figura estava vestida em trajes cerimoniais e tinha barba.

— Ele parece um sábio — observou Nesstra.

Karn assentiu, mas estava preocupado. A figura tinha as duas mãos na frente do rosto, como se estivesse segurando alguma coisa, e seus lábios estavam fazendo um biquinho.

— Ele não está aqui — disse Karn.

— O que você quer dizer?

— Olhe para as mãos entalhadas. Ele estava segurando um chifre. Foi feito para parecer que ele o estava soprando.

Eles enterraram o seu corpo e colocaram o chifre nas mãos de sua estátua. Então, selaram este lugar de cima a baixo. Alguém esteve aqui desde então e o levou.

— Talvez fosse apenas um chifre entalhado... Uma parte esculpida desta estátua.

— Eles não o quebraram. Deslizaram o chifre para fora.

— Talvez esteja no sarcófago. Com o corpo.

Karn deu uma boa analisada na tampa. Parecia pesar uma tonelada. Também parecia intocada, o mofo e a poeira de séculos depositados de maneira uniforme em toda a sua vedação.

— Não acho que alguém tenha aberto isso em mil anos.

— Tem que estar aqui! — disse Nesstra. — Tem que estar.

— Bem, não está — disse ele, sentindo-se derrotado.

— Quem poderia tê-lo levado? — Ela olhou ao redor da câmara freneticamente, como se procurasse um ladrão.

— Imagino que tenha sido a mesma pessoa que deixou aquele escudo gordiano.

— Não, isso significa...

— Que o chifre foi levado mais de mil anos atrás — Karn terminou a frase —, por um soldado de um exército que não existe mais.

— Eu não posso acreditar nisso. Não posso.

— Não sei por que você está tão transtornada — disse Karn. — Afinal de contas, sou eu que estou procurando Thianna. Não é como se...

Ele parou de falar. Algo peculiar chamou sua atenção.

— O que houve com as suas orelhas? — questionou.

— Elas são compridas — respondeu Nesstra, irritada. — Não me diga que você está reparando nisso só agora.

— Não. Quero dizer, por que elas estão se contraindo?

— O quê? — perguntou a elfa.

— Suas orelhas... Elas estão se contraindo.

Nesstra ficou imóvel, suas orelhas se aprumando enquanto ouvia atentamente. Então, seu rosto adquiriu uma expressão alarmada.

— Nós não estamos sozinhos — avisou ela.

Ambos se viraram para a passagem. Havia uma luz fraca ao fundo, e o som suave de passos descendo as escadas. Muitos passos. Karn deslizou a Clarão Cintilante da bainha ao mesmo tempo que Nesstra apanhou dois de seus dardos delgados.

Karn abaixou-se para olhar sob a placa de pedra. Eram elfos da floresta, tanto homens como mulheres. Estavam usando lenços para esconder o rosto. Cada um deles carregava um pequeno escudo redondo de um tipo conhecido como broquel. As faces dos escudos estavam pintadas com o padrão de toco de árvore que agora lhe era familiar.

— Isso não pode ser boa coisa — sussurrou Karn. Então, um deles o avistou.

Todos os estranhos puxaram suas espadas.

Ao lado dele, Nesstra atirou um de seus dardos delgados. Ele atingiu um elfo na perna. Ele gritou e caiu.

O resto do grupo reagiu, trazendo para a frente os seus pequenos escudos. O próximo dardo de Nesstra foi desviado para o lado.

— Estamos presos — sussurrou Karn. — Não temos para onde ir.

— Claro que temos — silvou Nesstra. — Podemos passar por eles. — Ela lançou outro dardo. Este atingiu em cheio o braço de uma mulher. Karn a viu desabar no chão. Mas eles ainda enfrentavam muitos adversários.

Então, um homem se aproximou e ergueu um pequeno arco.

Karn saltou rápido de lado quando uma flecha passou zunindo por ele. Ele se abrigou atrás do escudo gordiano: pela primeira vez em mil anos, o antigo escudo gordiano estava sendo utilizado para aquilo que havia sido projetado.

Sem qualquer tipo de arma de projétil, ele era inútil, a menos que Nesstra tirasse de combate o arqueiro. Mas ele estava pronto para colocar a Clarão Cintilante em ação se alguém se esgueirasse por debaixo da placa.

Então, Nesstra gritou e caiu para trás. Uma flecha chocou-se com a parede atrás dela. Ela levou a mão ao lado do corpo e algo molhou os seus dedos. Fora atingida de raspão.

Nesstra tentou se levantar. Suas pernas vacilaram.

— Oh, não — resmungou ela. — Envenenada.

Então, ela caiu.

— Nesstra! — gritou Karn. Ele tentou alcançá-la, mas uma segunda flecha o fez se proteger atrás do escudo.

Os estranhos se animaram e começaram a correr. Poriam as mãos nele em segundos. Eram mais do que ele poderia dar conta sozinho. Nesstra estava morrendo, e ele iria se juntar a ela em instantes a menos que conseguisse pensar em alguma coisa.

Karn olhou para a pesada placa de pedra. Não era a melhor solução. Era apenas a única. Ele agarrou o escudo gordiano firmemente em ambos os lados. E puxou-o com toda a sua força.

O escudo soltou-se com um ruído de raspagem terrível. Karn caiu no chão, com o grande escudo sobre o peito. Com um baque forte, a enorme pedra deslizou para baixo, fechando a passagem. Então, as coisas ficaram em silêncio, exceto por sua respiração e a de Nesstra, que estava ofegante. Os estranhos estavam do outro lado da rocha sólida. Não poderiam alcançá-lo tão cedo. Nem ele poderia chegar à passagem para a escadaria.

Eles estavam a salvo por enquanto, mas também estavam presos. Provavelmente para sempre.

CAPÍTULO NOVE

A Ordem do Carvalho

— Não está nada bom, não é?

Karn se ajoelhou ao lado de Nesstra.

A elfa da floresta fez uma careta de dor enquanto a toxina começava a percorrer seu organismo.

— Eu não consigo sentir minhas pernas — disse ela. — Estou paralisada.

— Sinto muito — disse Karn.

— Não — observou ela. — Paralisia é bom. Se fosse... veneno... poderíamos não saber como tratar. — Ela puxou sua bolsa com um braço que estava perdendo rapidamente a coordenação. — Tome. Pegue.

Karn abriu a aba e vasculhou o seu conteúdo: frascos de vidro, bolsas de couro, embrulhos de papel, uma única pedra redonda, pequenos jarros de barro, bem como dardos adicionais.

— Não vá cortar o dedo — alertou.

— Do que você precisa? — perguntou. — Me diga o que fazer.

— Do pó vermelho — disse Nesstra. — Mistura de sálvia, prímula, agrião, outras ervas... vai curar a paralisia.

Karn buscou freneticamente por entre as coisas dela.

— Achei — disse ele, segurando um pequeno frasco com o medicamento.

— Esfregue no ferimento — Nesstra o instruiu.

Karn levantou-lhe a blusa com cuidado.

— Oh, meu Deus — disse ele, com a voz carregada de medo.

— O que... há de errado? — perguntou ela.

— Sua pele. Em torno da ferida. Está tão pálida!

Nesstra virou o rosto.

— Ignore isso — disse ela. — Esfregue no ferimento.

Karn fez como o indicado, aplicando toda a dosagem do medicamento sobre a lesão. O corte em si era pequeno, a ponta da flecha passara de raspão na lateral de seu corpo. Mas ele estava preocupado com a pele branca acinzentada, que parecia doente. Ele esperava que não estivesse necrosada. Quando terminou, Karn puxou de volta a blusa para baixo para esconder a visão daquela pele pálida.

— Aguente firme — disse ele, dando-lhe umas palmadinhas desajeitadas. — Eu arrastei você para isso. Pelo amor de Neth, isso não era nem mesmo assunto seu! Eu prometo a você, não vou deixá-la morrer!

Nesstra escondeu o rosto na curva do braço. Karn queria dizer-lhe que ela não precisava ter vergonha de demonstrar dor e medo, mas ele não sabia como. Então, apenas abraçou-a, sentado em silêncio, esperando que o antídoto fizesse efeito.

— Quero ver você sair dessa.

Yelor estava exultante. Ou se regozijando tanto quanto lhe era possível com as duas orelhas muito inchadas.

— Chegue perto pra você ver o que acontece — Thianna respondeu. — Embora você pareça muito machucado. Talvez seja melhor não.

Yelor fez uma cara feia.

A gigante do gelo estava presa a um tronco de árvore ainda maior do que o anterior, com correntes mais grossas do que antes. Outros dois elfos negros estavam de pé a uns bons cinco metros de distância dela, ambos com bestas carregadas apontadas para a sua barriga. Eles tinham ordens para disparar no instante que ela murmurasse algo que soasse remotamente parecido com um feitiço. Eles estavam na principal sala de trabalho da serraria agora, onde havia a enorme lâmina circular pendurada acima do poço de serra, mas o poço tinha sido coberto com tábuas.

— Tem ocorrido alguns desdobramentos interessantes na cidade — disse Yelor. — Pode ser que não precisemos de você por muito mais tempo. Você devia ter colaborado quando teve chance.

— Certo. Como se você fosse me deixar ir embora depois — zombou Thianna.

— É verdade, você nunca irá embora daqui — respondeu o elfo. — Mas há maneiras de descartar você que são mais ou menos divertidas. — Ele tocou uma das orelhas. — Eu acho que você me deve algum entretenimento agora, não é?

Thianna ouviu ruídos do outro extremo da sala, como se algo pesado estivesse sendo levantado por um guincho através da entrada. E algo mais. Algo bestial.

— Ouviu isso? — perguntou Yelor, sorrindo de modo sinistro. — Meus agentes acharam isso vagando lá fora na floresta na noite passada. Mutilou dois deles antes que o capturassem. Eles o estão colocando no poço da serra agora.

Fosse o que fosse, aquilo acabara de produzir um assobio estranho, descontente por estar preso. Um elfo praguejou. É evidente que a criatura misteriosa não estava cooperando.

— Minha conversa é inteligente demais para você. É isso? — Thianna riu. — Você precisava de alguém para conversar mais no seu próprio nível.

— Que simpática! Mas este pequeno animal de estimação é para você, não para mim. Considere-o meu presente de despedida.

— Você não precisava se incomodar.

— Não foi incômodo nenhum. Mas você deve estar se perguntando o que é. Bem, eu não vou lhe dizer. Isso é uma surpresa para mais tarde. Mas eu vou dizer o que não é.

Yelor aproximou-se de Thianna o máximo que sua coragem lhe permitiu. Não muito perto. E sussurrou como uma criança com um segredo travesso.

— Ele não é vegetariano.

— Você acha que eles vão tentar levantar a pedra?

— Talvez — respondeu Nesstra. Ela estava de pé outra vez. Karn foi surpreendido pela rapidez com que a força da elfa da floresta estava voltando, agora que o remédio afugentara a paralisia. — Mas parecia que eles estavam tentando nos matar. Não seria mais fácil para eles apenas nos deixar aqui para sempre?

— Ou esperar uma semana e voltar quando tivéssemos morrido por falta de comida e ar — disse Karn. — Eu odeio concordar, mas acho que você está certa.

— Isso é o que eu faria — disse Nesstra. — Quero dizer — ela se apressou a acrescentar quando viu a expressão dele —, isso é o que eu faria se eu fosse, sabe, membro de um grupo de assassinos frios ou algo assim. Quem são eles, afinal?

— Rostos mascarados. Escudos com o mesmo símbolo que está gravado nas paredes aqui. Suponho que eles sejam uma espécie de antiga sociedade secreta que não quer que o chifre seja encontrado. Raiz Verde me avisou que pessoas assim poderiam tentar nos deter.

— Eles fizeram mais do que tentar.

— É minha culpa. Eu não sabia mais o que fazer.

Karn se inclinou e enfiou os dedos sob a pedra. Ele fez força, mas a pesada laje não se moveu. Tentou novamente, mas estava insistindo apenas por frustração. A laje não iria se deslocar nem um milímetro. Duvidava que até mesmo Thianna pudesse erguê-la.

— Eu sabia no que estava me metendo — disse Nesstra.

— Não vejo como poderia. Mas obrigado.

Karn ainda estava ajoelhado, tateando a laje no ponto em que se encontrava com o piso da câmara. Nesstra foi até ele e tomou-lhe o queixo na mão, exigindo toda a sua atenção.

— Não me agradeça — disse ela com uma intensidade surpreendente. — E também não se sinta arrependido por minha causa, ok?

Ela se agachou ao lado dele e esvaziou a bolsa.

— Você me salvou — disse ela. — Que tal nos considerarmos quites se eu conseguir nos tirar daqui?

Nesstra desembrulhou um pequeno pacote. Karn viu que ele continha uma substância argilosa esverdeada.

— Me ajude a colocar isso na base da laje — disse ela. — Mas tenha cuidado.

— O que é isso?

— Vamos apenas dizer que faz "bum".

— Explosivo? O que você está fazendo com explosivos?

— Tirando a gente daqui.

— Sim, mas você tem que me dizer o que está fazendo com explosivos!

— Se sairmos dessa vivos, você vai saber. Mas isso vai custar tudo o que tenho e... — Ela olhou para a câmara. — Paredes arredondadas. A explosão vai tomar conta deste lugar. Nós não estaremos seguros, mesmo nos escondendo atrás do sarcófago. Acho que há apenas um lugar onde estaríamos devidamente blindados. Mas vai ser um pouco nojento.

Foi preciso que os dois juntos levantassem a tampa de pedra do sarcófago. Eles olharam para o ocupante. Nenhum dos dois tinha pressa para se juntar a ele.

— Ele está muito bem preservado — disse Karn.

— Algum tipo de encantamento na câmara, aposto.

— Isso explicaria por que a madeira do escudo não apodreceu. — Ele cerrou os dentes. — Acho que não faz sentido ficarmos adiando isso.

— Vá na frente.

— Por que eu tenho que ir primeiro?

— Eu tenho que acender o pavio.

Karn não podia contestar o argumento lógico de Nesstra. Ele tomou coragem, colocou um pé no sarcófago e, então, entrou. Fez o que pôde para não esbarrar em qualquer coisa, mas isso era difícil naquele espaço tão apertado.

— Espere um minuto — disse ele, saindo do sarcófago para pegar o antigo escudo gordiano.

— Para que você quer isso? — perguntou Nesstra.

— É a nossa única pista.

Karn subiu novamente e, depois, colocou-se tão longe da abertura quanto pôde. Ele queria deixar espaço para Nesstra, que teria que se mover rápido uma vez que o pavio fosse aceso.

— Pronto? — ela gritou.

— Pronto.

Nesstra acendeu a chama e, em seguida, mergulhou no sarcófago. Não havia tempo para se preocupar onde aterrissaria. Karn esperava que o morto não se incomodasse. Uma vez que a elfa da floresta estava lá dentro, os dois levantaram a pesada tampa de pedra tão rápido quanto o seu peso permitia e deslizaram-na por cima do caixão de pedra. Então, ali estavam eles selados, sozinhos com um soldado de mil anos.

— Então, isso é um túmulo — disse Nesstra.

— Sim — confirmou Karn. — Por alguma razão, eu vivo me metendo neles com uma frequência surpreendente. Não posso dizer que recomendo a experiência.

Ela sorriu das suas tentativas de fazer humor. Karn estava grato por sua ajuda e companheirismo, mas ela representava um mistério quase tão grande quanto a sua busca. Ele estudou a elfa da floresta à luz da rocha fosforescente. Sua pele normalmente dourada parecia pálida naquela iluminação fraca. Era quase como se...

A explosão foi alta, apesar da espessura da pedra. A tampa do sarcófago até saiu do lugar, mas depois se acomodou de volta. Fazendo uma força danada, eles a empurraram para o lado.

Karn olhou para a laje. Ela tinha quebrado em vários lugares. Pedaços de rocha ainda pediam da porta, mas havia espaço suficiente para rastejar por entre eles.

— Carrega esse material explosivo por aí com você? — Ele perguntou espantado. — Não tem medo de explodir?

Nesstra não respondeu.

Eles escolheram o caminho por entre os escombros. Karn puxou a Clarão Cintilante da bainha. E segurou o *scutum* com a outra mão.

— Aposto que eles deixaram um guarda — disse ele. — Só por garantia, no caso de não morrermos como deveríamos.

— Que levadinhos somos nós! — ironizou Nesstra. Ela sacou de suas coisas um pequeno objeto parecido com um ovo. Karn se perguntou que diabos poderia ser aquilo. Àquela altura, nada seria surpresa para ele.

Com cautela, eles caminharam nas pontas dos pés até a escada. A lápide de cima tinha sido reposta, mas era óbvio que a função daquela pequena alavanca na parede era ativá-la pelo lado de dentro.

— Prepare-se para lutar — disse Karn ao acionar o mecanismo.

É claro que um elfo da floresta gritou de surpresa quando eles saíram para o ar livre da Grave Hill. Ele brandiu uma espada para Karn, que se surpreendeu com a facilidade com que bloqueou o golpe com seu escudo recém-adquirido. Então Nesstra quebrou o tal ovo nas costas do homem. Uma substância espumosa irrompeu dele, inflando e engolindo-o.

Em segundos, o elfo da floresta estava preso em uma grande bolha pegajosa.

— Sinto muito — disse Karn, desculpando-se com o elfo. — Mas foi você que começou.

— Coloque isso de volta — respondeu o estranho. — O que você encontrou não deve ser encontrado.

— Não encontramos nada — disse Karn. Os olhos do elfo se arregalaram. — O objeto não estava lá. — Ele viu a incredulidade do homem e acrescentou: — Estou dizendo a verdade. Parece que ele foi removido séculos atrás.

— Então, vamos esperar que ele ainda esteja perdido para o mundo — disse o elfo.

— Por quê? Por que você se importa? E quem é você, afinal?

— Somos a Ordem do Carvalho, respondeu o elfo da floresta. — Nós existimos para manter artefatos perigosos escondidos do mundo. Você não vai encontrar nada aqui, senão a morte. Volte para casa, para o seu deserto frio, enquanto pode.

— Eu vim para encontrar minha amiga Thianna — disse Karn com raiva. — Eu não partirei até fazer isso.

Eles foram embora rápido, no caso de outros membros da misteriosa Ordem do Carvalho estarem nas proximidades. Karn embainhou a Clarão Cintilante, mas ele não tinha uma tira para prender o escudo. Ele o segurou com a mão esquerda, impressionado com seu peso e sensação. Então, parou de andar.

— O que foi? — indagou Nesstra.

— Palavras — disse ele. — Palavras que eu tenho certeza que não estavam aqui antes.

Ele virou o escudo de modo que ela pudesse ver a parte interna. Acima e abaixo da alça, caracteres pintados no idioma universal agora apareciam. Karn suspeitou de que formassem mais duas estrofes do enigma que Orm lhe dera. Karn e Nesstra leram juntos.

Um dedinho controla o fado,
Onde um crescente comanda o acanhado.
No arco onde rodas partirão,
Altera o curso, busca o talão.

No Palácio Submerso as águas imperam,
Rei e Dragão sua perdição tiveram.
Quando cobra e galo separados vão,
Busque o Rei de Mármore então.

— O que isso quer dizer? — perguntou Nesstra.
— Eu não sei o que quer dizer — admitiu Karn. — Mas vou lhe dizer o que significa. Significa que estamos de volta ao jogo.

CAPÍTULO DEZ

Acusações

— O chifre está desaparecido.

Era evidente que Leflin Raiz Verde estava supreso por receber visitas naquela noite. Ele voltou sua atenção de Karn para Nesstra e então de volta para Karn e, por fim, para o antigo escudo gordiano que o garoto segurava diante dele.

— Nós encontramos a localização secreta do Corno de Osius — Karn explicou. — Só que ele não estava lá. Alguém o pegou.

— Fale baixo — advertiu Raiz Verde, saindo de seu estupor. — Não fale sobre essas coisas na rua. É melhor vocês dois entrarem e me contarem tudo.

Raiz Verde os fez contar a história três vezes. Ele os interrogou sobre cada pequeno detalhe. Estavam em sua sala de estar principal. O escudo antigo foi colocado com a face voltada para baixo em sua grande mesa, de modo que o segundo e o terceiro versos misteriosos do enigma pudessem ser lidos.

— Então, o chifre está realmente desaparecido — o elfo da floresta de pele escura meditou.

— É isso que vínhamos dizendo a você — disse Karn. — Mas o que eu não entendo é por que a Ordem do Carvalho não sabia disso. Não foram eles mesmos que o esconderam, pra começo de conversa?

— Mas não foram eles que o levaram — disse Nesstra.

— Não, mas é óbvio que foram eles que escreveram o poema — Karn explicou. — O que significa que alguém da Ordem do Carvalho entrou na câmara após o chifre ser levado e escreveu o segundo e o terceiro versos na parte de trás do escudo. Mas o elfo da Ordem do Carvalho que nós encontramos não sabia.

— Eles se esqueceram... Quero dizer, eu *presumo* que eles devem ter se esquecido um pouco de sua própria história — disse Raiz Verde. — É um risco quando todos os seus ensinamentos são secretos e amarrados por enigmas.

Karn bateu no escudo.

— É gordiano, certo?

— Sim — respondeu Raiz Verde. — É notável como está bem preservado. — Ele virou a face para cima. — Mas as inscrições talvez possam nos dizer um pouco mais sobre isso.

Raiz Verde foi até uma estante e retirou de lá um pergaminho. Ele o desenrolou sobre a mesa ao lado do escudo. Karn viu que era um guia ilustrado sobre os diversos escudos utilizados por diferentes divisões militares gordianas.

— É este aqui — indicou Raiz Verde, tocando numa imagem no pergaminho. Combinava com o escudo na mesa em cor e modelo. — É o escudo de um soldado auxiliar thicano. Os auxiliares eram indivíduos de territórios conquistados que foram recrutados para o exército gordiano. Eles lutavam juntos, com sua própria legião, separados dos soldados gordianos nativos.

Nesstra bufou.

— Junte-se ao nosso império — disse ela. — Só não chegue muito perto.

Karn não estava escutando. As peças do quebra-cabeça estavam se encaixando em sua mente.

— Então, um chifre de Thica foi enterrado em Castelurze. Há muito tempo, quando era o posto avançado gordiano chamado Castrusentis. E, mais tarde, um soldado de Thica forçado a lutar no exército gordiano é posicionado lá.

— E o soldado encontra o chifre — Nesstra acrescentou, animada. — E o leva. Mas por quê?

— Thianna podia usar o chifre — Karn respondeu. — Se o soldado era de Thica, então é possível que ele também pudesse.

— Eu acho que podemos presumir que ele podia — concordou Raiz Verde.

— Então, o soldado podia subjugar répteis — concluiu Karn. — Se você pudesse comandar uma wyvern... ou um dragão... o que você faria? — Ele se virou para Raiz Verde. — Conte-me a história de Thica com os gordianos.

— Não é uma história agradável. Thica costumava ser um poderoso império por mérito próprio. Então, eles perderam todas as suas colônias em Katérnia para o império em 739 EI. A ilha-continente de Thica sucumbiu ao império cento e vinte e três anos mais tarde. Nosso misterioso soldado foi designado para Castrusentis provavelmente alguns séculos depois disso.

— Talvez não muito feliz por ser um recruta, ou por ver o seu próprio país conquistado por outro — comentou Nesstra.

— Então, para onde ele vai? — perguntou Raiz Verde.

Karn bateu no escudo gordiano.

— Ele vai para onde o enigma diz que ele vai. "Onde um crescente comanda o acanhado." — Karn foi até as estantes. — Leflin, posso ver todos os seus mapas do Império de Górdio? Especialmente aqueles após 616 EI.

— O que estamos procurando? — perguntou Nesstra.

— Estamos procurando por meias-luas e algo "acanhado". E eu acho que vamos saber quando virmos.

Várias horas se passaram e eles ainda não tinham encontrado coisa alguma. Checaram mapa após mapa, trabalhando à luz de velas, agora que o sol havia se posto, verificando cada mínimo detalhe até que suas vistas ficassem embaçadas. Raiz Verde determinou uma pausa e serviu-lhes uma forte infusão de raízes, que ele recomendou que bebessem através de um canudo de palha, para evitar sedimentos.

Karn sentou-se numa cadeira de espaldar alto e tomou um gole da bebida. Assim como os primeiros versos do enigma tinham indicado a cidade de Castelurze e Grave Hill, ele tinha certeza de que os primeiros versos da segunda estrofe revelariam o seu próximo destino. Ele sentia como se a resposta estivesse bem debaixo de seu nariz, na cara, escondida à vista de todos.

Estava tão absorto e perdido em seus pensamentos que só percebeu que terminara o seu chá de raiz quando chegou ao fundo do copo, produzindo um barulhão por causa do canudo.

Raiz Verde lançou-lhe um olhar de desagrado. Karn deu-se conta que provavelmente estava sendo muito rude para os padrões élficos.

— Desculpe — disse ele. — Nós não usamos canudo. Bebemos em... chifres de gado. — Quando a boca do elfo retorceu-se de nojo, Karn acrescentou: — Hum, não é tão ruim quanto parece.

Sentindo-se um pouco embaraçado, Karn tirou o canudo de palha de grama de centeio de seu copo e o estudou. Era uma haste de planta oca, delgada e reta como uma flecha. Reto. Estreito. Com líquido passando por ele.

— Nós estamos olhando para isso da forma errada — ele exclamou, saltando de sua cadeira e correndo para a mesa. Os outros se juntaram a ele, surpresos com a sua súbita declaração.

— Não estamos à procura de algo "acanhado" — explicou Karn. — É um jogo de palavras usando sinônimos. Nós estamos procurando por algo "estreito", um *estreito*. Vocês sabem, um canal, uma passagem estreita entre dois corpos de água maiores.

— Claro! — disse Raiz Verde, afastando alguns livros de cima de um grande mapa continental. Os três se debruçaram sobre o mapa com energia renovada. Foi Karn quem viu primeiro.

— Olhe — disse ele. Ele indicou um estreito canal de água entre Thica e seu próprio continente de Katérnia. O estreito separava o Mar Sombrio, no norte, do Mar Faiscante, ao sul. Uma longa península que se estendia do lado ocidental de Thica parecia inclusive uma mão, polegar e indicador juntos com um dedo mínimo estendido.

— E aqui está o dedinho — indicou Karn, — apontando para a baía em forma de meia-lua. Mas como é que ele "controla o fado"?

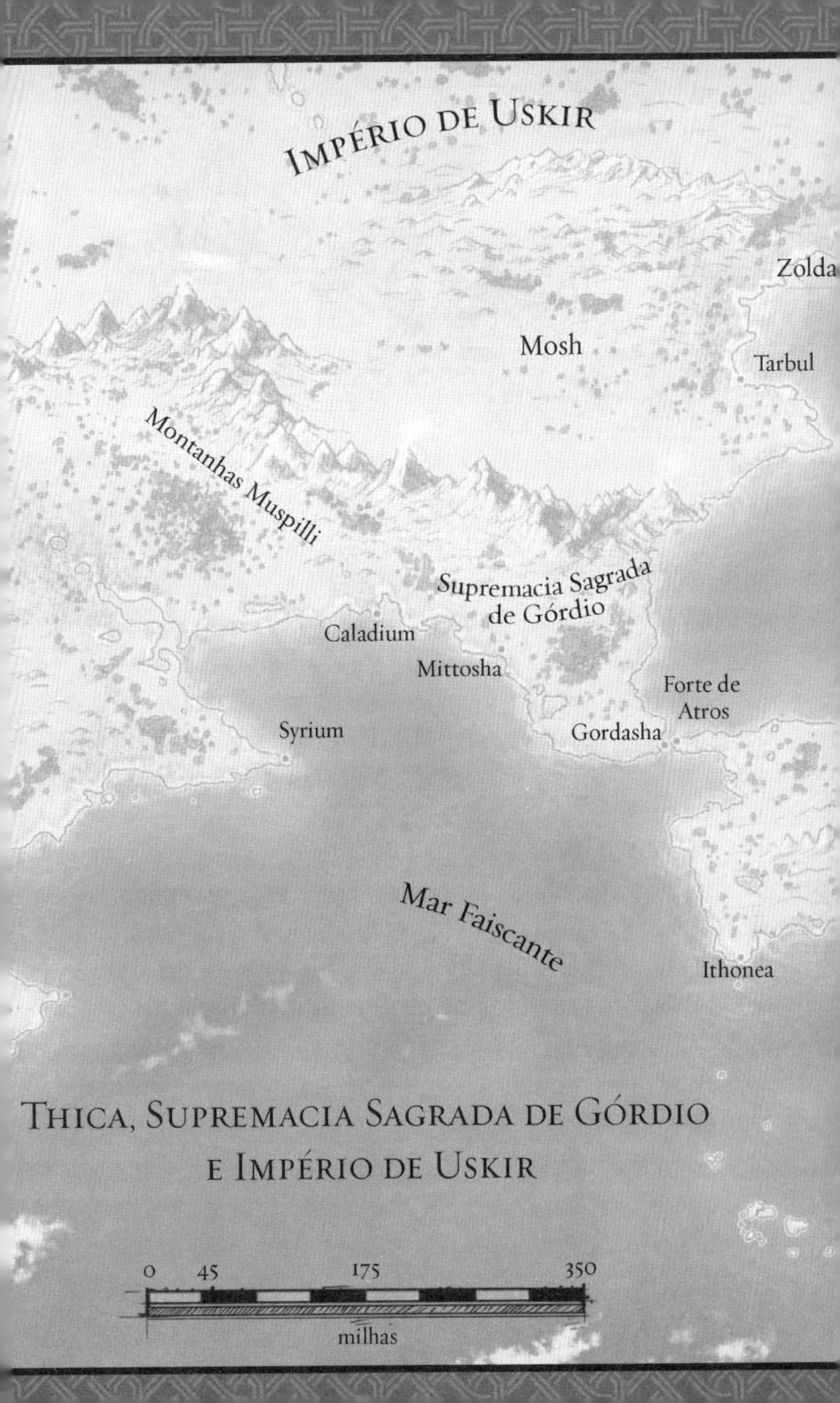

— Isso eu posso explicar — disse Raiz Verde. — A cidade de Gordasha fica aqui no lado oeste do estreito. Uma colossal corrente se estende por toda a água até o dedinho aqui, onde os thicanos têm uma fortaleza. Por um antigo tratado, os gordashanos controlam a subida e a descida da corrente, e eles só permitem que embarcações aprovadas por eles passem pelo canal.

— "Um dedinho controla o fado, onde um crescente comanda o acanhado" — recitou Karn. — É obvio.

— Sei, óbvio — zombou Nesstra. — Não poderia ser mais óbvio. Só se o enigma fosse escrito com tinta preta num papel preto.

— É aí que o chifre está — concluiu Karn, ignorando-a. — Imagino que o restante do enigma não fará sentido até que estejamos lá.

— Então você pretende prosseguir com isso? — perguntou Raiz Verde.

— Eu não sei — respondeu Karn. — Estou aqui para encontrar Thianna. Se ela ainda estiver em Castelurze, não posso partir. Mas eu não sei quanto ela avançou nessa missão. Só sei que, se os elfos negros encontrarem primeiro o chifre, não precisarão mais dela.

— Você não está mesmo preocupado com o chifre? — Raiz Verde estudou Karn. — Você não é motivado pela ganância, poder ou atração pela magia?

— Eu já lhe disse, quero encontrar minha amiga. Eu não vou deixá-la na mão.

— Talvez eu precise reavaliar as minhas opiniões — observou Raiz Verde. Então, ele notou Nesstra. Ela tinha deixado a mesa em algum momento durante a conversa e agora estava em frente a uma janela, segurando uma das velas da sala na frente do vidro. Ela parecia estar agitando-a de um lado para o outro, distraída. — O que você está fazendo? Afaste-se da janela.

Nesstra espantou-se e afastou-se envergonhada.

— Sinto muito — desculpou-se. — Eu estava apenas... apenas olhando para o meu reflexo.

— Vaidade eu até entendo — ralhou Raiz Verde. — Mas tenha bom senso também. Estamos discutindo aqui assuntos confidenciais.

— Conte-me sobre Gordasha — disse Karn, para fazer com que Raiz Verde parasse de repreender Nesstra. — Era capital do Império de Górdio, certo?

— Não exatamente — zombou o elfo. — É a atual capital... e na verdade tudo aquilo que sobrou... da Sagrada Supremacia Gordiana, os autoproclamados herdeiros do legado do Império de Górdio depois da queda deste. Eles controlam o estreito, que é uma das principais fortificações que impedem o Império de Uskir de se expandir para o sul. Os uskirianos já tentaram sitiá-la várias vezes ao longo dos séculos, mas ela nunca caiu. Gordasha é uma cidade imensa.

— Maior do que Castelurze?

Raiz Verde bufou.

— Estamos falando de meio milhão de pessoas. Muito maior do que qualquer coisa que vocês norronir possam imaginar.

— Não importa — disse Karn. — Se é para lá que o meu caminho me leva, é para lá que eu vou. — Ele olhou para Nesstra. — Eu não espero que você deixe a sua terra. Mas quero agradecê-la por tudo que você fez.

Nesstra olhou para Karn com uma expressão triste.

— Eu já lhe disse — Falou. — Não quero que você me agradeça. Estamos quites, e você não me deve nada.

Foi aí que os elfos negros atacaram.

A janela diante da qual Nesstra estivera parada de repente se quebrou. Um objeto com formato de pedra arrebentou o vidro. Ele aterrissou sobre a mesa no centro do mapa, liberando uma fumaça asfixiante e nociva. O pergaminho ficou marrom e chamuscado ao redor do projétil.

A porta da frente da casa de Raiz Verde estremeceu quando alguém do lado de fora a golpeou com algo pesado.

— Subam — Raiz Verde ordenou, arrancando uma cortina da parede e atirando-a sobre a mesa.

Karn agarrou o escudo e correu em direção à escada, mas Nesstra estava hesitante.

— Vamos logo! — ele gritou.

A elfa da floresta de pele dourada parecia confusa, mas seguiu-o.

Raiz Verde conduziu-os para o seu quarto, fechando a porta e trancando-a atrás dele.

De dentro de um armário, ele tirou uma espada e um escudo. Karn olhou surpreso quando viu que era um broquel. Um escudo adornado com um padrão familiar. Ele olhou perplexo para o desenho de toco de árvore, incrédulo.

— Você é um deles! — disse Karn em tom de acusação. — Você é um membro da Ordem do Carvalho!

Os dardos de Nesstra foram sacados. Karn desembainhou a Clarão Cintilante.

— Guardem suas armas para o inimigo lá embaixo — aconselhou Raiz Verde.

— Mas... — disse Karn —, sua sociedade tentou nos matar.

— E eu estou tentando salvá-los agora — alegou Raiz Verde. — Vão para a janela e subam no telhado. Vocês podem atravessar para a casa ao lado.

— Por que deveríamos confiar em você?

— Não confiem em mim, então. Mas só um tolo luta numa floresta em chamas.

A maçaneta da porta do quarto de Raiz Verde começou a chiar e arder, o metal derretendo-se como cera de vela. Tratava-se de alguma mistura alquímica. Os intrusos invadiriam o quarto em pouco tempo.

— Por que não destruir o chifre, simplesmente? Vocês poderiam ter feito isso há séculos. — Quando o elfo não respondeu, Karn concluiu. — Porque vocês mesmos podem precisar dele um dia. Vocês não querem que ninguém mais o possua, mas também não querem se livrar dele!

Raiz Verde fechou a cara.

— Talvez nossos motivos não sejam tão puros quanto os seus, Karn Korlundsson. Talvez seja por isso que estou lhe dando esta oportunidade. Agora, vá!

Nesstra permaneceu num estranho silêncio esse tempo todo.

Então a porta se abriu e vários elfos negros entraram apressados. Leflin os recebeu com sua espada e escudo. Dois contra um não era uma luta justa, mas suas pequenas facas não tinham o alcance de sua lâmina mais longa.

— Vão! — Raiz Verde rosnou.

Karn não lhe deu ouvidos. Em vez disso, levantou o antigo escudo gordiano e foi com tudo pra cima de um elfo, lançando o agressor escada abaixo.

— Estou deixando a luta mais justa — explicou Karn a Raiz Verde, surpreso, que agora enfrentava apenas um adversário. Então, Karn abriu a janela.

— Nesstra — ele chamou —, temos que ir agora.

A elfa continuava hesitante, mas Karn a puxou. Juntos, eles saíram pela janela do quarto, passando para o telhado inclinado da casa. Eles conseguiram saltar o espaço entre o telhado de Raiz Verde e o telhado vizinho com relativa facilidade.

— Saindo da festa antes de ela terminar, não é? — disse Tanthal. Karn viu o elfo negro assomando à sua frente, na companhia de outro. — Nós não podemos permitir isso, podemos?

O elfo que estava com Tanthal sacou seus punhais e avançou. Karn ergueu o escudo gordiano e ajeitou a mão no punho da Clarão Cintilante. Mas ele estava na beirada do telhado, de costas para o vazio e enfrentando um adversário em terreno mais alto.

O elfo negro investiu rápido contra ele. Karn aparou um golpe de punhal com o escudo e outro com um movimento da espada. Mais uma vez, a Clarão Cintilante movia-se com facilidade em suas mãos. O toque de Orm tinha tornado a espada mais leve e mais fácil de manejar.

O adversário de Karn tentou novamente. Karn movimentava-se para os lados sobre o telhado, tentando aumentar a distância entre suas costas e a queda. Por que Nesstra não o estava ajudando com seus dardos?

Karn viu uma oportunidade e atingiu forte o adversário com seu escudo. Enquanto o elfo estava zonzo com o golpe, Karn notou uma estranha nuvem de pó sair de sua armadura. Serragem!

— Isso está demorando demais — resmungou Tanthal, impaciente. Ele empurrou seu próprio subalterno na direção de Karn. Eles caíram juntos, rolando da beirada do telhado.

Surpreendentemente, a queda de Karn foi interrompida. O escudo alojou-se entre o telhado de Raiz Verde e o da casa vizinha. Karn ficou ali, balançando. Ao seu lado, o elfo negro despencou com um grito, seguido por um baque.

— Ah, mas que situação periclitante! — zombou Tanthal, curvando-se para espiar Karn pendurado no escudo por um braço. — Eu lhe disse que as maiores vitórias iriam lhe escapar.

— Você fala com muita insolência para um cara que acabou de trair seu amigo.

Tanthal ergueu uma bota, prestes a fazer Karn se espatifar no chão.

Um jato da chama branca de repente formou um arco sobre a cabeça de Karn. Tanthal caiu para trás, surpreso e praguejando, protegendo o rosto com o braço. A chama foi cuspida de novo, afastando o elfo para ainda mais longe. Karn percebeu que a armadura dele estava em chamas, mas não se queimava. Devia ser resistente ao fogo.

Tanthal fugiu na terceira explosão. Mas de onde tinha vindo o ataque?

— Não fique aí parada! — disse uma nova voz. — Ajude-o a subir.

Então, Nesstra apareceu, descendo um tanto incerta para agarrar o braço da espada de Karn. Meio sem jeito, ela pegou a Clarão Cintilante e, depois, guiou-o para que se segurasse no telhado. Ele conseguiu soltar a mão do escudo e subir para a segurança.

Uma estranha figura encapuzada empunhando um cajado estava em pé no telhado vizinho. Seria o cajado a fonte das chamas? Era uma espécie de totem mágico, como os feiticeiros das histórias antigas?

— Quem é você? — ele quis saber.

— Alguém que quer vê-lo ter sucesso em sua missão — disse a figura. — Vá rápido antes que os elfos negros se reagrupem.

Karn não hesitou. Agarrou a manga de Nesstra e arrastou-a pelos telhados para bem longe.

CAPÍTULO ONZE

Juntos novamente

— Eu sei onde Thianna está.

Karn e Nesstra estavam no nível da rua. Ele os estava conduzindo rápido em direção à porta leste da cidade. Nesstra não parava de olhar para trás. Karn achou que ela temia estarem sendo perseguidos ou estava preocupada com seu companheiro elfo da floresta.

— Não se preocupe — disse ele. — Eu acho que Leflin sabe cuidar de si mesmo. Agora temos que resgatar Thianna.

— Mas como você pode saber onde ela está? — perguntou Nesstra.

— O elfo com que eu lutei tinha serragem na roupa. Lembro de ter avistado uma serraria na margem oposta do rio

Westwater. É lá que os elfos estão se escondendo. É lá que eles estão mantendo Thianna.

— Uma serraria?

— Bem, não é o tipo de lugar a que os elfos da floresta que amam árvores iriam por diversão, não é? É perfeito para se esconderem da Ordem do Carvalho.

— Nós acabamos de fugir deles — Nesstra argumentou. — Agora você quer ir bater na porta do inimigo?

— Não, quando você coloca as coisas desse jeito... claro que não — retrucou Karn. — Mas eu vim aqui para resgatar Thianna, e é isso que eu vou fazer.

— Vá embora daqui, Karn — disse Nesstra com urgência repentina. — Volte para Norrøngard e viva a sua vida.

— Você pode me ajudar ou me abandonar. Mas eu vou.

Nesstra estendeu uma mão hesitante para tocar o braço de Karn. O gesto o fez parar de andar.

— Diga-me a verdade, você ainda iria tentar salvar Thianna mesmo se soubesse que era impossível? Que isso poderia significar o seu fim também?

— Eu já disse, eu faria qualquer coisa por ela.

Aquela familiar tristeza tomou conta do rosto da elfa dourada.

— Nunca vi amizade assim. Eu nem acreditava que existisse.

Karn baixou o olhar, constrangido com a demonstração de emoção de Nesstra. Ele se perguntou que tipo de vida solitária a pequena elfa levara.

— Este é o melhor momento para um resgate — disse Karn, voltando às questões práticas. — Enquanto os elfos negros estão à nossa procura pela cidade inteira. Você vai ajudar?

Nesstra ponderou um momento.

— Eu vou com você — disse ela.

— Você vai ajudar?
— Eu irei com você.

Depois de saírem de Castelurze e cruzarem o rio Westwater, Karn e Nesstra mantiveram-se na floresta cada vez mais "pelada" quanto puderam, até a serraria estar à vista. Agachando-se atrás de uma pilha de árvores derrubadas, Karn observava o pequeno aglomerado de construções. Nesstra começou a avançar. Karn a deteve com uma mão em seu braço.

— Espere — disse ele.

Como Karn suspeitava, um elfo negro saiu da construção central.

— Eles deixaram um guarda pra trás — disse Karn.

— Será que está sozinho?

— Como é que vamos passar por ele? — perguntou Nesstra.

— E em qual construção vamos procurar primeiro?

— Deixe-me pensar — disse Karn. Ele estudou a área, sua mente dividindo o terreno em quadrados como um jogo de tabuleiro, executando movimentos e estratégias.

— Ela está no edifício principal — disse ele.

— Como você sabe?

— Eu não sei ao certo, mas apostaria nisso. Não há luzes acesas em nenhum outro lugar. A maioria dos elfos está na cidade à nossa procura. Eles deixaram uma guarda mínima, talvez apenas aquele ali... então, ela deve estar no mesmo edifício em que o guarda está.

— Ok, então isso ainda deixa a questão de como chegar lá sem sermos vistos.

— Isso é fácil. Nadando.

— Nadando?

— Eles não estão vigiando a água. Nós podemos sair bem ao lado da doca da serraria. — Karn lançou à Nesstra um olhar de desculpas. — Eu receio que possa ser frio para você, no entanto.

— Para mim? Não vai ser frio para você também?

— Eu sou um norrønur — Karn bufou. — Vocês nelenianos não sabem o que é frio.

Apesar da presunção de Karn, quando puseram o plano em prática, ele ficou impressionado ao ver que Nesstra entrou na água sem se queixar. Ela mergulhou direto sem ao menos ficar com a pele arrepiada. Da sua parte, Karn achou estranho nadar com a Clarão Cintilante e o escudo gordiano. A correnteza do rio era forte perto do centro, mas mantendo-se próximos à margem, eles conseguiram subir contra a corrente em direção à serraria sem muito esforço. Vinte minutos depois, a dupla escalou a subida da margem, encharcados, mas sem serem notados, à sombra da construção principal. Uma rampa projetada para deslizar a madeira para a água lá embaixo proporcionava uma conveniente subida para o segundo andar.

Quando Karn estava prestes a entrar na serraria por uma porta do segundo andar, Nesstra tocou seu braço.

— Aconteça o que acontecer — ela disse —, acredite em mim quando eu digo que acho Thianna sortuda por ter um amigo como você.

Karn sorriu, sem saber como reagir a isso. Em seguida, eles entraram na serraria.

Karn e Nesstra viram-se num espaço amplo e aberto. Uma lâmina circular pendurada sobre um poço de serra dominava o ambiente. Mas não foi isso que chamou a atenção de Karn. Todo o seu foco foi para a menina gigante presa a um enorme tronco de árvore.

— Thianna! — Karn chamou, correndo em direção à amiga.

— Karn? — disse a filha do gigante do gelo. — Karn, é você? O que você está fazendo aqui?

— Vim aqui para salvá-la — ele respondeu.

— Pelo meu doce Ymir! — exclamou Thianna, radiante. — Foi Orm que o enviou? Como você me encontrou?

— Primeiro, vamos tirar você daqui — disse Karn. — Depois eu te conto tudinho.

Ele começou a examinar as correntes. Seus captores as tinham envolvido em peles, embora não conseguisse imaginar por que diabos eles queriam manter as correntes aquecidas. Enquanto ele as estudava, o olhar de Thianna se deslocou por cima do ombro de Karn e encontrou sua companheira. O enorme sorriso da gigante vacilou, enquanto Nesstra avançava.

— O que você está fazendo com *ela*? — perguntou a gigante a Karn.

— Ela está me ajudando — respondeu o garoto, confuso.

— Não, ela não está — disse Thianna.

— Sim, ela está — teimou Karn.

— Não, ela não está.

— Sim, ela está — insistiu Karn. Ele não conseguia entender a reação de Thianna. Será que ela tinha algo contra os elfos?

— Eu não sei o que você está fazendo com essa pessoa — disse Thianna —, mas ela não está te ajudando.

— Nós nos conhecemos na estalagem Salgueiros Ventosos — explicou Karn. — Eu a salvei de um assalto, e ela está me ajudando a procurar por você desde então. Nesstra, diga a Thianna que você está me ajudando.

— Eu gostaria de poder, Karn — disse a elfa. — Mas isso não é o que venho fazendo.

Nesstra atingiu Karn entre as omoplatas. Ele sentiu algo esfarelar suavemente contra as suas costas. Em seguida, uma espuma amarela pegajosa começou a se derramar sobre os seus braços e escorrer velozmente por suas pernas. Ele tentou fugir, mas ficou preso rápido. Incapaz de mover seus membros, ele virou a cabeça para poder olhar para a elfa.

— Nesstra... o que você está fazendo? — perguntou. Ela balançou a cabeça tristemente, o remorso estampado em seus olhos escuros.

— Eu lhe disse para não me agradecer.

— Ele salvou a minha vida.

Desstra havia retirado seu disfarce molhado de Nesstra e voltara ao couro preto e laranja que a marcava tanto como pertencente à Ardil ou não. Embora tivesse limpado a maquiagem dourada de seus antebraços, face e pescoço, ainda restavam manchas dela nas dobras de suas longas orelhas. Não importava. Ela tinha preocupações mais graves do que cosméticos.

— Ele achava que você era uma elfa da floresta — disse Tanthal. — Uma companheira habitante da superfície. — Eles estavam parados na margem do mesmo curso d'água que Desstra acabara de usar para se infiltrar na serraria. Eles tinham vindo para fora para não serem ouvidos pelos outros elfos. Tanthal executava algumas manobras com a Clarão Cintilante. Yelor havia pegado a chave e o escudo para exame, mas Tanthal reivindicara a espada para si.

— Eu estava intoxicada. Paralisada. Ele me deu o antídoto.

— O que não quer dizer que ele não hesitaria em matá-la agora. Você é uma elfa negra. Uma coisa pálida, doentia que se esconde em cavernas e se arrasta no chão com os vermes. É assim que eles nos veem.

Desstra não tinha tanta certeza. O garoto norrønur se sentira tão culpado por colocar uma estranha em perigo! *Eu prometo a você, não vou deixá-la morrer!*, ele tinha dito.

— Você não estava lá — disse ela a Tanthal. — Você não viu a preocupação nos olhos dele.

Tanthal cuspiu com desgosto.

— Então, isso mostra que boa atriz você é! Desstra, lembre-se da pedra que eu lhe dei.

— É difícil esquecer um presente tão valioso. Uma pedra.

— Sim, ela pensou. Continue a revirar os olhos, Tanthal. Talvez você encontre o seu cérebro lá atrás.

— Seja como aquela pedra — Tanthal admoestou-a —, forte como a rocha de nosso lar. Você foi muito bem estes últimos dias. Não estrague a minha boa opinião sobre você deixando o seu coração mole arruinar tudo agora.

Desstra olhou para baixo, para a correnteza na água. Com a capacidade de enxergar no escuro que todos os elfos negros têm, ela podia ver seu reflexo no rio. Sua pele parecia prateada à luz das luas. Não doentia e pálida como parecia à luz do sol. Talvez Tanthal estivesse certo. A escuridão era seu lar. Ela estava de volta à sua espécie, ao lugar a que pertencia. Mas Karn não estava em casa. E ele não estava com a espécie dele. Ele havia percorrido todo aquele caminho por Thianna, e dissera a Desstra como Thianna era diferente dele. Ela se lembrou de como ele estava disposto a fazer qualquer coisa por ela, apesar de suas diferenças. Até mesmo morrer.

Tanthal morreria por ela? Ela não achava que seria capaz disso. Lembrou-se da maneira como ele empurrou um companheiro elfo do telhado, num esforço para pegar Karn. Tanthal não morreria por ela, mas ela tinha certeza de que ele a mataria se isso servisse a seus propósitos. Era isso o que significava ser forte como a rocha do seu lar?

— O que acontece agora? — perguntou ela.

— "Um dedinho controla o fado, onde um crescente comanda o acanhado. No arco onde rodas partirão, altera o curso, busca o talão."

— Sim, sim. Fui eu que encontrei o enigma, lembra? "No Palácio Submerso as águas imperam, Rei e Dragão sua perdição tiveram. Quando cobra e galo separados vão, busque o Rei de Mármore então." Mas o que vamos fazer?

— Nós seguimos o próximo verso do enigma para Gordasha. Encontramos o chifre. E o levamos de volta às montanhas Svartálfaheim. Eu sou saudado como herói, você se forma e troca esse tosco couro de lagarto laranja por uma armadura adequada. Então, quando a Ardil dominar a utilização do chifre, você poderá rir comigo quando o nosso povo forçar esse verme velho do Orm a queimar Norrøngard de alto a baixo. Milhares morrem. Todo mundo ganha.

— Claro! — disse ela. — Todo mundo.

— Eu sou tão burro!

— Sem discussão quanto a isso — respondeu a gigante. Ela ainda estava acorrentada ao tronco da árvore, só que agora Karn também estava preso. Fora amarrado a uma cadeira posicionada a alguns centímetros de distância dela. Pelo menos, os dois estavam frente a frente.

— Eu deveria ter visto isso. Quando entramos na sepultura, Nesstra... Quero dizer Desstra, ela de fato não precisa de luz para enxergar.

— Elfos negros não precisam.

— E a pele sob a blusa era pálida. Quando eu vi a barriga dela...

— Você viu a barriga dela?

— Ela foi ferida. Eu tratei do ferimento. A pele era toda branca.

— E isso não lhe deu uma dica?

— Eu pensei que era por causa do veneno.

— Certo. Ok. Venenos muitas vezes transformam as pessoas em elfos negros.

— Eu estou ignorando você — Karn disse, franzindo a testa. — Mas o frio não a incomodava, também. Isso deveria ter me alertado de que ela não era de Nelênia.

— Vou lhe contar uma coisa — disse Thianna. — Nenhum de vocês aguenta o frio como alguém de Ymiria.

Karn bateu os pés de frustração.

— Idiota, idiota, idiota! — disse ele.

— Claro que foi — Thianna respondeu.

— Você não precisa ficar concordando comigo!

— Então diga algo de que eu discorde!

Karn fez uma careta. Então, sorriu.

— É bom ver você, Thianna.

— Você também, Tampinha — ela respondeu, provocando-o com seu primeiro apelido para ele. — Gostaria que tivesse sido em circunstâncias melhores. Mas é melhor do que nada. Como me encontrou?

— Eu apenas procurei por uma onda de destruição, pois sabia que você iria estar no centro — ele riu. — Não, na verdade, foi um pouco mais complicado do que isso.

Karn deu a Thianna um rápido resumo de tudo que tinha acontecido desde que a wyvern arrebatou-o para longe do mercado de trocas de Bense.

— Mas e você? — perguntou. — Como você chegou aqui?

— Depois que saí de Norrøngard no inverno passado — disse ela —, encontrei um navio em Bense que me levaria para Araland. Eu trabalhei em Pil Meck por um tempo, embarcando cargas. Parece que sou boa em levantar coisas.

— Acha mesmo?

— Sim, bem, eu fiquei entediada, então, fui mais para o sul. Passei alguns dias em Tidge. É uma pequena cidade às margens do rio Shyburn. Eu tinha acabado de me envolver numas encrencas interessantes por lá quando a wyvern apareceu.

— No entanto, você podia falar com ela, não é? Ela não a raptou simplesmente e levou-a pelo céu como fez comigo, certo?

— Sim, mas eu realmente não sabia o que ela estava procurando. Eu pensei que talvez Orm só quisesse sua espada de volta. De qualquer forma, você sabe o que aconteceu em seguida. O dragão me enviou a Castelurze para procurar o chifre.

— Ele não teve qualquer dificuldade em convencer você?

— Eu já estava indo mesmo para aquelas bandas. Voar é muito mais rápido do que andar. E ele me prometeu mais respostas sobre o meu passado se eu encontrasse o chifre. De qualquer forma, achei o bando de elfos negros aqui na serraria. Eles tinham roubado a chave de Grave Hill da Ordem do Carvalho, então eu a roubei deles. Eu a escondi no meu quarto na estalagem Salgueiros Ventosos, onde você a encontrou. Estava indo falar com Raiz Verde sobre isso quando os elfos negros me capturaram.

— Deve ter nocauteado um bom número deles.

— Eu dei trabalho, de fato.

— Imagino. Enfim, o que vamos fazer agora?

— Ah, essa é a parte divertida — disse Yelor, entrando na sala, junto com quase todos os elfos na serraria. — Agora vocês morrem.

— O que há de divertido nisso? — disse Karn.

— Nós assistimos — respondeu o elfo.

Vários elfos carregaram o tronco de árvore de Thianna até a borda do poço da serra. A cadeira de Karn foi arrastada para lá também. As placas que cobriam o poço haviam sido levantadas em um canto. Um elfo com uma longa vara cutucou algo selvagem ali embaixo. Um assobio veio do escuro. Karn se perguntou que tipo de criatura estava lá no fundo. Ele nunca tinha ouvido nada parecido. O barulho parecia o silvo de uma cobra, mas era pontuado por sons estridentes, altos e desagradáveis.

— Oh, alguém não está de bom humor — disse Yelor. — Não se preocupe. Ele vai encher a barriga em breve.

— Planejando saltar, não é? — disse Thianna.

— Eu acho que seu apetite pede algo maior — respondeu o elfo. — Se ao menos tivéssemos algo grande e inútil por aí com que pudéssemos alimentá-lo. Oh, espere, temos sim!

Karn desviou o olhar do jubiloso Yelor. De repente, ele reconheceu Desstra entre os elfos. Examinou-a agora que ela havia se transformado de elfa da floresta em elfa negra. Sua pele pálida e branca era quase fantasmagórica contra o couro preto e laranja de sua armadura da Ardil.

— Acho que você gostava mais de mim quando eu era Nesstra, a elfa da floresta — disse ela com desdém.

— Você também não gostaria? — ele respondeu. — Nesstra era minha amiga.

— Aquilo foi representação — disse ela.

— Não precisava ser. Se você pode fingir algo tão bem, pode ser assim de fato.

— Esta é quem eu sou: o meu *verdadeiro* eu — disse ela. — Eu lhe causo repulsa agora?

— Você não me causa nem um pouco de repulsa — disse Karn. — Você me desapontou. Eu apenas pensei que você fosse alguém melhor do que é.

— Todos nós somos melhores do que você — Tanthal zombou. — Até mesmo o pior de nós. Até mesmo Desstra. Pena que você não vai viver para nos ver arrasar Norrøngard com fogo de dragão.

— Eu salvei a sua vida — disse Karn, ignorando Tanthal e mantendo o olhar em Desstra.

A pequena elfa negra se aproximou, inclinou-se e colocou a mão sobre o peito de Karn. Ela agarrou a gola de seu longo casaco de lã por um instante.

— Agradeço por isso — disse ela, afastando-se. — Adeus, Karn. Pelo menos, você encontrou o que procurava. — Então, Desstra virou-se e foi embora.

Tanthal meneou a cabeça.

— Só mesmo Desstra para sair quando a diversão começa — zombou ele.

— Chega! — disse Yelor. — Precisamos partir. Vamos começar logo essa festa de despedida. — Ele apontou para os elfos que prendiam Thianna. Com um impulso, colocaram o tronco de árvore de pé e o inclinaram sobre a borda do poço da serra. A gigante do gelo deslizou para fora do tronco, desaparecendo na escuridão do poço com um grito de "Esterco de troll!".

Antes que Karn pudesse gritar de raiva, ele foi erguido e atirado atrás dela, com cadeira e tudo, para o buraco.

CAPÍTULO DOZE

Vem cá, gatinho

Karn estava caído sobre uma pilha de lascas de madeira. A cadeira havia se estilhaçado quando atingiu o chão de terra batida do poço. Ela havia amortecido em grande parte a queda de Karn. Em grande parte.

— Você está bem? — gritou Thianna, correndo para ele. Livre do tronco de árvore, a folga em suas correntes tornou fácil para ela deslizá-las e soltar-se. Karn levantou-se cambaleando. Eles estavam em pé num pequeno círculo de luz emitida pela boca do poço lá no alto.

— Eu acho que sim — respondeu. Então tirou a pedra fosforescente do bolso e agitou-a até ela brilhar. — Saltando da frigideira...

— Para o fogo — Thianna completou. — Nunca morri de amores pelo fogo.

Nas sombras fora do círculo de luz, algo assobiou alto. O poço de serra era longo e retangular, para acomodar o corte de árvores altas. Seja lá o que fosse aquilo, soou como se estivesse lá na extremidade. Karn franziu o nariz para um cheiro almiscarado no ar.

— O que é isso? — perguntou.

— Acho que estamos prestes a descobrir — Thianna respondeu.

Karn olhou ao redor do poço. Além de pilhas de serragem, havia um balde de água nas proximidades, que, obviamente, tinha sido colocado para a criatura misteriosa beber. Mas ele não viu nada de útil.

— Se ao menos tivéssemos algum tipo de arma...

— Acho que posso fazer algo a respeito — Thianna selecionou uma das pernas da cadeira. Mergulhando-a no balde, ela agitou a madeira na água e entoou:

— Skapa kaldr skapa kaldr skapa kaldr skapa kaldr.

Sorrindo, Thianna ergueu a perna da cadeira, agora com um bloco considerável de gelo sólido em sua ponta.

— Clava instantânea — gabou-se ela. Então, diante do olhar de incredulidade de Karn, ela acrescentou: — Andei praticando.

— Dá pra ver.

— Deixe-me fazer uma para você também.

Infelizmente para ambos, fosse o que fosse aquela coisa, ela escolheu justo aquele momento para saltar para fora da escuridão na direção deles. Para surpresa da dupla, a coisa pareceu saltar quase toda a extensão do poço.

Thianna ficou com a impressão de ter visto um rosto peludo e patas com garras afiadas, e também uma longa cauda, coberta de escamas. E então a coisa já estava sobre ela e era hora de agir.

A gigante do gelo girou sua clava com violência. Ela atingiu a criatura com força na cabeça, derrubando-a de lado. E a coisa saltou para longe outra vez, desaparecendo na escuridão.

— Pelos dedos podres de Ymir! Que diabos é isso?

— Surpresa? Me disseram que é chamado de tatzelwurm — gritou Yelor lá de cima. — É, ao que parece, nativo das colinas desta região. Também chamado de dragão saltador.

— Posso ver por quê... — disse Thianna.

— Mocinha esperta! — disse Yelor. — Mas continue. Não me deixe interrompê-los de novo. É bem divertido assistir.

— É ainda mais divertido aqui — gritou Karn. — Por que você não se junta a nós para ver de perto?

Yelor ia responder, mas foi interrompido pelo som de gritos em outra parte da serraria.

— Vá ver o que é isso — disse ele irritado a um subalterno.

Thianna manteve os olhos na escuridão, com sua clava improvisada a postos.

O som de gritos virou som de luta. Karn e Thianna ouviram Yelor praguejar e, depois, o barulho de correria quando os elfos negros começaram a fugir.

— O que está acontecendo? — perguntou Thianna.

— O que é problema para eles só pode ser bom para nós — Karn respondeu.

— Sim, mas eu não vejo como isso pode nos ajudar em nossas atuais circunstâncias — disse ela.

Então, o tatzelwurm atacou novamente.

Desta vez, avançou na direção de Karn. De repente, um rosto felino saltou rápido e direto sobre ele, com as cruéis garras estendidas. Sem uma arma para se defender, ele pensou que estava condenado. Mas o tatzelwurm errou o alvo por questão de centímetros.

Thianna, quase tão rápida quanto a criatura, segurou-a pela cauda e a puxou de volta antes que as garras encontrassem seu alvo. Ele se virou para encará-la e Karn deu uma boa olhada nele.

O tatzelwurm era uma espécie de cruzamento entre um gato e uma cobra. Tinha a cabeça e as patas dianteiras de um gato, mas um corpo sem pernas longo como o de uma serpente. O silvo e o miado lamentoso de repente fizeram sentido.

Infelizmente, Thianna agora tinha agarrado o tatzelwurm pelo rabo. O bicho enroscou-se sobre si mesmo, voltando-se para ela. Karn correu e o chutou violentamente para o lado. Ele silvou e girou de um lado para o outro, não tendo certeza de quem atacar primeiro.

— Solte-o! — Karn gritou.

— Está me dizendo para soltá-lo?

— Sim, pegue a sua clava e solte-o. Eu não posso afastá-lo com você segurando-o pelo rabo.

Thianna compreendeu, soltou o tatzelwurm e agarrou sua clava. Ela atingiu a criatura no flanco e, quando ela se virou para encará-la de novo, Karn deu-lhe outro chute.

Sob ataque de ambos os lados, o tatzelwurm saltou para trás na escuridão, na outra extremidade do poço.

— De fato, essa coisa pode dar saltos impressionantes! — admitiu Thianna.

— Admire-a mais tarde, mate-a agora — disse Karn. Então, ele olhou para o seu longo casaco. Tinha escapado do ataque do tatzelwurm por muito menos do que pensara. O tecido estava rasgado. Ele notou uma pequena bolsa enfiada em seu colarinho. Não pertencia a ele. Karn tirou-a, percebendo imediatamente que Desstra devia ter colocado a bolsa ali em sua roupa enquanto se despedia.

Ele não tinha nenhuma razão para confiar em Desstra, mas a bolsa não havia explodido na mesma hora nem pegado fogo. Estava amarrada com uma cordinha. Ele a abriu — um cheiro forte, mas não desagradável, exalou. Karn viu que ela continha o que pareciam ser folhas esmagadas.

Enquanto Karn ficava ali, intrigado com a erva, Thianna foi avançando lentamente em direção ao outro lado do poço. Ela argumentou que a grande vantagem do tatzelwurm residia na sua capacidade de saltar grandes distâncias. Se ela pudesse diminuir a distância, ela removeria essa vantagem. Thianna girou sua clava para trás, a fim de desencorajar ataques.

Que cheiro é esse? Fareja, fareja, fareja.

Thianna deteve seu avanço. Ela tinha ouvido uma voz bem clara, vinda da escuridão.

Algo cheira bem! Fareja, fareja. Algo cheira muito bem! Menina grande com a vara tem o cheiro?

— Eu não tenho nenhum cheiro — ela gritou.

— Quem está falando? — perguntou Karn atrás dela.

— O tatzelwurm, eu acho.

— O quê? Como isso é possível?

— Eu não sei — disse Thianna, embora ela achasse que até fazia ideia. O Corno de Osius dava ao seu usuário a capacidade de falar com os répteis. Todas as thicanas que ela conhecera podiam se comunicar mentalmente com suas wyverns. Teriam suas experiências despertado essa capacidade nela?

Uma herança de sua linhagem humana? Era óbvio que o tatzelwurm era parte réptil.

— Tatzelwurm — ela chamou —, é você?

A criatura saltou para fora da escuridão novamente. Mas, desta vez, ela aterrissou fora do alcance de Thianna. Suas patas estavam no chão, com as garras retraídas, mas seu nariz farejava ferozmente. Ele enfiou a cara na de Thianna.

Fareja, fareja, fareja. Menina grande não cheira bem. Cheira mal, mal, mal.

— Fale por você, imbecil. Estive amarrada por dias sem tomar banho.

Devo encontrar cheiro bom. Fareja, fareja.

O tatzelwurm saltou por cima de Thianna, em direção a Karn. Ela correu atrás dele.

Quando Thianna alcançou o norronur, ele estava preso contra a parede oposta, muito desconfortável, mas ileso. O tatzelwurm estava farejando para cima e para baixo o corpo de Karn, procurando a fonte do cheiro.

Cheira, cheira, cheira, fareja, fareja, fareja. Mim quer esse cheiro.

— O que é que ele está fazendo? — disse Karn. Thianna percebeu que já não podia ouvir a criatura em sua mente como antes.

— Algo está deixando esse bicho selvagem. Algum perfume. Você está carregando algo cheiroso? O que tem aí com você?

Karn estendeu a bolsa.

— É isso? — perguntou.

Sim! Cheira, cheira! Bom, bom!

O tatzelwurm saltou para a bolsa, batendo nela com o focinho. Um pouco da erva caiu no chão. A criatura se deitou e esfregou os bigodes nas folhas esmagadas.

Sim! Sim! Sim! Fareja, fareja, fareja! Mais! Mais! Mais!

Ela se contorcia no chão, rolando sobre as costas e fazendo um barulho estranho.

— Está ronronando? — perguntou Thianna. O som era uma mistura de silvo com ronronado.

— Eu acho que sim — disse Karn, sorrindo. Ele jogou um pouco mais da substância para o animal, que praticamente se embolou sobre si mesmo, de tanto que se contorcia em êxtase.

Fareja, fareja, fareja!

— O que é essa coisa? — perguntou Thianna.

— É erva-do-gato — explicou. — Também chamada de *catnip*. Deixa os gatos loucos. Aparentemente, o nosso amigo aqui acha a erva melhor do que nos comer.

Muito melhor! Menina grande cheira mal. Fareja, fareja, fareja! Mais, mais, mais!

— Parece que sim — disse Thianna. — Hum, bom gatinho. Serpente. Gatinho-serpente.

Bom gatinho-serpente! Sim! Fareja, fareja, fareja!

— Karn, guarde um pouco disso.

Karn puxou a bolsa de volta ao seu peito.

— Você quer mais? — perguntou Thianna ao bicho.

Sim! Mais! Gatinho-serpente quer mais!

— Nós podemos lhe dar. Mas temos um problema. Talvez você possa nos ajudar com ele.

Que problema menina grande e malcheirosa tem? Se mim ajuda, dá mais cheira, cheira?

— Sim.

— Nós estamos presos num poço. — Thianna gesticulou ao redor.

Elfos maus colocaram todos nós aqui.

— Sim. Mas você pode nos tirar?

Em resposta, o tatzelwurm saltou de novo, direto para cima e para fora do poço. Em seguida, sua longa cauda deslizou sobre a borda. Ela desceu todo o caminho até o chão.

Escalar! Escalar! Dá mais cheira, cheira!

Karn e Thianna irromperam da serraria, com o tatzelwurm brincando alegremente em torno deles. A cena do lado de fora era um caos. Elfos da floresta em confronto com elfos negros numa batalha encarniçada. Os rostos dos elfos da floresta estavam mascarados, mas eles portavam o característico escudo da Ordem do Carvalho. Lutavam com espadas e arcos. Os elfos negros agentes da Ardil lutavam com clavas, adagas, dardos e espadas curtas.

Karn viu Leflin Raiz Verde duelando ferozmente com Yelor. Depois, eles foram descobertos e vários elfos negros deixaram a contenda para cuidarem dele e Thianna.

Infelizmente para os elfos, Thianna tinha um alcance muito mais longo. Derrubou-os por todos os lados, selvagemente com sua clava de gelo. Eles recuaram um pouco depois disso, espalhando-se para tentar dividir o foco da gigante. Karn desejou mais uma vez ter uma arma.

— Disso eu vou gostar... — disse Tanthal, saindo da sombra de um prédio e se aproximando de Karn. Ele segurava uma espada, sorrindo. Era a espada do pai de Karn.

— Isso é meu! — disse o menino norrønur.

— Então tudo vai se encaixar às mil maravilhas quando eu te partir em dois com ela — o garoto svartalfar respondeu. — É um prêmio e tanto. — Tanthal fingiu admirar a lâmina. — Mesmo que o tom vermelho-dourado seja um pouco espalhafatoso para o meu gosto. Acho que vou chamá-la de Ruína dos Norrønir. E usá-la especialmente para matar sua raça.

Karn falou entredentes:

— A espada já tem nome.

— Tenho certeza de que ela já teve vários. Agora é Ruína dos Norrønir.

— O nome da espada é — a voz de Karn subiu para um grito —, CLARÃO CINTILANTE!

De repente, a lâmina saltou por conta própria. Disparou das mãos de Tanthal, quase arrastando o elfo junto ao voar de suas mãos. Clarão Cintilante cruzou a distância entre eles, revertendo a sua ponta ao fazer isso. Karn ficou boquiaberto ao ver o punho instalar-se confortavelmente na sua mão.

— Você p-p-pode chamar a sua espada? — Tanthal gaguejou em estado de choque.

— Acho que sim — disse Karn. — Parece que os dons de um dragão continuam fruindo. — Reunido com sua arma, ele ajustou a postura para a luta. — Agora, o que você estava dizendo?

Tanthal cuspiu para o lado e armou-se com uma clava e um punhal. E partiu rápido pra cima de Karn.

Karn levantou a Clarão Cintilante para bloquear o primeiro golpe, mas a adaga de Tanthal veio logo atrás. Karn chutou o elfo no flanco, derrubando-o e esquivando-se do seu novo golpe.

Tanthal se recuperou e atacou Karn de novo e de novo. Na terceira vez, Karn pegou a lâmina do punhal e, com uma torção do pulso, enviou-a ruidosamente ao chão.

— Maravilha! — disse Thianna, de repente ao lado dele. — Eu cuidei dos meus dois e vim ver se você precisa de ajuda. Mas parece que não.

— Andei praticando — Karn respondeu. — Ei, eu não sou idiota. Todos os dias durante uma hora, desde a batalha no Baile dos Dragões.

Confrontados com dois atacantes e reduzido a uma arma, Tanthal preferiu fugir. Karn deixou-o ir. Agora que ele tinha encontrado Thianna, sua preocupação era colocá-la a salvo. Então, ele se lembrou de algo.

— Ei, onde está o tatzelwurm? — perguntou.

Thianna apontou.

O gatinho-serpente estava se divertindo a valer. Visivelmente tonto ainda sob a influência da erva-do-gato, ia pulando em cima de um elfo negro após outro. Com um miado longo e exultante, despencava lá do alto sobre um infeliz elfo, estatelando-o na terra. Então, saltava outra vez, subindo para o ar e retornando à terra para esmagar outro infeliz elfo embaixo dele.

Diversão, diversão, diversão! Ataca, ataca, ataca! Fareja, fareja, fareja!, dizia na mente de Thianna.

Vários elfos negros decidiram fugir dele. O tatzelwurm notou-os e partiu numa alegre perseguição.

— Eu não tenho certeza se ele vai voltar — disse Thianna, rindo.

— Por mim, tudo bem — Karn respondeu. — Não sabia o que iria fazer quando a erva acabasse.

Graças ao gatinho-serpente saltador e à Ordem do Carvalho, a batalha chegava rapidamente ao fim; no entanto, parecia que os elfos negros tinham se saído quase tão bem quanto eles. Vários elfos da floresta estavam feridos e alguns deles tinham sido derrubados.

— Não posso dizer que não foi divertido — disse Thianna.

— É verdade — respondeu Karn. — Mas vou ficar feliz quando estivermos em casa.

— Em casa?

— Bem, sim. Podemos ir para casa agora.

— Qual é! — exclamou a gigante. — Eu não vou pra casa.

— Por que não? O chifre está sumido. Os elfos negros foram detidos. Podemos ir dizer a Orm que ele não tem nada com que se preocupar.

— Você vai dizer a ele. Eu estou indo para Thica.

— Eu não vim aqui por Orm. Eu vim aqui por você.

— Eu não pedi a você que viesse — disse Thianna, com um toque de ressentimento na voz. — Estou aqui para ver o mundo. Se você quiser vê-lo comigo, ótimo.

— Você já conheceu o mundo — Karn argumentou. — Foi perigoso. Precisei salvá-la do mundo. Agora é hora de ir.

— Tecnicamente, nenhum de vocês está indo a lugar algum — disse Raiz Verde. O elfo da floresta abordou-os enquanto estavam brigando. Karn notou que ele tinha um corte feio no rosto, que atravessava um olho e a bochecha, mas não parecia estar sentindo dor.

— Do que você está falando? — perguntou Karn. — O chifre está sumido. Os elfos negros foram detidos. Você tem o escudo e a chave. Pode seguir a trilha se quiser ou enterrar a questão para sempre. Você não precisa de nós, e não precisa se preocupar com a gente.

— E você nos deve uma — disse Thianna. — Parece que fizemos todo o trabalho para você.

— É verdade, vocês nos alertaram para a nossa própria história esquecida. E nos levaram a nossos inimigos.

— Mas? — disse Karn.

— Mas você e sua amiga são pontas soltas que sabem muito. Eu lhe disse que a Ordem vem jogando um longo jogo. Pesando o bem de todo o mundo em uma linha do tempo de séculos.

Vários elfos da floresta tinham aparecido para cercá-los agora.

— Então nós somos o quê? Seus prisioneiros?

— Por ora, vamos chamá-los de nossos hóspedes.

— Hóspedes que não podem partir — reclamou Thianna. — Em que vocês são melhores do que eles? — Ela apontou para onde os elfos negros sobreviventes haviam sido cercados e desarmados. Karn viu que tanto Tanthal como Desstra estavam entre os cativos. Apesar de tudo, ele estava feliz que Desstra ainda estivesse viva. Ainda tinha dificuldade em separar a elfa da floresta que tinha sido sua amiga daquela elfa negra que o traíra.

— Nós somos melhores, porque a Ardil iria usar o chifre para destruir o mundo da superfície, enquanto a Ordem do Carvalho existe para impedir que isso aconteça.

— Então, se você tiver que dar um sumiço em algumas crianças, está tudo certo — provocou Thianna.

Raiz Verde teve a decência de desviar o olhar.

Karn estava furioso. Nada daquilo tinha a ver com ele. Só viera para salvar sua amiga e agora ele também precisava convencer uma sociedade secreta de que não ligava a mínima para os seus segredos. Que Neth carregasse tanto a Ordem do Carvalho quanto a Ardil para o quinto dos infernos! Ele olhou para os elfos da floresta e os elfos negros.

— Ei! — disse Karn, de repente alerta. — O que Tanthal está fazendo?

O elfo negro tinha algo em seus lábios. Karn viu que ele estava soprando um apitinho fino. Não fazia qualquer som que ele pudesse ouvir, mas agora Karn tinha experiência com instrumentos destinados a outros ouvidos que não os humanos.

Com um ruído estridente, um enxame de criaturas enormes de repente desceu do céu. A princípio, Karn pensou que fossem wyverns. Então, viu que eram morcegos gigantes.

As garras de trás dos morcegos arranharam os elfos da floresta, afastando-os. A Ordem do Carvalho ergueu seus arcos. Várias das criaturas foram derrubadas. Mas Tanthal e Desstra conseguiram subir nas costas de dois morcegos. Em segundos, eles já estavam voando alto.

Raiz Verde praguejou. Pegou um arco e disparou uma flecha obviamente inútil na direção deles.

— Escaparam — constatou.

— Vocês não podem ir atrás deles? — perguntou Karn.

— Vocês não têm meios de voar?

— Não, nós não — Raiz Verde respondeu.

Karn olhou para Thianna. Tinha vindo de tão longe por ela. Ele pensou que sua jornada estivesse quase no fim. Agora, os elfos negros estavam indo para Gordasha, munidos com a segunda e a terceira estrofe do enigma. Voando, eles estariam lá em questão de poucos dias. A pé ou a cavalo, levaria semanas para a Ordem do Carvalho alcançá-los. O Chifre de Osius cairia nas mãos dos elfos negros. Ele odiava o que estava prestes a dizer, mas não tinha escolha. Era a coisa certa a fazer.

— Nós podemos — disse Karn. — E agora parece que somos a sua única esperança.

CAPÍTULO TREZE

O voo noite adentro

— Você acabou de deixá-los para trás.

Desstra agarrou-se a Morcegão. O ar frio noturno nos seus cabelos nada fez para abrandar o seu humor. O céu repleto de estrelas também passou despercebido. Estava grata pelo morcego tê-la resgatado, mas furiosa por Tanthal ter abandonado o restante da sua equipe.

— Os morcegos só podem carregar uma pessoa de cada vez — explicou Tanthal. Ele montava ao lado dela em sua própria criatura, próximo o suficiente para que pudessem conversar. Ele estava todo satisfeito consigo mesmo e sem remorso algum. Desstra sentiu que ele estava tratando a sua busca pelo chifre como um jogo de capturar a bandeira. Ele não se importava com quem se machucava. Sua única preocupação era que ele estava ganhando.

— Mas você nem tentou ajudá-los! — ela protestou. — Nós fugimos e os deixamos largados à própria sorte.

— Fique à vontade para dar meia-volta, se quiser — respondeu o elfo negro. — Tenho certeza de que acharão a derrota muito mais suportável se você cair com eles.

Desstra franziu o cenho para ele, mas não fez nenhum movimento para alterar o curso de Morcegão. O que ela poderia fazer sozinha?

— Temos uma missão a cumprir — prosseguiu Tanthal. — Essa missão é mais importante do que qualquer outra pessoa. O sacrifício deles significará nosso sucesso.

— Seu sucesso.

— Claro. E sua formatura. Lembre-se disso.

— Como eu poderia me esquecer? — ela disse. Você nunca me deixa esquecer, ela pensou. Precisando de alguma distração, ela verificou os suprimentos nos alforjes de Morcegão. Ela levava equipamento extra, incluindo outro conjunto de dardos. A leste, o horizonte estava começando a clarear com o prenúncio do nascer do sol. Os elfos negros detestavam a luz do sol. Mas ela não havia se importado tanto com isso quando estava fingindo ser Nesstra, a elfa da floresta.

— Ah, não se preocupe — disse Tanthal, interpretando mal seu semblante. — Desconfio que não tenha sido a última vez que nos encontraremos com aquele garoto norrønur de que você tanto gosta.

— Eu não gosto dele — ela se apressou em dizer.

— Ainda bem. Porque pensei numa coisa.

— Seja lá o que for, tenho certeza de que pode esperar até que você seja mais inteligente.

— É o seguinte — continuou Tanthal, imperturbável. — Da próxima vez que nos encontrarmos com Karn Korlundsson, vamos matá-lo.

— Matá-lo? — surpreendeu-se Desstra.

— Claro. E é você quem deve fazer isso.

— Eu? — Ela já havia traído Karn. Mas depois que ele salvou sua vida, ela poderia mesmo matá-lo?

— Uma ótima ideia, não acha? — Tanthal perguntou. — Que maneira melhor de provar que você pode ser forte como a rocha do nosso lar? Pense nisso como seu teste final.

Oh, que maravilha. Mais seres humanos.

A wyvern estava empoleirada num ramo baixo de uma faia. Sua cauda estava enrolada em torno do galho para que pudesse se equilibrar enquanto rasgava com avidez um coelho com os dentes.

— Na verdade, são elfos — corrigiu-a Thianna. Karn conduzira ela, Raiz Verde e vários outros elfos da floresta pela ponte em direção ao local na Floresta do Fogo Negro onde a wyvern estava escondida.

Você acha que eu me importo com a diferença?, pensou a criatura na mente de Thianna. *Se não fosse por você e a sua espécie, eu estaria bem longe daqui. Num ninho, no pico de uma montanha tão alta que nenhum de vocês conseguiria escalar. Bem, talvez você conseguisse. Mas você me entendeu.*

— É bom ver você também — disse Thianna.

Se eu estivesse feliz em ver que ainda está viva, a wyvern pensou, *seria sob a forma de uma emoção bem pequenina enterrada debaixo da minha irritação ao encontrar todos esses estranhos.*

— Foi nesta criatura que você chegou até aqui? — Raiz Verde perguntou, incrédulo.

— Sim — confirmou Karn. — Ela trouxe Thianna primeiro e depois me trouxe.

— Com uma envergadura tão grande, pode superar os morcegos. E eles só podem viajar à noite. O sol se levantará em breve. Nós podemos chegar a Gordasha antes deles.

— Nós? — questionou Karn.

— Nem você nem Thianna são guerreiros experientes. Só faz sentido dois de nós irmos no lugar de vocês.

Eu não concordei com isso, pensou a wyvern.

— Se quer montá-lo — disse Thianna —, fique à vontade para tentar.

O réptil rosnou e mostrou suas presas.

Só por cima dos cadáveres deles.

— Relaxa — disse a gigante à wyvern. — Eu não acho que isso vá acontecer.

— Você está falando com a criatura? Você consegue compreendê-la? — perguntou Raiz Verde que, como todos os outros ali presentes, estava apenas ouvindo metade da conversa.

— Sim — disse Thianna. — E ela não está muito feliz em ver vocês.

Pra dizer o mínimo. Embora apenas Thianna pudesse ouvi-la, a wyvern sibilou mais uma vez para demonstrar o seu desagrado.

— Viu só? — disse Karn. — Só nós dois podemos montá-lo. Só Thianna pode falar com ela.

— Vocês têm que nos deixar partir agora — disse Thianna. — E vão ter que confiar em nós para arrumar a bagunça por vocês.

— Mas nós não vamos trazer o chifre de volta para você — observou Karn. — Vamos levá-lo para Orm, para que ele possa destruí-lo.

— Destruí-lo? — Houve gritos de objeção dos outros elfos da floresta.

— Ou é isso ou ele cai nas mãos dos elfos negros — disse Thianna. — É pegar ou largar.

Raiz Verde franziu a testa, e então assentiu.

— Está bem. Confiaremos em vocês para que ponham um fim nisso. Tamanha confiança não é fácil para nós. Mas parece que as circunstâncias exigem que aprendamos.

Os elfos da floresta forneceram a Karn e Thianna os suprimentos que tinham, bem como algumas moedas. Ofereceram a cada um deles um arco e uma aljava de flechas, mas nem Karn nem Thianna sabiam como manuseá-los. Thianna havia se decidido por uma espada, depois de ter perdido aquela dada a ela por Orm. Era um tipo conhecido como espada de cavaleiro, uma arma para ser usada com uma só mão, com uma lâmina reta de dois gumes e com um guarda-mão simples. Os elfos ficaram com o escudo romano e a chave.

Enquanto se preparavam para partir, Karn ficou golpeando vários insetos que zumbiam em torno da pedra fosforescente presa ao cordão em seu pescoço. Eles eram atraídos por sua luz, e cada vez mais insetos chegavam à medida que a manhã se aproximava.

— Alguém tem um saquinho de pano? — ele perguntou. — Algo macio. Eu tive uma ideia.

Depois de Karn pôr em prática sua ideia, era hora de se despedir.

— Você fez mais do que provar que é capaz — disse Raiz Verde. Ele enfiou a mão num bolso e entregou algo a Karn. — É hora de honrá-lo.

— O que é isso? — perguntou Karn. Ele segurava um pequeno anel de prata na mão. A face do anel havia sido moldada com o mesmo desenho do toco de árvore dos broquéis.

— Isso distingue você como um amigo para aqueles que conhecem as marcas — disse o elfo da floresta. — Você poderá descobrir que isso abrirá portas para você que de outra forma estariam fechadas. Pelo menos, pode poupá-lo de uma faca nas costas.

— Hum, obrigado — disse Karn, deslizando o anel em um dedo. — Embora a amiga em quem confio mais do que em qualquer coisa esteja aqui do meu lado.

Todos os humanos são assim tagarelas como esses?, pensou a wyvern enquanto os carregava para o céu.

— Elfos — corrigiu de novo Thianna. — Aqueles eram elfos.

— Então, o que é Gordasha, afinal? — perguntou Thianna.

— De acordo com Raiz Verde — respondeu Karn —, é a capital da Supremacia Sagrada de Górdio. Embora, aparentemente, não tenha sobrado muita coisa da Supremacia fora a capital.

Karn estava sentado na frente de Thianna enquanto montavam a wyvern, sentindo-se um pouco como uma criança, pressionado contra a garota muito maior. Eles tinham tentado fazer o contrário, mas ele não conseguia enxergar nada ao redor dos ombros largos de Thianna, e o cabelo longo da gigante estava sempre esvoaçando em seu rosto.

— Eu pensei que o Império de Górdio havia caído mil anos atrás — disse ela.

— Foi o que aconteceu — explicou Karn. — Melhor dizendo, novecentos e oitenta e três anos atrás. Ele se partiu em dois nessa época. A Supremacia é o último suspiro de uma dessas metades.

— Tá. Mas você ao menos sabe onde fica?

— Ei, passei horas na noite passada estudando minuciosamente os mapas na casa de Raiz Verde. É provável que, a esta altura, eu conheça todo este continente melhor do que qualquer um que não seja um cartógrafo profissional.

— Essa é sua nova carreira? Cartógrafo? — provocou Thianna. — Se administrar a fazenda ou ser dono de taverna não der certo...

— Tá bom, então. Primeiro eu teria que aprender a desenhar. Embora, pensando bem, talvez eu possa criar um jogo com isso. Algum tipo de jogo de guerra, movimentando exércitos num mapa. O que você acha?

— Talvez. O que você usaria como peças de jogo?

— Morcegos! — disse Karn com súbita urgência.

— Você usaria morcegos como peças?

— Não! Morcegos!

Thianna olhou para onde Karn estava apontando. Bem à frente deles, ela viu os inimigos.

— Como é possível estarem voando durante o dia? — ela perguntou. — Faz horas que o sol surgiu. Os morcegos não são noturnos?

— Como vou saber? — perguntou Karn. — Mas não há como ultrapassá-los sem sermos vistos.

Como não poderia deixar de ser, os elfos negros avistaram a wyvern. Os morcegos se separaram, cada qual fazendo uma larga curva numa tentativa óbvia de flanqueá-los.

— Estou desejando agora que tivéssemos pegado um daqueles arcos — disse Thianna, embora soubesse que jamais conseguiria atirar com eficiência com tanto vento.

Karn desembainhou a Clarão Cintilante enquanto Thianna preparava-se para lutar com a espada que os elfos da floresta tinham lhe dado.

— Talvez eu deva chamar essa espada de Ruína dos Elfos — ela riu, lembrando-se da luta de Karn com Tanthal.

— Não acho que os elfos da floresta ficariam muito felizes com isso — observou Karn.

— Lágrimas de Tanthal, então — sugeriu Thianna.

— Você precisaria de um par de espadas. *Lágrimas* é plural.

— Não seja tão certinho.

Os inimigos os estavam encurralando, e não havia mais tempo para brincadeiras. Num acordo tácito, por ser destro Karn defenderia o lado direito. Enquanto Thianna, que provara ser habilidosa com ambas as mãos, defenderia o flanco esquerdo deles.

Karn viu com alívio que Desstra estava vindo para cima deles pela esquerda, portanto, ele não teria que enfrentá-la. Temia que, se em algum momento chegasse a isso, ele pudesse hesitar em desferir um golpe contra sua amiga de outrora. Contra Tanthal, ele não teria a mesma relutância.

O elfo negro investiu rápido. Karn levantou a Clarão Cintilante com antecedência, mas, no último instante, Tanthal arremeteu para cima. O morcego voou sobre eles, suas garras traseiras arranhando sem piedade a cabeça e os braços de Karn. Ele jogou-se de lado, evitando por pouco uma laceração mais grave. Quase caiu da wyvern, mas Thianna o pegou com o braço direito e o puxou de volta.

Ao mesmo tempo, Desstra conduziu seu morcego por baixo deles, disparando um de seus dardos para cima. Em desespero, Thianna chutou o pulso da menina elfa, fazendo com que esta perdesse a mira.

Então, os morcegos estavam fora de alcance. Eles começaram a fazer a curva em preparação para uma segunda investida.

— Se tentarem isso outra vez, mire no patágio — instruiu Karn.

— No quê? — Thianna ficou confusa.

— No patágio. A parte de couro entre os ossos das asas.

— Por que não falou isso logo de uma vez?

— Porque é chamado de patágio. Você deve conhecer o nome certo.

— Eu não preciso saber o nome para acertá-lo!

Tendo os morcegos invertido as posições, Thianna agora enfrentaria Tanthal. Infelizmente, isso colocava Karn em confronto com Desstra.

— Esta criatura não pode ir mais rápido? — perguntou Karn. Estava infeliz com a perspectiva de enfrentar a elfa.

Diga a esse paspalho que ele deveria tentar voar a noite toda sem descansar, para ver o que é bom, respondeu a wyvern.

— Ela diz que isso é o melhor que pode fazer — Thianna retransmitiu a mensagem.

A forma como você transmite as minhas palavras deixa muito a desejar.

Então, os elfos estavam sobre eles.

Desta vez, Tanthal atacou com sua própria arma. Ele trocou a maça por uma longa espada cinzenta, mais adequada para combater alguém com o alcance de Thianna. Suas lâminas chocavam-se ruidosamente enquanto giravam no ar.

Karn e Desstra estavam menos entusiasmados em seu combate. Ele investia contra ela sem vigor algum, e ela atirava seus dardos nele com muito pouca determinação. Em combates, era importante olhar o seu adversário nos olhos. Em vez disso, ambos mantiveram o olhar nas mãos um do outro.

Karn ouviu um grito do lado esquerdo. Thianna tinha acertado um golpe.

Tanthal recuou, voando para se afastar. Ao ver isso, Desstra também conduziu seu morcego para longe.

Karn reparou que o elfo negro havia amarrado vendas nos olhos de sua montaria. Isso explicava como eles tinham conseguido fazer com que os morcegos voassem à luz do dia. Significava também que eles estavam voando apenas pelo sentido da audição.

— Chegou a hora — ele sussurrou no ouvido de Thianna.

— Prepare-se — ela disse, falando para a montaria.

Os elfos negros vieram pelas laterais, preparando-se para outro ataque. Karn embainhou a Clarão Cintilante e puxou o pequeno saco de pano com o conteúdo que ele havia recolhido da Floresta do Fogo Negro.

— Ao meu sinal — disse Thianna.

Os elfos se aproximaram.

— Mergulhe!

A wyvern dobrou as asas para os lados. Recolhendo os membros e abaixando a cabeça, eles caíram como uma pedra.

Os morcegos mergulharam atrás deles, mas a wyvern estava na dianteira por contar com a vantagem da surpresa.

Karn esperou até que os morcegos estivessem bem alinhados atrás deles. Então, ele abriu o saco.

Os insetos se espalharam. Mariposas, vaga-lumes, e outras coisas que zumbiam. Tudo que ele conseguiu apanhar com o brilho da pedra fosforescente.

Os morcegos — famintos graças ao voo longo a que foram submetidos — interromperam sua perseguição para arrebatar os insetos enquanto Tanthal e Desstra lutavam para permanece em suas selas.

A wyvern estendeu as asas, interrompendo o mergulho. Sua envergadura mais ampla e maior velocidade significavam que os morcegos, menores e mais fracos, nunca poderiam esperar alcançá-los.

Diga ao menino que eu revi a minha opinião sobre ele, pensou a wyvern. *Ele é apenas um paspalho, não um completo paspalho.*

— A wyvern disse que você é muito inteligente — repassou Thianna.

Estou começando a pensar que preciso de um novo tradutor. A minha atual é seriamente desqualificada.

— Relaxa — disse Thianna, acariciando o pescoço do réptil. — Este é um dia em que todos saíram ganhando.

Depois de deixarem seus perseguidores para trás, eles mataram o tempo com Karn apontando os países e marcos enquanto voavam para o leste. Cruzaram a região verdejante que era o lar dos gnomos, depois sobrevoaram o enorme Mar de Catara. Em seguida, atravessaram o belo e montanhoso reino dos Altos Elfos. Karn contou à gigante como os elfos haviam governado a maior parte do continente, muito antes do Império de Górdio.

— Elfos negros, elfos da floresta. O que é um Alto Elfo? — ela quis saber.

— Acho que é igual aos outros elfos, só que mais esnobes — ele respondeu.

— Maravilha. Mal posso esperar para conhecer um deles algum dia.

No final da tarde, eles estavam admirando o verde exuberante de paisagens bastante diferentes do que tinham no extremo norte. Eles sabiam que estavam se dirigindo para um lugar mais quente e mais densamente povoado do que seu remoto cantinho do mundo. Por fim, chegaram ao território da Supremacia Sagrada de Górdio. As Montanhas Muspilli, lar de vários vulcões ativos, proporcionavam uma impressionante barreira terrestre para o norte, explicando por que o controle do estreito era tão importante.

Gordasha, quando a avistaram, provou ser uma cidade enorme, bem maior do que Bense, do que Castelurze, até mesmo do que as ruínas de Sardeth. Uma formidável muralha dupla cercava a cidade por todos os lados, protegendo-a por terra de um lado e pelo mar em todos os outros. Havia torres construídas a intervalos por toda a sua extensão, e soldados podiam ser vistos vigiando ao longo de toda a fortificação. Dentro dessa barreira, construções erguiam-se bem próximas umas das outras, como os paralelepípedos de uma estrada gordiana. Raiz Verde disse que a cidade era o lar de meio milhão de almas. Encontrar ali o Corno de Osius seria como procurar por um único seixo numa costa rochosa. Mas isso não era o maior de seus problemas.

Uma frota de navios de guerra entupia as águas ao norte da cidade, enquanto em terra, a oeste da muralha, um enorme exército estava acampado. Karn e Thianna viram um grande número de tendas, tropas, monstruosas armas de cerco e enormes e ferozes bestas que pareciam nada menos do que javalis gigantes, encouraçados e selados para cavalgar.

— Que diabos são aquelas coisas? — perguntou Thianna. — Porcos de guerra? Quem monta porcos de guerra?

— O Império de Uskir — disse Karn. — Gordasha está sitiada.

— Deve haver milhares de tropas. Centenas de milhares.

Karn analisou o campo de batalha. Sua mente absorveu tudo, estudando as defesas. Ele viu canhões, arqueiros, lanceiros. Mas não em números iguais aos dos invasores.

— Thianna, a cidade pode não conseguir dar conta de tudo isso. Gordasha pode estar prestes a ser tomada.

E é aí que vocês dois querem ir?, pensou a wyvern. *Meu conceito da inteligência de vocês acaba de sofrer outro golpe.*

— Só precisamos encontrar o chifre antes que a cidade seja tomada — disse a gigante do gelo. — Porque quando essas muralhas cederem, Gordasha será o último lugar em que gostaríamos de estar.

CAPÍTULO CATORZE
Rompendo as barreiras

— Imagine tentar atravessar esse exército a pé — disse Karn.
— É difícil acreditar que existem tantos soldados no mundo.

Eles estavam sobrevoando as forças uskirianas, olhando admirados as milhares de tropas acampadas fora dos muros de Gordasha. Nem Karn nem Thianna tinham visto algo daquela dimensão.

— E este é apenas um exército — observou Thianna.

— Nossas maiores batalhas só contaram algumas centenas de soldados, talvez um milhar — disse Karn. — Olha como eles são disciplinados. Movimentam-se com uma... precisão matemática. Nós, por outro lado, só batemos em nossos escudos com os machados e berramos até os inimigos se mijarem de medo.

— Isso é melhor do que nós gigantes — respondeu Thianna. — Tudo o que fazemos é jogar pedras na cabeça um do outro.

Karn não conseguia ver o que dois jovens seriam capazes de fazer diante de tal exército.

— O que estamos fazendo aqui? — ele disse.

Finalmente uma pergunta sensata, pensou a wyvern. *Devo dar meia-volta?*

— Você sabe que adora isso — sussurrou Thianna para o réptil, acariciando seu pescoço. — Mas você fica com a parte fácil. Depois que nos deixar lá dentro é que a verdadeira diversão vai começar.

Eles viram enormes armas de cerco sendo erguidas. Um canhão gigante, forjado para parecer a cabeça de um javali, estava sendo conduzido até as linhas de frente. Era como os porcos de guerra que compunham a cavalaria uskiriana. Os soldados se deslocavam para lá e para cá como formigas. No mar, do lado norte da península, a frota de navios de guerra uskiriana mantinha distância. Os navios permaneciam ancorados, fora do alcance dos canhões dos defensores.

— A batalha ainda não começou — observou Karn. — O uskirianos ainda estão posicionando suas tropas.

— Sorte nossa — disse Thianna. — Eu odeio chegar atrasada.

Dentro da cidade, as tropas gordashianas marchavam de um lado para o outro pelas muralhas e torres. Arqueiros, lanceiros e canhões. As paredes duplas da muralha tinham cada uma quase cinco metros de espessura. O terraço entre as duas paredes era grande o suficiente para que duas carroças passassem lado a lado e estava lotado de tropas. Dois enormes portões da cidade estavam fechados por maciças portas de ferro. Outro portão barrava qualquer tráfego aquático pelo pequeno rio que fluía através da fortificação.

— O que é isso? — disse Thianna, apontando para uma estrutura que parecia uma ponte de pedra alta e reta. Ela tinha vários arcos e corria pela terra e através da parede.

— Um aqueduto — explicou Karn.

— Para *aquecer*?

— Não. Para conduzir água. Ele transporta água doce das montanhas até a cidade. Provavelmente, construído há mil anos pelo Império de Górdio. Ninguém mais consegue construí-los assim.

Thianna assobiou.

— Então, onde vamos aterrissar?

Karn examinou o interior da cidade.

— Há um parque entre as muralhas — disse ele, indicando a área.

A wyvern estava se preparando para descer, quando, de repente, sem aviso, o seu curso foi bruscamente interrompido.

Então Karn, Thianna e a wyvern estavam todos berrando, gritando, e sibilando enquanto despencavam pelo ar. Seus membros e asas estavam presos em uma pesada rede de corda. Lastreada com pedras, a rede havia sido lançada por uma catapulta para derrubá-los do céu.

— Vamos bater! — gritou Thianna. — Preparem-se!

Só quero que você saiba, pensou a wyvern, *que eu a considero responsável por tudo isso!*

O chão se aproximava velozmente. Eles estavam mergulhando muito rápido. Karn sabia que o tempo deles tinha acabado.

A tenda desinflou como uma bexiga.

Ela amorteceu a queda, desmoronando embaixo deles enquanto os levava ao chão. A wyvern sacudiu-os de suas costas, agitando as asas para se desvencilhar da barraca e da rede.

— Nós não estamos mortos? — Thianna perguntou em voz alta.

Não pense que isso alivia a sua barra, o réptil disparou de volta.

Karn levantou-se.

— Não estamos mortos — respondeu ele. Então deu uma olhada em volta. Estavam no meio de um círculo de lanças apontadas para eles por ferozes soldados montados em porcos selvagens de guerra. E os próprios soldados não se pareciam com nada que Karn já tivesse visto. Tinham pele cinzenta, cabelos brancos, orelhas pontudas e grandes presas saindo da boca larga. Sua aparência bestial contrastava com suas roupas finamente bordadas. Eram os uskirianos, Karn percebeu, e eles não pareciam nada contentes em ter visitantes.

— Não estamos mortos... — repetiu Karn, contemplando aqueles rostos irritados. — Ainda.

Thianna puxou sua espada. Em resposta, os uskirianos a cutucaram com suas lanças.

— Sai pra lá! — ela bufou, enxotando uma lança como se fosse apenas um inseto zumbindo.

— Thianna — disse Karn —, estamos no meio de um exército. Nem mesmo você pode lutar contra isso.

Thianna ponderou se aquilo era verdade. Ela deu de ombros e guardou a arma.

— Por ora — disse ela, fuzilando os soldados com os olhos.

Espalhando sibilos e dentadas no ar, a wyvern teve uma corda amarrada ao pescoço. *Culpa sua! Culpa sua!*, gritou ela na mente de Thianna. Karn e Thianna foram deixados livres. Eles sequer foram desarmados. A fuga era impossível. Isso era óbvio.

Os três foram conduzidos à ponta de lança pelo acampamento, o que possibilitou a Karn uma avaliação de perto da capacidade dos atacantes. Ele tinha que admitir que estava impressionado. Havia um refinamento nas armaduras e nos equipamentos das tropas que mostrava riqueza e sofisticação, bem como apreciação pelo design. Karn e Thianna maravilhavam-se com as fileiras de tendas ricamente bordadas erguidas para abrigar as forças acampadas. Um enorme pavilhão, posicionado nas sombras do aqueduto, era obviamente o centro de comando de todo o exército. Havia sido feito com tendas múltiplas de vários tamanhos, algumas com telhados pontudos, outras com telhados abobadados. Centenas de bandeiras coroavam seus picos. As bandeiras mostravam a cabeça de um javali brilhando no centro de um motivo de pétalas de flor.

— É como um palácio móvel — observou Karn.

— É como uma grande pilha de tapetes — Thianna retrucou.

A wyvern foi arrastada para um poste de amarração. Percebeu o que se pretendia e logo se agitou em protesto. Por um instante, os lanceiros dirigiram toda a atenção para o réptil. Thianna aproveitou o momento para se lançar sobre eles. Caíram como pinos de boliche.

Voe, pensou para a wyvern.

Ela alçou voo enquanto os uskirianos ainda estavam tentando sair de baixo de uma gigante do gelo.

Algumas lanças foram atiradas na direção da wyvern, mas não a alcançaram. A wyvern voou através e por trás do antigo aqueduto, desaparecendo de vista.

Chame se você sobreviver a isto, Thianna ouviu-a dizer em sua mente. Ela foi levantada e posta de pé pelos soldados furiosos, as pontas de suas armas pressionando as costas dela.

Karn e Thianna continuaram a ser conduzidos e passaram por guardas com capacetes que cobriam por completo a cabeça. O metal dos capacetes havia sido moldado para se parecer com os rostos e presas proeminentes que ficavam por baixo. Era bonito e assustador ao mesmo tempo. A armadura dos soldados era feita de anéis entrelaçados de metal achatado, reforçado com placas de metal retangulares na frente e atrás. O trabalho era mais sofisticado do que qualquer armadura que Karn tivesse visto. Mais uma vez, ele se sentiu como um caipira dos confins de um mundo muito mais complicado.

Uma vez que os dois adentraram a barraca, a lona verde-escura do exterior deu lugar a ricas tapeçarias vermelhas de materiais mais finos. Eles viram que a tenda era subdividida por cortinas em vários corredores e quartos. Todas as paredes eram bordadas, em grande parte com belos padrões florais. Flores pareciam um motivo estranho para um exército envolvido numa guerra.

Karn e Thianna foram conduzidos por passagens por onde numerosos subalternos zanzavam de lá pra cá, levando mensagens ou carregando suprimentos. Ninguém lhes prestou a menor atenção. Afinal, chegaram a um quarto onde um uskiriano impecavelmente vestido, com uma barba branca trançada e um turbante enorme, estava sentado em um trono sobre um estrado e presidia uma sala cheia de oficiais e funcionários da corte, que estavam conversando em grupos ou sentados em travesseiros e almofadas.

Um uskiriano que usava um manto extravagante e um grande turbante aproximou-se. Ele se curvou ligeiramente.

— Bem-vindos ao tribunal de Shambok que Beira o Espetacular — disse ele em perfeito idioma universal. — Sou Dargan Urgul, intérprete dos bárbaros.

— Nós não somos bárbaros — respondeu Karn, um tanto irritado. As sobrancelhas brancas de Dargan se ergueram.

— Você fala uskiriano? — ele perguntou.

— É isso que estou falando? Acho que sim.

Dargan estudou-os.

— Vocês são espiões estranhos, tenho que admitir — ele murmurou consigo mesmo.

— Nós não somos espiões! — Thianna protestou.

— Não? — disse Dargan. — Acho altamente improvável.

— Eu não me importo com o que você pensa — ela rugiu.

— Minha querida, falei aquela última frase em herzeriano. E, no entanto, você a entendeu de cara. Idioma universal, uskiriano, herzeriano. Esse domínio de tantas línguas só pode significar que são espiões, estudiosos ou diplomatas. Dargan olhou para as roupas deles com desdém. — E me desculpem, mas, a julgar pela maneira tosca como se vestem e sua aparência enlameada, vê-se logo que vocês não são estudiosos nem diplomatas. Então aposto que são espiões.

Karn olhou para as próprias roupas, a perna da calça rasgada e as botas sujas de lama. Os norrønir não eram lá muito bons no quesito higiene pessoal, mas ele sabia que de fato precisava tomar um banho e trocar de roupa.

— Na verdade, nós não falamos todas essas línguas — explicou Karn. Envergonhado, tentou limpar a lama da camisa. — Para ser franco, não tenho certeza nem de qual idioma estou falando agora. É meio difícil de explicar.

— Experimente — disse Dargan.

— Não sei se devemos dizer — disse Karn.

— Nós fomos enviados por um dragão para encontrar um artefato mágico perdido que achamos que está escondido em Gordasha — disse Thianna.

— Thianna! — disse Karn boquiaberto pelo choque.

— Ah... — ela explicou —, ele não acreditaria em nós de qualquer maneira. E tanto faz se acredita ou não. — Ela se virou para o uskiriano. — Nós realmente não nos preocupamos com a sua guerra. Não estamos planejando ficar por isso. Só precisamos entrar e sair rápido de Gordasha. E vocês nos privaram de nossa carona.

— Vocês não se importam com a guerra? — ele perguntou.

— Bem, isso mesmo. Como eu disse, não estamos aqui por isso — respondeu a gigante. — Quero dizer, não que a guerra não seja ruim, certo?

Dargan esfregou a testa.

— Eu admito que sentirei pena em ver esses domínios incivilizados domesticados — disse ele. — Eles sempre perdem um pouco de sua singularidade e vitalidade quando domados e disciplinados.

— Olha só o que você está falando! "Incivilizado!" "Domados e disciplinados!" Você realmente se acha cheio de superioridade, não é? — Thianna indignou-se.

— Não quis ofender — disse Dargan. — Eu sempre achei que seria agradável viajar pelo mundo antes de nosso império levar iluminação para os cantos mais distantes da terra. Sinto curiosidade pelos costumes de outros povos, especialmente os primitivos. Mas Shambok que Beira o Espetacular exige que lutemos esta guerra. Então, lutar nós devemos.

— Ele gosta de uma guerra, não é? — perguntou Thianna.

— Oh, não. Ele se irrita sob o seu jugo, mas tem um dever.

— Com licença — interrompeu Karn. — Você disse que ele "Beira o Espetacular? Por que ele não é apenas "Shambok, o Espetacular"?

— Uma pergunta muito boa. — Shambok falou de seu trono. Karn e Thianna perceberam que a sala ficou em silêncio.

O líder uskiriano desceu do estrado e se dirigiu para onde estavam. Tão elaborada quanto as vestimentas uskirianas pareciam ser, sua roupa era a mais trabalhada e luxuosa de todas.

— Estou apenas à beira de ser espetacular — disse Shambok. — Não posso ser totalmente espetacular até cumprir o meu destino.

— E qual é o seu destino? — perguntou Karn.

— Que bom que você perguntou. — O líder uskiriano sorriu. Então, Shambok bateu palmas. Músicos se aproximaram do canto da sala, carregando uma variedade de alaúdes e flautas. Eles começaram a tanger e soprar notas delicadas. Aí, para surpresa de Karn e Thianna, o líder uskiriano começou a dançar e a cantar.

Quando eu era pequeno,
De tão tenra idade,
Meu pai disse: "Shambok,
Seus irmãos têm maldade.
Mate eles todos
Ou vão te pegar.
No topo só fica um.
Pra dois não há lugar".

— Que instrumento é esse? — perguntou Thianna, apontando para um dos alaúdes de pescoço longo.

— Shhh — disse Dargan. — É chamado tanbur. Agora, preste atenção na apresentação.

De repente, Shambok ganhou a companhia de uma fileira de dançarinos de apoio.

Quando se é uskiriano,
A vida não é só diversão.
Você precisa tomar todo o mundo
Com cimitarra, sabre e canhão.
A civilização que espalhamos
É um presente que damos...

Shambok girou em volta da sala, fazendo sinal para vários cortesãos se juntarem à dança, enquanto seus dançarinos de apoio se separavam em pares e giravam ao redor dele.

Uskiriano de verdade
Todos os mares veleja,
Todas as terras invade
Glória ao império almeja.

As luzes da tenda diminuíram. Servos usavam velas e pequenos espelhos para lançar um foco de luz sobre Shambok, que girava rapidamente num círculo apertado enquanto cantava.

Você tem que romper o estreito
Para cumprir a missão legada.
Arrasar as muralhas de jeito
De Górdio à Supremacia Sagrada.

— Ai! — disse Karn. — Shambok de fato forçou a rima um pouco nessa.

— Calado — disse Dargan. — Críticos musicais muitas vezes servem de alimento para os porcos de guerra.

*"Se Gordasha você conquistar
E o Mar Faiscante abrir,
Grande irá se tornar."
Aqui papai foi um pouco oracular:
"Quando tais coisas cumprir,
Será chamado Shambok, o Espetacular!"*

Shambok terminou dando um salto dramático e caindo de joelhos, com os braços abertos. Fitas coloridas explodiram dos cantos da sala e se entrecruzaram no ar, e todos os cortesãos aplaudiram.

Um tanto sem jeito, e só porque parecia que era o que esperavam deles, Karn e Thianna aplaudiram também.

— Isso foi... — começou Thianna.

— Impressionante! — Karn terminou por ela, antes que a gigante do gelo pudesse dizer algo rude. — Foi realmente impressionante. Você deveria ser bailarino.

Shambok suspirou.

— Para ser franco, eu preferiria dançar do que guerrear, mas de que outra forma a cultura pode ser difundida?

— Posso pensar em várias maneiras.

— Receio que não estejam disponíveis para nós. Nós, os uskirianos, somos encarregados de iluminar o mundo. Ti-Emur é um deus impaciente, pois somente quando todos os povos estiverem reunidos sob a bandeira de Uskir, o deus da guerra poderá descansar. Ele deve liderar, e os deuses da sabedoria e da benevolência seguem apenas em sua esteira. Nós estávamos indo bem com isso, mas aí fomos bloqueados no Estreito de Gordasha. Dargan, por que não ilumina os bárbaros?

Dargan fez uma mesura e falou.

— Foi há cento e cinquenta e quatro anos que Yarak Uskir, o Quebrador de Ossos, fundou o Império de Uskir. Foi quando ele se declarou Uskir, o Estupendo. Ele decretou que nenhum uskiriano depois dele poderia ter um título tão exaltado a menos que conseguisse abrir o Estreito de Gordasha, a fim de que as glórias dos uskirianos pudessem se espalhar para o Mar Faiscante e além. Mas nenhum, desde então, conseguiu romper as muralhas duplas de Gordasha. Entretanto, Shambok que Beira o Espetacular triunfará onde todos os outros falharam.

Shambok acenou com a cabeça em reconhecimento à fé de Dargan.

— E, então, é minha vez de atirar corpos uskirianos contra a muralha. É um fardo pesado, mas que eu devo suportar. Você entende?

— Na verdade, não — respondeu Karn.

— Talvez, se eu cantasse a canção outra vez — disse Shambok, esperanço.

— Não é necessário — disse Thianna rápido.

— Oh, está bem — Shambok respondeu, decepcionado. — Mas, pelos Sete Filhos da Lua!, a dança me deixou com fome! Leve os espiões daqui e descobriremos o que fazer depois. Algo horrível, imagino.

— O que você quer dizer com "horrível"? — perguntou Karn.

— Tortura, interrogatório, esse tipo de coisa... — disse Shambok. — Tão desagradável, mas que escolha eu tenho?

— Nós somos amigos?

Desstra teve que gritar para ser ouvida acima do barulho do vento e do barulho das ondas batendo nas rochas.

— O quê? — Tanthal gritou de volta.

Eles estavam descendo sobre as águas do Mar Faiscante. As muralhas do lado sul da cidade, abaixo da Grande Corrente que fechava o estreito para os navios de guerra uskirianos, eram frágeis em comparação com as muralhas terrestres e os quebra-mares do norte.

— Eu perguntei: somos amigos? — Desstra gritou novamente. Ela passou os dedos sobre a pelagem de Morcegão. Ela se sentia mais próxima do morcego do que de Tanthal. Os dois elfos negros tinham visto o exército uskiriano assomar adiante e desviaram para o leste, fora do alcance de todas as catapultas, canhões, ou balistas.

— Não seja ridícula! — respondeu Tanthal. — Claro que não somos amigos. — Seu lábio se curvou em chacota. — Agora foco, Desstra. Temos trabalho a fazer.

Ela sentiu vontade de dizer que estava bem ciente do seu trabalho. E lembrá-lo de que aproximarem-se da cidade por mar tinha sido ideia dela. Mas Desstra não disse nada. Certificou-se de que todo o seu equipamento estava preso com firmeza e impermeável. Então, ela se levantou na sela.

— Agora — ordenou Tanthal. Em uníssono, os dois elfos negros saltaram de seus morcegos. Seus movimentos foram perfeitamente sincronizados enquanto mergulhavam no ar e afundavam nas águas frias do Mar Faiscante. Então, Desstra e Tanthal passaram a nadar vigorosamente para alcançar a costa rochosa.

Dez minutos mais tarde, ofegantes pelo esforço, subiram para a estreita faixa de pedras na base das muralhas da cidade. Uma grande tubulação, protegida com uma grade de ferro, despejava água aos borbotões no oceano. Era a saída do Rio Lux, que percorria dois terços da cidade antes de desaparecer debaixo da terra.

— Quando quiser — disse Tanthal, impaciente.

— Já vai — respondeu Desstra, estendendo a mão para a bolsa e tirando dali um pequeno frasco de um ácido muito forte. Ela o aplicou em duas barras da grade e depois se afastou, enquanto elas chiavam e sibilavam.

— Mais ânimo, sua anta! — diz Tanthal. — Na verdade, você não quer amigos.

— Eu não quero? — ela perguntou.

— Não, você não quer. — Quando o aborbulhamento do ácido diminuiu, Tanthal agarrou o ferro e o partiu. — Você acha que o mundo está dividido em amigos e inimigos? Bem, está enganada. É dividido em vencedores e perdedores. E há sempre mais da segunda categoria do que da primeira. "Amigos" é justamente como os perdedores chamam uns aos outros para diminuir a dor da derrota. Sou melhor do que um amigo para você. Eu sou um vencedor! E me seguir é a única maneira de você também ser uma vencedora. Você quer se formar? Não se preocupe em ser minha amiga. Preocupe-se em encontrar o Chifre de Osius e cumprir as minhas ordens.

Tanthal arrancou as barras da grade. Ele se meteu dentro do túnel, lutando contra a força da água.

— Que otários esses gordashianos deixando este caminho desprotegido — zombou.

— Dê um desconto a eles — disse Desstra, enquanto rastejava para dentro do túnel atrás dele. — Não há nenhuma razão para eles esperarem que um invasor carregue o tipo de equipamento que temos.

Passou-lhe uma das duas redes de seda finamente tecida. Era a teia de uma grande espécie de aranha-de-água que vivia nas cavernas da terra deles.

— Você tem razão sobre isso — disse Tanthal, puxando o material sobre a cabeça para prender o oxigênio e permitir que respirasse nas águas do rio subterrâneo. — Ninguém no mundo é igual à Ardil. Agora, vamos provar isso.

CAPÍTULO QUINZE
Cidade sitiada

Karn e Thianna foram desarmados e amarrados a um poste de madeira da tenda, no centro de uma sala.

— Peço desculpas pela necessidade disso — disse Dargan Urgul. — Quase desejaria poder libertá-los e viajar com vocês dois para sua terra rústica.

— Rústica! — Thianna protestou, mas Karn a cortou.

— Por que não faz isso? — ele disse.

— Porque eu me lembro do que aconteceu com o último intérprete de bárbaros que desagradou nosso governante.

— O que houve? — perguntou Thianna.

— Ele o convidou para dançar — respondeu o uskiriano.

— Isso não parece tão ruim — disse ela.

— Sobre brasas.

— Ah...

— Exatamente. Agora, peço licença para me despedir de vocês.

Dargan curvou-se, muito formalmente, e saiu da sala.

Karn e Thianna estavam sozinhos.

— Bem — disse Karn. — Aqui estamos nós, amarrados de novo.

— Então, o que vamos fazer agora? — ela perguntou. — Se estivéssemos acorrentados, eu poderia tentar um encantamento congelante, mas esta fibra de corda não vai ficar quebradiça como o metal.

— Deixe isso comigo — disse Karn. — Clarão Cintilante — ele sussurrou. — Clarão Cintilante — repetiu, mais alto. Então, ele gritou da forma menos barulhenta possível. — Clarão Cintilante!

A espada adentrou a sala voando e virando de um extremo a outro para pousar em sua mão. Ele a apanhou de forma desajeitada, já que seus braços estavam amarrados ao lado do corpo por cordas enroladas ao redor do poste.

— Cuidado com a ponta dessa coisa — reclamou Thianna.

— Desculpe — disse ele. — Está um pouco difícil de manusear.

Demandou algum esforço, mas com a ajuda de Thianna, eles acabaram conseguindo segurar a lâmina entre eles e lentamente serrar as cordas. Por fim, as cordas deslizaram para o chão e eles se libertaram.

— Para onde vamos agora? — perguntou Karn. — Ainda estamos no meio de um acampamento do exército.

— Deixa comigo — disse Thianna. — Pra cima.

Thianna agarrou o poste da tenda e, envolvendo as pernas em torno dele, escalou-o até o teto. Uma vez lá em cima, ela rasgou a lona no topo.

— Queria ter uma espada — ela murmurou.

— Reparei que você tem uma certa tendência a trocar de espadas um pouco rápido demais — brincou Karn.

— É, pois é, a minha não vem até mim quando eu a chamo.

— A minha também não costumava fazer isso. Você tem que enfiá-la na boca de um dragão para isso acontecer.

— Enfiar a minha cabeça lá uma vez já foi o suficiente — disse Thianna. — Pode subir aqui?

Karn não era um escalador tão habilidoso quanto uma garota criada nas Montanhas de Ymiria, mas conseguiu juntar-se a ela com um pouco de esforço. A noite tinha caído enquanto eles estavam sendo tratados com a hospitalidade uskiriana, e a escuridão ocultava seus movimentos. A superfície do pavilhão afundava sob seus pés e oferecia muito poucos pontos onde se agarrarem, mas, no fim das contas, eles chegaram a uma parte da tenda que ficava próxima ao antigo aqueduto de pedra.

— Você quer escalar isso agora? — Karn perguntou.

— Tive uma ideia — Thianna disse de forma enigmática.

Comparado a subir pelo poste da tenda, escalar os desgastados blocos de pedra era relativamente fácil para quem estava acostumado ao relevo do norte, como eles. Logo chegaram ao topo do aqueduto. Ele tinha uma superfície plana como uma ponte longa e estreita.

— Você vai chamar a wyvern agora? — perguntou Karn.

— Não — disse Thianna. — Ser alvejada no céu uma vez já é o bastante. Tenho outro plano.

— Qual é?

Thianna ajoelhou-se e tentou erguer uma laje de pedra. Depois de alguns momentos grunhindo e arfando, ela conseguiu. Lá dentro, o luar mostrava a água corrente fluindo por um túnel grande, revestido por tijolos.

— Está bem — disse Karn —, mas a menos que você saiba de uma maneira de desligar essa coisa, não vejo como isso é bom. Não que nós dois não estejamos precisando de um bom banho.

— Fale por você mesmo, garoto de Norrøngard — disse ela. — Eu estou sempre com um cheiro maravilhoso. — Ela levantou um braço e deu uma fungada exagerada no sovaco. Então, ajoelhou-se e colocou uma mão logo acima da água corrente. — Skapa kaldr skapa kaldr skapa kaldr — ela entoou. Thianna recuou para que Karn pudesse avaliar sua obra. Ela congelou a água rio acima para que o túnel que a levava à cidade se esvaziasse rapidamente.

Ela saltou para o buraco que agora estava vazio.

— Isso não vai durar muito tempo, imagino — disse Karn.

— Não precisa — Thianna respondeu. Ela colocou suas mãos contra o bloco congelado que havia criado e murmurou alguns encantamentos. Enquanto Karn observava, Thianna foi fomando uma tosca cadeira de gelo que crescia na frente do bloco.

— Vai ser um passeio emocionante — anunciou ela.

— Você só pode estar brincando! — disse Karn.

— Ei, você queria chegar a Gordasha antes dos elfos negros. Eu gostaria de vê-los tentar uma coisa dessas.

— Eu gostaria de ver qualquer pessoa tentar uma coisa dessas — zombou Karn. — Qualquer um, menos nós.

— Vamos lá, Tampinha. Vai ser divertido. Houve um sinistro ranger da água congelada. — Mas é melhor você se apressar e tomar uma decisão. Isto está prestes a arrebentar.

— Não acredito que estou fazendo isso — resmungou Karn, saltando para se juntar a ela.

Eles sentaram-se no banco, puxando as mãos e os pés para dentro e afastando-os das laterais do túnel.

O rangido se intensificou. Karn podia sentir a tremenda força se acumulando atrás deles. Ele experimentou um momento tenso durante o qual mal se atreveu a respirar. Então, o gelo se partiu de vez, e sua cabeça chicoteou para trás quando eles dispararam pelo túnel mais rápido do que uma flecha atirada de um arco.

— Pelos pés de Ymir! — gritou Thianna. — Isto é incrível!

Karn e Thianna dispararam pelo túnel. Jamais haviam viajado tão rápido em toda sua vida, nem mesmo montando numa wyvern. O rugido das águas atrás ecoava através do túnel, e soava como se estivessem cavalgando uma nuvem de tempestade cheia de trovoadas. Karn lembrou-se de ter sido pego numa avalanche no inverno anterior, sendo levado por uma força descomunal. Isso era semelhante, só que desta vez ele havia escolhido fazer o passeio turbulento.

Com a ajuda da luz fraca da pedra fosforescente, começaram a vislumbrar pequenos túneis laterais que conduziam para a direita e para a esquerda.

— Já estamos dentro da cidade — Karn informou, gritando acima do barulho da água. — Como vamos parar?

— Boa pergunta — respondeu Thianna. Ela posicionou as palmas das mãos para fora em ambos os lados e começou a entoar seu encantamento.

— Ué — ela disse.

— "Ué" por quê? — Karn ficou nervoso. — O que quer dizer com "Ué"? Estou ficando preocupado.

— "Ué" porque "não estamos diminuindo a velocidade". Pouco atrito.

— O que vamos fazer? — Karn perguntou.

— Você poderia tentar gritar e ver se isso ajuda.

Eles zuniam pela escuridão. Thianna entoou seu encantamento outra vez. Se sua cadeira de gelo, de fato, diminuiu a velocidade, eles não saberiam dizer.

— Devemos estar no meio da cidade a esta altura — disse Karn, embora ele não tivesse meios reais de julgar a velocidade em que estavam.

— Acho que vejo uma luz à frente — disse ela.

— Onde?

Antes que Thianna pudesse responder, eles voaram ao ar livre, aterrissando com um "tchibum!" num grande tanque quente e cheio de vapor.

Eles estavam numa piscina coberta, cercados por banhistas em diferentes estágios de nudez, descansando na água morna. As paredes da sala eram revestidas de mosaicos elaborados. Uma cachoeira atrás deles desaguava da grande boca da estátua de um estranho animal que tinha os quartos dianteiros de um galo, mas os quartos traseiros de um réptil.

— Entrada mais discreta impossível — disse ele.

— Vocês... vocês saíram da fonte! — exclamou uma mulher idosa.

— O quê? — disse Karn, ainda recuperando o fôlego.

— As águas pararam de correr há alguns instantes — disse um homem. — Acabamos de reclamar com os proprietários quando vocês surgiram voando da fonte.

— Fazemos parte do departamento de obras públicas — adiantou-se Thianna, saindo da piscina e tratando de apanhar uma toalha que pertencia a um homem que estava muito chocado para fazer qualquer objeção. — Está tudo consertado agora.

— Hum... obrigada — disse a mulher, atordoada, olhando meio em dúvida para o anel de água lamacenta que cercava Karn onde ele estava.

— Disponha — ele disse, segurando a mão de Thianna para ela içá-lo. — Estamos apenas, hã, fazendo o nosso trabalho, é só isso.

Karn e Thianna saíram rápido do lugar. Passaram por salas menores com outras piscinas.

— Esta é uma espécie de casa de banhos chique — explicou Karn.

— *Casa de banhos?* — repetiu Thianna. — Se você quer tomar um banho, o que há de errado em apenas pular num rio?

— É uma coisa gordashiana.

Eles estavam começando a atrair olhares enquanto caminhavam pelos corredores, ainda pingando de tão encharcados.

— Você se banhou com suas roupas? — perguntou um jovem, incrédulo.

— Economiza tempo para lavar roupa — respondeu Karn.

Thianna avistou um vestiário e levou Karn lá para dentro.

— Estamos tentando salvar o mundo, certo? — ela perguntou.

— A ideia é essa.

— Então, acho que essa é uma desculpa boa o bastante. — Ela rapidamente surrupiou várias peças de roupa, escolhendo algo grande o suficiente para caber nela. As capas definitivamente estavam na moda. Bem como longas túnicas. Ela encontrou uma que coube nela, embora não chegasse muito além da sua cintura.

Karn odiava roubar. Os norrønir enxergavam o roubo com maus olhos. Mas ele admitiu que a necessidade era grande. Pegou um chapéu estranho e cônico que tinha uma espécie de franja na frente. Ele o deixava com uma aparência idiota, mas era um acessório padrão dos gordashianos. Entregou um para Thianna.

— Esse troço é ridículo — observou ela.

— Não importa — ele respondeu. — Coloque isso. Com certeza é bem comum por estas bandas. E você já se destaca o suficiente como é.

Thianna resmungou, mas pôs o chapéu.

— Está perfeito — disse Karn, embora, em seu íntimo, achasse que ela parecia uma criatura bizarra, saída de um livro de ficção fantástica. — Somos apenas dois sujeitos gordashianos retornando de um banho. Não há nada de suspeito em nós — disse ele, rindo da maneira como o chapéu gordashiano na cabeça de Thianna ficava raspando o teto. — Agora, vamos salvar o mundo.

Já era tarde quando saíram para a rua. O aqueduto os havia feito atravessar a cidade até aquele luxuoso estabelecimento de banhos entre um palácio e uma grande pista de corridas chamada Hipódromo. Karn admirou a inspiração da vida real para o jogo de tabuleiro Aurigas.

— Como o coliseu em Sardeth — comentou ele. — Só que em formato de ferradura, e não oval.

— Além disso, não está em ruínas — observou Thianna. — Mas que tal aumentarmos um pouco mais a distância entre nossas roupas e seus verdadeiros donos?

Juntos, correram nas ruas ainda cheias sem saber muito bem para onde ir. Karn preocupou-se que a altura de Thianna chamasse atenção para eles, mesmo trajando roupas gordashianas. No fim, Karn foi quem mais se destacou. Havia pessoas de todas as formas e tamanhos e espécies — humanos, elfos, anões e roedores —, mas a maioria dos que não estavam cobertos de pelo tinha os mesmos cabelos escuros e pele azeitonada de Thianna. A pele pálida do norte e os cabelos louros de Karn eram a exceção ali, não a regra.

Eles decidiram dormir no telhado de um grande fórum público. Ele tinha um pátio circular com uma grande colunata, e suas muitas estátuas e esculturas de deuses e heróis tornaram a escalada fácil.

— Não pode ser pior do que o inverno de Ymiria — brincou Karn. Mas o ar quente daquele clima à beira-mar do sul acabou se revelando agradável.

— Você ouviu isso? — ele perguntou enquanto se acomodavam para passar a noite.

Thianna parou para escutar por um momento.

— Música? Um cântico?

— Acho que está vindo de fora da cidade — disse Karn.

— Soa como "Por cima dos muros! Por cima dos muros!".

— Os uskirianos.

— Sim, bem, nós sabemos que Shambok adora sua música.

— Isso é fato — concordou Karn. — Mas isso não é para ele. É para desequilibrar as pessoas aqui dentro. Deixá-las apreensivas antes mesmo que a batalha comece.

— Isso não é trapaça? — perguntou Thianna. — Onde está a glória de lutar contra seu inimigo se ele não está em sua melhor forma?

— Você está certa — disse Karn.

— Os elfos negros também vão trapacear — observou a gigante.

— Nós os vencemos até agora.

— Na verdade, acho que a disputa está bem equilibrada. Estamos quites.

Karn estremeceu com a escolha de palavras, lembrando-se de que Desstra dissera que ele e ela estavam quites.

— Como alguém consegue fingir que se importa quando está pouco se importando? — indagou. — Tanthal odeia quem não seja svartalfar. Dá pra ver isso em seu rosto. Mas Desstra... Eu pensei...

— Os melhores mentirosos são os que acreditam nas próprias mentiras — filosofou Thianna. — Pelo menos até que não precisem mais.

— Isso não sai da minha cabeça.

— Bem, então, pare de pensar nisso.

Karn não disse mais nada depois disso, mas ficou acordado por muito tempo antes de dormir.

O nascer do sol acordou-os cedo. Ele se levantaram, rígidos e doloridos, mas podiam enxergar toda a cidade diante deles.

— E eu que achei que Castelurze era grande — observou Thianna, espantada.

— Castelurze fez Bense parecer pequena — concordou Karn. — Mas Gordasha faz com que Castelurze pareça uma aldeia no fim do mundo.

— Você tem razão, garoto de Norrøngard — disse Thianna. — Se o mundo tem um centro, deve ser aqui.

Gordasha não era apenas enorme em extensão e escala. Era abundante em história e cultura. Estátuas e obeliscos, pilares e colunas estavam distribuídos por toda a cidade. O branco reluzente de seus edifícios — tijolo, pedra e gesso — e os belos telhados de telhas vermelhas contrastavam com a madeira e a lama das construções dos norrønir. Para não falar das cavernas de gelo de Ymiria. Ciprestes haviam sido plantados em fileiras ordenadas ao longo de muitas ruas e na frente de várias casas. Isso impressionou Karn tanto quanto qualquer outra coisa. A ideia de plantar de forma deliberada uma árvore era completamente estranha a alguém que cresceu nas bordas das grandes florestas dos norrønir.

— Árvore é uma coisa que se corta para fazer barcos e casas — divagou ele. — Não é algo que se usa para decoração.

— Olhe lá. — Thianna apontou.

Eles também podiam ver a frota uskiriana reunindo-se no Mar Sombrio ao norte da cidade, e ter uma visão da Grande Corrente que estava a quase um quilômetro de distância, e que se estendia da ponta de Gordasha até a Fortaleza de Atros, na costa thicana. Thianna teve o primeiro vislumbre daquela terra não tão distante. Ela sentiu um desejo, uma vontade de esquecer buscas e responsabilidades, e apenas fugir para lá...

— Está bem ali, você sabe. O lar da minha mãe. Todas as minhas respostas. Eu não sabia que chegaríamos tão perto.

— Você vai chegar lá — confortou-a Karn, colocando uma mão em seu braço.

— Se eu pudesse simplesmente caminhar por aquela corrente... — Thianna disse baixinho.

— Eu não acho que seja para isso que a corrente serve — Karn respondeu.

— Por que os uskirianos não atacam a fortaleza dos thicanos? É muito menor do que uma cidade inteira. Se a corrente é tudo que os está impedindo de fazer isso, por que não eliminá-la pelo outro lado?

— Não sei — disse Karn.

— Pensei que você soubesse bastante de história.

— Eu sei bastante de história para um bárbaro que vive nos confins do mundo — explicou ele. — Não tanto para alguém que está aqui, bem no meio dele.

Contudo, uma resposta não demorou muito a vir.

Um navio uskiriano, talvez seguindo o mesmo raciocínio que Thianna, desviou-se e chegou muito perto da costa thicana. Em resposta, uma torre no meio da fortaleza revelou o que parecia ser um enorme espelho parabólico sobre uma base giratória. O espelho foi girado e posicionado de modo que sua superfície captasse os raios do sol. Que então foram refletidos num feixe de luz concentrado.

O navio uskiriano percebeu o que estava acontecendo e tentou se afastar. Infelizmente, não foi rápido o suficiente. Incêndios iniciaram-se em seu convés. Enquanto o feixe varria a embarcação de um lado para o outro, o navio foi rapidamente engolfado pelas chamas. Karn e Thianna viram pequenas figuras pulando na água enquanto o navio de guerra, com o casco destruído, afundava nas águas escuras do Mar Sombrio.

— Pelo amor de Neth! — exclamou Karn. — Eles têm um raio da morte.

— Por Ymir! — disse Thianna, impressionada apesar de não querer estar. — Essa é uma bela maneira de desencorajar os visitantes.

CAPÍTULO DEZESSEIS

A pesca das pistas

— Primeira providência — disse Thianna.

— Descobrir o que é o "arco onde rodas partirão"? — sugeriu Karn. — Ou encontrar um "Palácio Submerso onde as águas imperam"?

— Conseguir comida — respondeu Thianna. — Eu estive prisioneira muito mais tempo do que você ultimamente. E nem elfos nem uskirianos parecem se dar conta de quanto nós gigantes do gelo comemos.

— Comida, então — concordou Karn.

Eles desceram do telhado do fórum e foram para as ruas. Não viram nenhum mercado, mas, de repente, Thianna parou de andar e farejou o ar.

— Peixe! — exclamou ela. Karn também sentiu o cheiro.

— Por ali — ele apontou.

Eles seguiram o cheiro até um beco, onde uma visão estranha os aguardava. Uma pessoa baixinha, pelo seu aspecto um anão, embora sua pele fosse de um tom oliva e seu nariz mais aquilino do que bulboso. Sua barba também era encaracolada e, algo incomum para os anões da terra de Karn, bem aparada. Sem dúvida, isso era uma concessão ao calor, embora Karn nunca tivesse conhecido um anão que não tivesse uma barba longa e trançada.

O anão estava cozinhando numa pequena grelha portátil. E estava fazendo outra coisa também.

— Você está *pescando*? — Thianna perguntou.

O anão olhou para eles.

— Shh — ele disse. — Não fale tão alto.

— Você está pescando na rua? — A gigante disse novamente. De fato, o anão estava segurando uma vara com uma linha amarrada que desaparecia através de um pequeno buraco no chão. Ela pegou a linha e levantou-a, testando seu comprimento.

— Tira a mão daí! — o anão resmungou, golpeando a mão de Thianna. — Você vai assustá-los.

— Mas você está pescando. Na rua.

— Isso é o que faz um pescador de rua — ele respondeu irritado. — Agora, deem o fora.

— Queira perdoar minha amiga — disse Karn. — Ela fica mal-educada quando está com fome. Estávamos contando que você pudesse nos vender algo para comer.

— Ah — disse o anão —, não acho que o dinheiro compense a falta de educação. Mas desta vez vou aceitar.

Eles compraram dois peixes grelhados do pescador de rua, que o envolveu num pão de formato oval que ele chamou de pita.

— Dinheiro de Araland? — o anão disse quando pagaram, segurando a moeda no alto para olhar para ela. — Não vejo isso com muita frequência.

— Tem problema? — Karn perguntou.

— Problema? Não. Não mesmo. Dinheiro é dinheiro. E eu gosto de dinheiro.

— Mas de onde vêm os peixes? — Thianna perguntou com a boca cheia.

— Como vou saber? — perguntou o anão.

— Você não sabe? — perguntou Karn. — Então como sabia que eles estavam aí?

— Meu pai me ensinou. E seu pai antes dele. É um segredo de família. O anão olhou para eles, desconfiado. — Vocês não são do Sindicato dos Pescadores, são?

— Não — responderam os dois.

— Ótimo. E tenham um bom dia. — Ele despachou-os com um aceno de mão. — Aproveitem o Mensis Imperativae.

— Aproveitem o... o quê? — perguntou Thianna.

— Vocês não estão sabendo? O imperador decretou uma celebração para hoje, para pedir a Mensis que retorne e salve a todos nós dos temidos uskirianos. Esperemos sentados.

— Mensis? — perguntou Karn.

— Mensis. O Deus. Aquele que vive naquela grande e abobadada basílica que domina o nosso horizonte. Vocês não são daqui, são? Dinheiro de Araland. E vocês não conhecem Mensis, o que tem um chifre no ombro.

— Já o vi — disse Karn, lembrando-se do altar que tinham encontrado em Sardeth. — Por que você disse "retorne"?

— Bem, duas noites atrás, luzes estranhas e brilhantes foram vistas sobre a abóboda. Elas se ergueram no ar e foram para o mar. As pessoas interpretaram isso como um sinal de que Mensis abandonou a cidade.

— Não é exatamente uma garantia de que vão vencer os invasores — disse Thianna.

— Não, não é — concordou o anão. — Embora sejam a sua maior esperança, já que vocês estão aqui também.

— O que você pode nos dizer sobre o Rei de Mármore? — perguntou Karn, lembrando-se do enigma.

O anão franziu o cenho.

— Nadinha. Vocês fazem muitas perguntas. Apreciem o peixe e o festival. Bom dia e coisa e tal. Agora, vão andando.

— Por favor — disse Thianna, chocando Karn com sua polidez. — É importante sabermos. Temos de encontrar o Rei de Mármore.

O anão franziu o cenho ainda mais.

— Vocês não são do sindicato. Estão trabalhando para a guarda da cidade? — ele perguntou.

— Não — disse Karn. — Nós não trabalhamos pra ninguém.

— Me desculpe, mas estou vendendo peixe, não informação. Podem ir andando.

Karn e Thianna deixaram o anão relutantes, afastando-se do beco.

— Olhem só quem encontramos! — disse uma voz ameaçadora atrás deles.

A mão de Karn pousou no punho da espada no mesmo instante, enquanto Thianna fechava as mãos em punhos. Depois de viverem sob constante ameaça por tanto tempo, ficaram surpresos ao descobrir que o perigo não era dirigido a eles.

Três homens fortões haviam entrado pela extremidade oposta do beco. Eles cercaram o anão, que não parecia muito feliz em vê-los.

— O Sindicato dos Pescadores mandou a gente usar você como exemplo — disse um dos homens, batendo o punho numa palma carnuda. — Gosto de usar sujeitos folgados de exemplo.

Os homens tinham armas, mas até agora não as tinham puxado. Estava claro, no entanto, que o anão estava prestes a levar uma surra.

Karn olhou para Thianna.

— Vamos ajudá-lo? — ele perguntou. — Não é problema nosso, mas...

— Não gosto de valentões — disse Thianna. — Além disso, preciso de uma espada nova.

— O que estamos esperando para arranjar uma, então? — perguntou Karn.

Deslizando a Clarão Cintilante de sua bainha, ele correu de volta para o beco, berrando um grito de guerra dos norrønir. Karn atingiu um dos homens com a lateral de sua espada. Thianna golpeou outro com seus grandes punhos. Enquanto seu oponente recuava, ela segurou a arma dele e a arrancou do cinto.

— Obrigada — disse ela, empunhando a espada de cavaleiro com uma larga guarda cruzada. — Precisava de uma dessas.

Quando seu próprio adversário desembainhou a espada, Karn ficou aliviado. Agora não precisa mais se segurar.

Karn segurou a Clarão Cintilante bem alto, convidando o homem a investir contra ele. Quando seu oponente aproveitou a abertura, ele baixou a espada com força. O homem se defendeu como esperado. Karn girou a Clarão Cintilante em seu pulso, arrancando a espada do outro homem e fazendo-a voar longe, rodopiando.

Thianna espetou sua nova lâmina no chapéu de seu oponente, arrancando-o. O homem cobriu a careca com as mãos.

Então, o anão deu um "telefone" no terceiro homem, batendo ao mesmo tempo em cada orelha com dois peixes molhados e viscosos. Os três homens foram embora correndo e gemendo.

— Como você aprendeu a se mover tão rápido? — perguntou o pescador de rua, olhando para Thianna com uma admiração recém-conquistada.

— É fácil — ela respondeu. — É só passar doze anos esquivando-se de gigantes do gelo.

O anão assentiu.

— Não acredito que eu vá fazer isso — disse ele. — O meu nome é Idas, a propósito. E devo uma a vocês pela ajuda.

— Meu nome é Karn Korlundsson — respondeu Karn. — E esta é Thianna, Nascida no Gelo.

— Nomes estranhos, mas aceito ajuda quando preciso.

— Quem eram aqueles homens atacando você? — perguntou Thianna.

— Eram do Sindicato dos Pescadores. Eles não gostam quando pegamos nossos peixes na rua — explicou Idas —, porque não temos que comprá-los nas docas. Nenhuma novidade, mas estou em dívida com vocês, mesmo assim. Então, como posso retribuir?

— Você pode nos contar sobre o Rei de Mármore — disse Karn.

— Você tem certeza de que não prefere outro sanduíche de peixe? — Idas perguntou esperançoso.

— O Rei de Mármore — repetiu Karn.

— Mas se você quiser acrescentar a isso outro sanduíche, eu não vou reclamar — disse Thianna.

Idas suspirou.

— Tudo bem. — Ele olhou ao redor antes de continuar. — O Rei de Mármore é uma lenda. Uma lenda que o atual governante preferiu esquecer.

— Por que isso? — Karn perguntou.

— Bem, esse rei era um revolucionário. Você sabe, um desordeiro.

— Ele era um soldado, não era? — Karn lembrou-se da história que Raiz Verde tinha lhe contado. Ele suspeitava que tivesse relação.

— Sim — disse Idas. — Além disso, ele era um dáctilo chamado Acmon. Um anão marítimo. Como eu. Originário de Thica, mas ele era um conscrito, conquistado e recrutado para lutar no exército de Górdio. Eles conquistavam os povos e depois os colocavam para lutar na próxima guerra. Os gordianos enviaram-no para Castelurze, onde algo lhe aconteceu. Alguns dizem que encontrou um chifre mágico. Ele voltou para Gordasha... chamava-se então Ambrácia... e começou uma rebelião.

— Ele teve alguma ajuda nessa rebelião, não foi? — indagou Karn, juntando as peças. — Uma ajuda muito grande, escamosa e incendiária.

— Claro que sim — confirmou Idas. — A lenda diz que ele tinha um dragão. Juntos, expulsaram o Império de Górdio. Ele governou por vários anos, então. Foi um bom momento para ser um dáctilo, permita-me acrescentar.

— Então, o que aconteceu? — Thianna perguntou.

— Ah, o que sempre acontece. O Império de Górdio retomou a cidade. Ele foi derrubado. Tanto o rei como o dragão desapareceram.

— Desapareceram? — espantou-se Karn.

— As pessoas afirmam que eles morreram lutando contra o império, mas ninguém jamais encontrou os corpos, nem do rei, nem do dragão. E foi assim que a lenda começou.

— A lenda?

— Claro. Todo rei desaparecido dá origem a uma lenda. Aquele tipo de coisa. Ele vai voltar um dia, na hora da nossa maior necessidade etc. etc. Para salvar a cidade.

— Você não acredita? — perguntou Thianna.

— Não sei. Eu lhe digo no que acredito. Gordasha esteve sob cerco antes e ele nunca mais voltou. Mas nunca enfrentamos um exército como este. Eu acho que os uskirianos ultrapassarão esses muros, desta vez. Ou passarão através deles. Então espero que o Rei de Mármore volte. Porque vai ser preciso um milagre para salvar a cidade.

— Ei, o que vocês estão fazendo aí? — gritou o guarda da cidade. — Essa área é restrita.

Desstra e Tanthal estavam rastejando para fora da entrada do Rio Lux. As águas dele corriam na superfície do solo durante a maior parte de seu trajeto pela cidade, até mergulhar em cavernas subterrâneas que alimentavam o mar. Uma grade de ferro fora colocada ali para desencorajar intrusos, mas as barras eram espaçadas o suficiente para que os elfos conseguissem se esgueirar por entre elas.

Haviam passado a noite nos túneis. Sendo eles próprios habitantes de cavernas, sentiram-se mais confortáveis ali do que em qualquer lugar em que ficaram desde que deixaram Sombras Profundas. O céu azul brilhante e o calor opressivo daquela terra ao sul eram difíceis de suportar, mesmo para Desstra, que não desdenhava tanto outros lugares e culturas quanto Tanthal.

— As barras estão aí por uma razão — disse o guarda, quando os elfos vieram piscando para o sol. — É perigoso lá embaixo.

— Eu peço desculpas. — Tanthal sorriu com falsa simpatia. — Acontece que estávamos passeando com nosso rato de estimação quando tomamos a direção errada.

O homem ficou confuso com as palavras de Tanthal e sua atitude amigável. Ele sorriu incerto. Desstra meteu a mão na bolsa, procurando por um esguicho sonífero no caso de uma oportunidade se apresentar.

O sorriso do guarda se dissolveu num olhar alarmado quando viu a faca ser enfiada em sua barriga. Ele abriu a boca para gritar, mas Tanthal tapou-a com a mão e arrastou o moribundo para a entrada. Empurrou o guarda através da grade. O homem desapareceu nas águas em cascata.

— Você estava certo sobre uma coisa, humano — disse Tanthal. — Este lugar é mesmo perigoso.

— Não precisava matá-lo — protestou Desstra.

— Também não precisava não matá-lo — respondeu Tanthal, enxaguando a lâmina na água.

— Mas... mas ele não era ninguém. Não tinha nenhuma ligação com a nossa missão. Nada a ver conosco.

— Exatamente. Nada a ver conosco. Apenas um joão-ninguém. Tanthal repuxou a boca, irritado. — Você está começando a me aborrecer, Desstra. Por que não me lembra pra que você serve roubando um café da manhã para nós dois?

— Roube você mesmo! — ela retrucou, não disposta a deixar pra lá a crueldade dele. Matar inimigos sob ordens era uma coisa. Mas matar um indivíduo aleatório, quando isso poderia ser facilmente evitado, era outra.

— Se você insiste — disse Tanthal, levantando a faca para ela ver. — Embora eu imagine que seus métodos sejam um pouco menos mortais para os habitantes daqui.

Desstra olhou para a lâmina brilhante.

— Guarde isso — disse ela. — Deixe o café da manhã comigo.

— Você vai assistir isso? — perguntou Karn, apontando por sobre as cabeças das pessoas que se aglomeravam nas ruas para o desfile mais adiante. Em momentos como aquele é que ele desejava ser tão alto quanto Thianna. Ainda assim, a maior parte do que havia para ver estava bem acima da multidão.

Uma fila de carros de desfile arrastava-se lentamente pela rua. Eram estruturas de dois andares, montadas em carroças de madeira de seis rodas. O andar inferior servia como um camarim para os artistas, enquanto o andar superior funcionava como um pequeno palco. O conjunto era puxado por pessoas ou, em alguns casos, cavalos. Karn achou incrível que o troço não virasse.

Ele notou um carro com a figura de uma criatura que parecia ser meio galo, meio réptil. O animal tinha a cabeça e os pés de ave, mas as asas e a cauda de um dragão. Ele se lembrou de ver a criatura brasonada em bandeiras por toda a cidade.

— O que é aquilo? — Karn perguntou a outro pescador de rua.

— A cocatriz — explicou o anão. — Animal desagradável. Mas é uma espécie de mascote gordashiano. — Então ele deu um puxão em sua linha e voltou a atenção para o seu trabalho.

— E lá está o cara de chifre no ombro de novo — disse Thianna.

Como era de se esperar, eles viram um ator vestido como Mensis batalhando com criaturas ferozes, com enormes presas na boca. As figuras monstruosas estavam vestidas com peles de animais e tinham armaduras e armas enferrujadas.

— Esses eram para ser os uskirianos, não? — Karn perguntou.

— Acho que sim — disse Thianna, cuja cabeça batia quase na base do palco. — Não estão muito parecidos, não é?

— De jeito nenhum — concordou Karn. — Acho que eles não querem fazer o inimigo parecer muito impressionante, mas ainda assim...

— Falando em inimigo — disse Thianna —, cuidado!

Karn seguiu o olhar de Thianna até o outro lado da rua. Lá, ele viu os elfos negros, Desstra e Tanthal. A atenção dos elfos estava voltada para os carros do desfile. Até o momento, eles não tinham notado os dois amigos.

— Bem — disse Karn. — Agora sabemos que eles entraram na cidade.

— Devemos tentar pegá-los? — Thianna perguntou.

Karn olhou para o cruel rapaz elfo.

— Eu adoraria tirar aquele sorrisinho debochado da cara de Tanthal — disse ele.

Então, Karn olhou para a menina esbelta e pálida que ele pensara que o estava ajudando. Ainda era doloroso pensar nela como inimiga. Depois, a atenção dele foi capturada pelo súbito contrair das orelhas de Desstra. Já tinha visto aquilo antes. Ele sabia o que significava.

— Abaixe-se — ele sussurrou, puxando o braço de Thianna num esforço para conseguir que sua amiga alta se curvasse. Infelizmente, eles não foram rápidos o suficiente. Desstra arregalou os olhos ao vê-los. Ele captou uma expressão de resignação atravessar o rosto dela e, então, a mão da elfa baixou para a sua bolsa.

— Não adianta mais se abaixar — exclamou Karn. — Corre!

Desstra rolou um saco de ovos através da rua. Ela calculou perfeitamente para fazê-lo passar entre as rodas dos carros e os pés dos pedestres. O projétil parou, desprendendo um gás sufocante e debilitante.

Vários gordashianos começaram a tossir, com os olhos lacrimejando muito, mas Karn e Thianna não estavam entre eles. O norrønur puxou sua amiga através da multidão enquanto, atrás deles, os elfos negros corriam pela rua.

Quando se afastaram um pouco, Karn se virou. Os elfos haviam desaparecido em meio à aglomeração de pessoas. Numa luta justa, pensou Karn, ele e Thianna tinham uma chance razoável. Mas a multidão aumentava o perigo. Era uma faca nas costas o que ele temia, ou uma bomba de gás que poderia surgir do nada.

— Precisamos fugir — disse ele. — Para algum lugar aberto onde possamos vê-los chegando.

— Para algum lugar aberto — repetiu Thianna. — Ok.

Ela se aproximou e agarrou-se ao palco de um carro de desfile que estava passando, subindo nele. Então, virou-se e estendeu uma mão para Karn.

Outro ator fantasiado de Mensis e um homem com fantoches de leão e touro em suas mãos os encararam boquiabertos.

— Vocês não deveriam estar aqui em cima — disse o manipulador do boneco, movendo a boca do fantoche de leão enquanto falava.

— Desculpe — disse Karn, vasculhando a multidão à procura de algum sinal dos elfos negros. — Não vamos ficar aqui por muito tempo.

— Você precisa descer — disse o homem, agora falando com o boneco de touro.

— Ali estão eles! — disse Thianna, apontando.

— Quem são eles? — perguntaram o leão e o touro juntos. Karn admirou o homem por ele permanecer nos personagens mesmo que isso fosse bastante ridículo.

Lá estava Desstra, com o braço erguido, prestes a lançar outro saco de ovos.

— Não tente rebater o saco — advertiu Thianna. — Confie em mim, não funciona. Se ao menos tivéssemos algo macio para apará-los. — Ela olhou ao redor do palco.

Desstra arremessou o saco de ovos.

Thianna arrancou o fantoche de leão da mão do artista, que ficou chocado.

— Ei! — protestou o homem. Ela inverteu o fantoche, aparando o saco de ovos dentro do punho. Então, torceu-o até selá-lo, confinando o gás que pudesse vir a se espalhar, e girou o fantoche no ar sobre a cabeça. Depois o soltou, enviando-o com velocidade para cima de um telhado, onde não podia causar mal algum. Uma nuvem púrpura irrompeu no ponto em que se chocou.

— O que foi isso? — perguntou o homem, falando com o touro.

— Ela não é fã de teatro de fantoches — Karn respondeu, encolhendo os ombros.

— É verdade. — Thianna confirmou. Ela gesticulou para Karn. — Vamos.

Thianna correu e saltou do palco. Aterrissou no próximo carro de desfile da fila. Foi um salto mais longo para Karn, mas ele conseguiu.

Ele se virou e viu um segundo projétil vindo em sua direção. Num impulso, lançou a Clarão Cintilante para o ar. A espada atingiu o saco, que explodiu inofensivamente lá no alto, sobre a multidão. Isso provocou "oohs" e "aahs" de apreciação dos espectadores. Eles pensaram que fazia parte do festival.

— Clarão Cintilante! — Karn chamou quando a espada começou a cair. E ela voltou para a mão dele.

— Incrível! — reconheceu Thianna. — Mas quantas mais dessas coisas explosivas ela tem?

— Não sei — disse Karn. — Parece que nunca fica sem elas.

O carro seguinte estava muito longe, e saltar para ele seria muito difícil, mesmo para Thianna. Mas a ajuda veio de uma fonte inesperada.

Um carro novo emergiu de um beco lateral. Era ligeiramente mais longo e mais baixo do que os outros. E provavelmente não tão bem-feito. Seu palco apresentava um anão com uma coroa enfrentando um dragão de mentira. Esta nova adesão ao desfile arrancou elogios da multidão, mas os homens da guarda espalhados pelo lugar fecharam a cara. O carro entrou no desfile, bem na frente de Karn e Thianna.

— Eles não deveriam estar aqui — gritou o fantoche de touro do carro anterior.

Karn balançou a cabeça afirmativamente.

— O Rei de Mármore.

— Vão embora! — gritou o touro. — Vocês estão arruinando o festival!

Mas quando a carroça mais comprida e mais baixa virou-se para juntar-se à fila, Karn e Thianna saltaram juntos, aterrissando no novo palco.

— Olá! — disse o anão vestido como o Rei de Mármore. — De onde vocês vieram?

Karn apontou para a carroça anterior. Depois olhou para o anão.

— Idas? — ele perguntou, surpreso.

O pescador de rua sorriu.

— Acho que acredito mais na lenda do Rei de Mármore do que admiti — disse o anão.

— Olá, anão! — Thianna cumprimentou Idas. Então, ela apontou. — Temos companhia.

Desstra e Tanthal subiram na parte de trás do palco.

— Amigos seus? — Idas quis saber.

— Na verdade, não — Karn respondeu. — É melhor você se afastar.

— Só vou para o andar de baixo — disse o anão. Ele levantou um alçapão no piso do palco e desceu.

— Eu fico com a elfa — disse Thianna, posicionando-se para enfrentar Desstra.

— Obrigado — disse Karn, aliviado por não ter que lutar com a garota.

— Não me agradeça — disse Thianna. — Estava ansiosa por uma revanche. — Ela puxou a espada e exibiu seu sorrisinho travesso.

Sem tirar os olhos da gigante, Desstra assentiu e sacou seus dardos delgados. Ela também desejava a luta.

Karn virou-se para encarar Tanthal.

— Vamos terminar logo com isto — disse o norrønur, olhando para o elfo negro.

— É exatamente o que eu penso — respondeu Tanthal. Ele empunhou a clava e a adaga. Então o falatório acabou e as armas entraram em ação.

CAPÍTULO DEZESSETE

Na parada

Lutar contra um adversário portando duas armas era um desafio. Karn desejou ainda ter o escudo gordiano. Tanthal estava na ofensiva com sua clava, usando a adaga para desviar golpes e para contra-ataques rápidos. O alcance mais longo da lâmina de Karn, sem falar no toque do dragão, mantinha as coisas equilibradas, mas por pouco. O norrønur estava sendo lentamente obrigado a recuar. Apesar dos meses de prática de Karn, Tanthal era o melhor lutador. O truque de Karn com a Clarão Cintilante surpreendera o elfo e o desequilibrara quando eles se enfrentaram na serraria. O norrønur não iria pegar o adversário de surpresa outra vez, e Thianna não estava em condições de lhe prestar ajuda.

A gigante tinha seus próprios problemas. Furiosa, ela estava perseguindo a pequena elfa ao redor do palco, mas Desstra saltava e mergulhava como uma acrobata habilidosa. Thianna ia ficando cada vez mais furiosa por seus golpes não conseguirem acertá-la. Enquanto isso, suas próprias roupas estavam ficando esfarrapadas com os dardos delgados que passavam de raspão.

— Por que você não fica parada? — a garota maior rosnou.

— Eu vou ficar parada em cima da sua cabeça quando você desabar, sua paspalhona — respondeu a elfa.

Thianna investiu contra ela e acertou o vazio.

— Estrume de troll! Pra onde você foi? — ela exclamou, olhando em volta.

Quase tarde demais, percebeu que Desstra estava em cima do dragão. Thianna chutou com força a alegoria, fazendo-a tombar para o lado. Desstra escorregou, agarrando-se a uma asa com uma das mãos, e ficou balançando perigosamente sobre a rua.

A multidão aclamou.

— Isso não é uma performance! — a pequena elfa gritou quando voltou para a plataforma.

— Então pare de dançar! — Thianna rugiu.

— Dá para dar uma ajudinha aqui? — Karn estava se defendendo de todos os golpes de Tanthal, mas ele estava ficando encurralado, sem espaço de manobra.

— Estou meio ocupada — respondeu Thianna, enquanto sua espada errava Desstra, mas cortava um pedaço da asa do dragão.

O desfile chegou aos portões do terreno da enorme basílica, cuja grandiosa cúpula dominava o horizonte de Gordasha. A rua atravessava os portões e subia a colina até as portas do templo. O lado estrategista de Karn não estava muito animado por entrar numa área com apenas uma saída, mas ele tinha preocupações mais urgentes.

Tanthal aumentou a velocidade de seus golpes. A guarda de Karn ia enfraquecendo à medida que ele se cansava. Então, o alçapão se abriu. Idas saiu dali com uma espada de madeira. Atrás dele, surgiu meia dúzia de outros dáctilos, igualmente armados.

— Hora de retribuir o favor! — Idas gritou. Os anões atacaram os elfos negros. Golpearam Tanthal impiedosamente com suas armas falsas. Aliviado, Karn juntou-se a eles no ataque.

Desstra foi cercada por todos os lados, sem poder mais pular e saltar.

— O show acabou — disse Thianna. — Hora de agradecer as palmas da plateia.

De repente, o carro de desfile balançou. Os guardas da cidade estavam entrando em choque com os anões que rebocavam o carro. O palco balançava precariamente.

— Vocês não veem que estamos lutando aqui? — Thianna gritou.

No confronto, o carro de desfile virou e Thianna, Karn, os elfos negros e os dáctilos tombaram junto.

Karn saltou quando o carro caiu, aterrissando na grama macia do terreno do parque. Ele viu Tanthal debaixo de uma pilha de anões, Desstra sobre o que restava do dragão e Thianna saindo de baixo de uma pilha de destroços de madeira. Mais guardas vieram correndo. Karn contou pelo menos vinte deles, todos armados com lanças e escudos. Ninguém conseguiria escapar.

— Desculpe, Idas! — disse ele ao pescador de rua. — Arruinamos o seu desfile.

— Não foi culpa sua, garoto — disse o anão. — Eu disse a você que as autoridades não gostam muito da lenda do Rei de Mármore. Estou surpreso por termos chegado tão longe.

— Bem — disse Thianna, juntando-se a eles —, a diversão acabou agora.

— Aqueles terríveis canhões deixam meus nervos à flor da pele.

O homem no trono de ouro parecia estar enfrentando um dia ruim. Karn achava que a enorme coroa cheia de pedras preciosas que ele usava parecia pesada demais para ser confortável, ao passo que suas roupas caras e o manto forrado de peles deviam lhe dar um calor danado naquele clima tórrido do sul. Ele estava falando no idioma universal, embora com um sotaque não muito diferente do dos anões que Karn havia encontrado na cidade.

O estrondo de um canhão ecoou. Foi seguido segundos depois pelo barulho de um projétil atingindo a pedra. Os uskirianos começaram seu bombardeio ao final do festival, disparando tanto nas muralhas em terra quanto nos quebra-mares do norte.

— É difícil pensar direito com toda essa cacofonia... — queixou-se o imperador gordashiano.

Karn e Thianna estavam num grande salão de piso e colunas de mármore, a mais requintada câmara em que ambos já tinham estado. Eles, juntamente com os anões e elfos, haviam sido trazidos para o palácio, uma estrutura antiga que datava do tempo do Império de Górdio original, agora o centro de poder para o atual governante.

— Não podemos fechar as janelas? — perguntou o imperador. Quando ninguém se apressou a obedecer, ele franziu o cenho e ordenou: — Fechem as janelas ou se atirem por elas! — Isto fez com que os serviçais corressem.

Mas que mala sem alça!, pensou Karn.

O imperador pegou uma tâmara de uma bandeja, mordiscou-a, fez uma cara de desaprovação e a jogou no chão. Um criado imediatamente apareceu para recolher o fruto mordido.

— Bem — disse o imperador —, acho melhor você trazer os agitadores que arruinaram a minha festa.

O guardião cutucou Karn e Thianna nas costas, bem como os elfos, e, como eram mais baixos, deu um cascudo na cabeça dos anões para que andassem.

— Ajoelhem-se diante do imperador! — disse o capitão da guarda.

Karn viu os dáctilos obedecerem de imediato, e começou a fazer o mesmo. Então, percebeu que Thianna não tinha se mexido. Nem os elfos negros.

— Ajoelhem-se diante do imperador! — repetiu o capitão da guarda.

— Ele não é meu imperador — disse Thianna. — Eu nem sabia o que era um imperador esta manhã.

Karn gemeu. Antagonizar seus captores não parecia uma coisa muito inteligente de se fazer.

— Eu disse, ajoelhem-se! — ordenou o homem. A cara dele estava ficando vermelha.

— Venha aqui me obrigar! — grunhiu a filha do gigante do gelo.

Guardas chutaram-nos por trás, fazendo com que suas pernas dobrassem. Mãos rudes em seus ombros forçaram

Karn, Desstra e Tanthal a se ajoelharem. Karn tentou resistir, mas alguém o segurou e ele não pôde se levantar.

Thianna, no entanto, ainda estava de pé. Apesar de suas reservas quanto a insolência de Thianna, ele sentiu uma onda de orgulho pela amiga.

— Ajoelhe-se! — O capitão da guarda estava gritando agora. Thianna olhou para ele, firme. O homem gesticulou e mais dois guardas juntaram-se aos que já tentavam dobrar os joelhos de Thianna.

Era cômico, quatro homens adultos puxando e empurrando a garota gigante. Ela olhou para eles, pendurados em seus membros e então ergueu o queixo.

— Prefiro ficar de pé.

O capitão da guarda puxou a espada, preparando-se para trespassar a gigante com a arma.

— Thianna! — advertiu Karn.

— Ah, chega disso — disse o imperador, levantando-se do trono. — Deixe a bárbara ficar de pé. Podemos derrubá-la na base da espada com bastante facilidade mais tarde. — Ele avançou. — Então este é o grupo que arruinou o Mensis Imperativae?

— Sim, Eminência — respondeu o guarda.

— Dois bárbaros. E que bando mais esquisito, não é mesmo? — ele disse, voltando sua atenção para Desstra e Tanthal. — Elfos, mas não de um tipo que eu já tenha visto antes. Vocês quatro são um bocado curiosos.

O imperador gordashiano parou diante dos dáctilos e suspirou.

— Vocês precisam desistir desse absurdo "culto ao Rei de Mármore". É sério, não está lhes fazendo nenhum bem. Olhe só aonde isso os fez chegar.

— Bem, nunca tinha sido convidado para entrar no palácio antes — observou Idas.

O imperador sorriu.

— Leve-os e cortem suas cabeças — disse ele, indicando os dáctilos.

— Eles não estão conosco! — Karn falou. — Eles não têm nada a ver conosco! Nós é que pulamos no palco deles.

O imperador ergueu a sobrancelha para o capitão da guarda.

— É verdade?

— Sim, Eminência — respondeu o homem. — Embora os dáctilos tenham se juntado ao desfile sem a devida autorização, achamos que eles não estão envolvidos com os estrangeiros.

— Eles não estão — disse Karn. — Os anões não tiveram nada a ver com o que estávamos fazendo.

— Curioso — disse o imperador.

— Vossa Majestade — interveio um conselheiro mais velho. O governante fez-lhe sinal para se aproximar.

— O culto ao Rei de Mármore tem muitos seguidores na cidade — disse o conselheiro. — Talvez não seja hora de fazer deles um espetáculo público.

— Mas o festival foi arruinado — o imperador queixou-se. — Precisávamos elevar o ânimo do povo, e agora temos um desastre.

— Se separarmos os anões desses quatro, podemos cuidar deles mais tarde sem desagradar a população.

O imperador pareceu gostar da ideia.

— Então você diz que sua briga não tem nada a ver com os dáctilos? — perguntou o governante a Karn.

— Nada — continuou Karn. — Nós só pulamos na carroça dele quando estávamos fugindo desses dois. — Ele indicou os dois estranhos elfos.

— Muito bem — o imperador suspirou. — Dê umas chicotadas nos anões e mande-os para casa.

Vários dos guardas se moveram para executar a ordem.

— Boa sorte, garoto! — disse um dos dáctilos quando foi levado.

— Agora — disse o imperador. — Suponho que vão me dizer o que vocês quatro estão fazendo na nossa bela cidade...

— É muito fácil explicar — disse Tanthal. — Tenho certeza de que podemos chegar a um entendimento. Talvez, se eu puder me aproximar do seu trono...

— Talvez você não possa — disse o imperador. — Não sem uma espada no bucho, certo?

Thianna riu disso.

— Por favor, senhor — disse Karn. — Não temos nada a ver com sua guerra. Lamentamos muito a sua situação...

— Nossa situação?

— Estarem sob cerco.

— Meu rapaz, Gordasha esteve sob cerco muitas e muitas vezes em sua ilustre história. Os uskirianos vão desistir e ir para casa depois de algumas semanas. Vamos resistir a este cerco como resistimos a todos os outros. — Como que para desmentir seu argumento, um tiro de canhão particularmente alto disparou lá fora. O imperador estremeceu.

— Está tão quente aqui... — disse ele. — Alguém aí abra uma janela de uma vez!

— Mas, Eminência — respondeu um criado —, Vossa Majestade acabou de ordenar que as janelas fossem fechadas.

O imperador afastou o criado com um safanão.

— Pois agora quero que abram outra vez! — ele gritou e, então, encarou Karn. — Suponho que seja melhor matarmos todos vocês. Começando pelo garoto humano.

Ao ouvir a ordem do imperador, quatro homens avançaram de uma antessala. Karn congelou ao vê-los. Eram homens de cabelos louros, olhos azuis e ombros grandes, vestidos de forma familiar.

— Vocês são... vocês são norrønir? — Karn disse.

— E daí? — perguntou o imperador. — Os norrønir dão ótimos guardas de palácio. Jamais encontrei combatentes mais ferozes. Eles chamam a si mesmo de "Juramentados", o que, suponho, significa que eles irão jurar sua lealdade a você... Contanto que você lhes pague a quantia certa.

— Desculpe, filho — disse um homem que Karn presumiu ser o líder dos "Juramentados". Ele puxou o machado. — Não é nada pessoal.

— Espere! — disse Karn. — Eu nem estou com a minha arma. Não há honra nenhuma nisso. Matar um oponente desarmado.

— A honra não se aplica aos estrangeiros — respondeu o guarda.

— Eu também sou norrønur — protestou Karn, desejando não ter trocado sua roupa pelo traje surrupiado nas termas.

— Então, você tem cabelos louros — disse o homem, sem acreditar, preparando o machado.

— Eu sou Karn Korlundsson — disse Karn, colocando tanta autoridade em sua voz como fizera fora dos portões de Castelurze. — Meu pai é um hauld. Korlundr hauld Kolason. Da fazenda de Korlundr.

— A fazenda de Korlundr? — perguntou o homem. — Eu conheço aquela fazenda. — Ele olhou para o menino. A dureza em seus olhos mudou. Então voltou a guardar o machado no cinto. Ele se afastou de Karn e seus três homens fizeram o mesmo.

— O que você está esperando? — perguntou o imperador com raiva. — Mate-o.

— Mate-o você mesmo — respondeu o homem. Karn não pôde deixar de sentir uma onda de orgulho pela falta de medo na voz do homem. — Ele é um norrønur. E merecedor de uma morte honrosa.

— Eu lhes pago muito bem — insistiu o imperador. — Vocês sempre mataram quando mandei.

— Se vocês, Sagrados Gordianos e coisa e tal, quiserem matar uns aos outros, isso é uma coisa — respondeu o homem. — Mas nenhum ouro vale a minha honra. Os "Juramentados" não levantarão nenhuma arma contra ele.

O imperador enfureceu-se. Estava claro que seus guardas nunca tinham deixado de cumprir suas ordens antes. Mas também era a primeira vez que encontravam um norrønur.

— Por favor, senhor — disse Karn outra vez. — Não temos nada a ver com a sua guerra. Se você simplesmente nos soltar, nós vamos embora sem criar mais problemas.

— Mas vocês estragaram a minha festa! — disse ele. — Ela era tanto para entreter o povo quanto para homenagear Mensis. Para lhes dar algo em que se concentrar que não esses canhões ensurdecedores.

Como que para enfatizar seu argumento, outra explosão soou.

— Fechem as janelas! Por que as janelas não estão fechadas?

Servos confusos correram para obedecer. Ou pelo menos tentar.

— Dá para ver que esse cara é um chefe realmente justo e equilibrado — disse Thianna. Isso chamou a atenção do imperador. Ele olhou para ela novamente, ali de pé, mais alta do que todos na sala.

— Hum — murmurou o governante. — A situação é esta. Tenho certeza de que as muralhas vão aguentar. Mas há uma crescente agitação em minha cidade. Em momentos como esses, um governante precisa lembrar que é importante evitar o pânico entre os cidadãos. Mantê-los entretidos é o segredo. O festival não funcionou. Precisamos de outra distração.

Examinou os prisioneiros.

— Suas desavenças não são assunto nosso, estrangeiros — disse ele. — Mas vamos permitir que vocês as resolvam, no entanto.

— O que você quer dizer? — Desstra indagou.

— Vocês quatro competirão no Hipódromo — disse o imperador. — Amanhã, poderão resolver suas diferenças na pista. Os vencedores serão libertados e os perdedores, bem, os perdedores vão pagar com suas vidas o fato de terem arruinado os meus planos.

CAPÍTULO DEZOITO

Um dia nas corridas

— Nem a pau que esses são os cavalos!

Eles estavam nos estábulos do Hipódromo, suas botas rangendo sobre o chão de areia. O sol tinha acabado de nascer. Os quatro prisioneiros haviam sido despertados cedo em suas celas para se prepararem para o evento do dia.

A primeira coisa a fazer era pegarem seus carros. Os guardas riram quando Karn perguntou sobre os corcéis. Nem ele nem Thianna tinham entendido o que os guardas achavam tão divertido até aquele momento.

— Admito — continuou a gigante — que não tenho muita experiência com cavalos, mas tenho certeza de que eles não se parecem com essas coisas.

— Veja lá quem você está chamando de coisa! — rosnou a coisa que não era um cavalo. — Eu não me importaria de fazer uma segunda refeição esta manhã.

A criatura diante deles tinha um corpo parecido com o de um leão, mas sua cauda era grossa e revestida com uma espécie de carapaça. Curvava-se sobre suas costas e terminava em um perigoso ferrão, como se fosse um escorpião gigante. A cabeça do animal era emoldurada por uma espessa juba, da qual saíam uns chifres curvos, mas a cara em meio a todo aquele pelo era humana. Ou quase. Era grande demais, e a boca larga mostrava várias fileiras de dentes afiados.

— Vocês falam? — perguntou Karn. Ele nunca tinha visto nada como aquela besta em toda a sua vida.

— Só quando há alguém com quem valha a pena conversar — respondeu outra.

— Olha a educação! — disse um homem bem-vestido que caminhava ao encontro deles. — Esses jovens são os seus condutores hoje.

— Você só pode estar brincando! — respondeu a criatura.

— Eu nunca brinco sobre essas coisas — disse o homem. — Eles correm por ordem do próprio imperador.

— Eles sabem conduzir? Já estiveram numa biga?

— Eu não — admitiu Karn. — Mas eu, hum, joguei um jogo de tabuleiro recentemente que tinha alguma semelhança...

— Que maravilha... — disse a primeira criatura com sarcasmo. — Nos festivais, idiotas como você nós chamamos de "*fest food*".

Todas as criaturas riram da piada.

— Não liguem — disse o homem. — Receio que isso seja o máximo de gentileza que se pode conseguir da parte delas.

Mas deixe que eu me apresente. Meu nome é Lymos, e eu sou o mestre dos jogos aqui no Hipódromo.

— O que são... elas? — perguntou Karn, apontando para as criaturas.

— São mantícoras — respondeu Lymos. — Quanto ao que são: elas são rudes, letais e, lamentavelmente, amantes de piadas ruins. Mas são muito rápidas. Além disso, com frequência devoram nossos aurigas.

— Devoram? — perguntou Tanthal.

— Sim — confirmou Lymos. — Elas os comem inteiros. O risco deixa as corridas ainda mais empolgantes.

— Duvido — disse Thianna.

— Você não sabe de nada — disse uma das mantícoras.

— Nosso nome significa "devoradoras de homens" — outra explicou.

— Mas devoramos garotas também! Não discriminamos ninguém! Há, há, há!

Todas as mantícoras riram.

— Como funciona a corrida? — perguntou Karn, sem achar graça nenhuma. Recordando o jogo Aurigas, sua mente de jogador estava ansiosa para entender as regras da disputa no mundo real.

Lymos aprovou a pergunta balançando a cabeça afirmativamente.

— Você compete em equipes de dois — disse ele. — Você e sua companheira...

— Thianna — respondeu a gigante.

— Thianna — repetiu o mestre dos jogos. — Vocês correrão numa biga. Enquanto seus dois amigos pálidos...

— Nós não somos amigos deles — interveio Tanthal. — Pelo contrário.

— Modo de falar — desculpou-se Lymos.

— Somos Desstra e Tanthal. Elfos negros das Montanhas Svartálfaheim em Norrøngard — explicou Desstra.

— Maravilha! — disse Lymos. — Estrangeiros dão adversários muito interessantes... E vocês estão acostumados a trabalhar em equipe?

Desstra olhou de soslaio para Tanthal.

— Sim — respondeu ela. — Infelizmente.

— Muito bom! Desstra e Tanthal correrão em outra biga. Um membro de cada equipe conduzirá. O outro irá lutar. Vocês irão correr com duas outras equipes. Uma delas é a equipe favorita do imperador. Raramente perdem. A quarta equipe representará uma das muitas facções políticas da cidade.

— O que você quer dizer? — perguntou Karn.

— As equipes de bigas são patrocinadas por vários elementos dentro da cidade. Vocês irão descobrir que correr em Gordasha pode ser um ato muito... político.

Lymos levou os quatro para onde várias bigas estavam estacionadas. Eram veículos simples, de duas rodas. Não havia nelas muito mais elementos além de um piso e uma estrutura semicircular na frente, na altura da cintura dos aurigas. Bem, na altura da cintura de qualquer um, menos de Thianna, Karn observou. Cada uma era pintada de uma cor diferente: vermelho, verde, preto e dourado.

— Qual a razão das armas nas rodas? — perguntou Thianna. De fato, cada uma das bigas tinha lâminas finas em formato de foice estendendo-se para fora do eixo das rodas, em ambos os lados.

— Ah, aquelas. — Lymos sorriu. — Para destruir a biga de seu inimigo. Ou lacerar as pernas de uma mantícora.

— Deixe-me adivinhar — disse Karn. — É só para deixar o jogo "mais empolgante"?
— Exatamente! — disse Lymos. — Caramba, você está pegando o espírito da coisa bem rápido.
— É bastante óbvio — disse Tanthal. — Qual delas é a minha?
— A equipe do imperador corre na biga dourada — explicou Lymos. — A outra equipe já solicitou a verde. Isso deixa as bigas preta e vermelha para vocês escolherem.
— Prefiro a biga negra — disse Tanthal.
— Não é surpresa — disse Karn. — Mas o que faz você ter o direito de escolher primeiro?
— Porque eu falei primeiro — respondeu o elfo negro, com o argumento de uma criança de 5 anos.
— Então, a de vocês é a preta — disse Lymos, sem dar trela para a discussão. — Karn e Thianna conduzem a vermelha. Agora vocês devem escolher uma mantícora para puxar as bigas.
Lymos os acompanhou até onde um bando de mantícoras esperava. As criaturas estavam relaxando. Uma rolava de costas, batendo as patas nos grãos de poeira no ar, como um gato gigante. Elas sorriram malignamente quando seus novos condutores se aproximaram, expondo três fileiras de dentes afiados.
Tanthal caminhou até uma delas.
— Você é rápida? — ele perguntou.
— Rápida o bastante para engolir você inteiro quando você for eliminado, seu magricela — respondeu a mantícora.
— Não tenho intenção de ser eliminado — retorquiu Tanthal. — A menos que essa seja a sua maneira de admitir que corre mal.
— O quê? — rugiu a besta, rangendo os dentes no rosto de Tanthal. — Como você ousa?

— Ele é corajoso, tenho que admitir — disse Thianna.

— Ou é um idiota — disse Karn.

— Então, você é mesmo rápida? — Tanthal perguntou novamente.

— Eu sou a mais rápida que existe! — disse a mantícora. — E vou lhe mostrar o quanto.

— Ótimo! — disse o elfo. — Então, vou deixar você puxar minha biga. Ele se virou para Lymos. — Vou ficar com esta.

— Ei, garoto — outra mantícora chamou Karn. — Venha cá.

Karn não tinha certeza se queria se aproximar de uma "devoradora de homens", mas arranjou coragem e deu um passo à frente.

— Não é assim que se escolhe, sabe? — disse a mantícora.

— Sério? Ela parecia um bocado feroz — duvidou Karn.

— Ferocidade não tem nada a ver com isso — explicou a criatura.

— Então, como saber se uma mantícora é rápida? — Karn perguntou.

Todas as mantícoras riram.

— Você procura a mais leve.

— Mas vocês todas têm o mesmo tamanho — observou Karn.

— Não a menor — disse o animal, revirando seus olhos humanos. — A mais leve. Aquela que não está de estômago cheio, se é que você me entende.

— Não tenho certeza.

— Nós comemos gente — disse a mantícora. — Ou vacas e javalis inteiros quando não conseguimos humanos frescos. Sabe quanto pesa uma vaca? Isso é muito para carregar no estômago. Você precisa procurar a mantícora que mais recentemente aliviou sua "carga".

— Pela bosta de um troll! — Thianna praguejou. — Eu sei do que ela está falando.

— Bem, você entendeu boa parte — A mantícora riu. — Mas não tem nada a ver com trolls. A menos que comamos um.

— Você quer dizer...? — começou Karn.

— Sim — confirmou a criatura. — Você deve escolher qual de nós fez o cocô maior e mais recente. Como vamos correr cinco vezes ao redor da pista se estivermos com dor de barriga? Geralmente nos aliviamos cerca de meia hora antes da corrida.

— Isso é nojento! — disse Tanthal, pescando um pouco da conversa.

— Acha mesmo? — A mantícora sorriu. — Espere até ouvir o pior.

— Tem coisa pior? — perguntou Desstra. Karn ficou surpreso em ouvi-la falar. Até agora, ela havia se mantido em silêncio na sua presença.

— Ah, tem, sim. — A mantícora riu novamente. — Se nos der fome, podemos decidir parar a corrida e devorar os nossos aurigas.

— Então vocês têm que calcular — acrescentou outra mantícora — se fizemos bastante cocô para sermos rápidas, mas não tanto para ficarmos com fome...

— Só falta essa agora! Imagine se vou ficar analisando cocô de mantícora! — zombou Tanthal.

— Eu disse que esse aí era um mala sem alça — comentou outra. — Todos os apostadores e agentes de apostas mais experientes passam aqui todas as manhãs. Alguns deles até trazem suas próprias balanças.

— Apostadores e agentes de apostas? — repetiu Thianna.

— Ah, sim! — disse uma mantícora. — Apostar nas corridas é um grande negócio. Eles costumam nos perguntar o que comemos, como nos sentimos, se já fizemos cocô. *Foi grande? De que tamanho?*

— Eca! — Desstra não pôde se controlar. Todas as mantícoras riram.

— Claro que, de vez em quando, um deles fica dando mole e comemos um agente de apostas! — disse uma delas. — O que atrapalha um pouco as apostas...

— Ontem abocanhei um pequeno gnomo que estava revirando o meu cocô com um pauzinho — complementou outra.

— Gnomos não enchem um buraquinho de dente — disse uma terceira.

— Eu não precisava saber disso — disse Desstra. — Fala sério!

— Então, vou falar sério, já que pediu — disse uma mantícora. — Vocês têm muito mais a perder na corrida de hoje do que dinheiro. Vocês quatro estão apostando as suas vidas.

— Ok, já entendemos — disse Karn. — Então, quem quer me contar o que comeu no café da manhã?

— Este é um baita estádio! — disse Thianna. — Faz com que o coliseu de Orm, em Sardeth, pareça um pinico.

— Melhor não deixá-lo ouvir você dizer isso — disse Karn.

— Que nada! — A gigante sorriu. — Ele é um amorzinho.

Karn notou que Desstra parecia horrorizada com a forma casual com que eles discutiam sobre o mais poderoso dos linnorms. Ótimo! Era bom que percebesse quem ela havia traído.

O hipódromo de Gordasha era uma pista de corrida em formato de ferradura alongada. Lymos lhes disse que as arquibancadas podiam comportar cem mil espectadores. O percurso era dividido por um muro baixo chamado *spina*. Estava repleto de estátuas, colunas e obeliscos: tesouros saqueados de toda a Katérnia nos tempos do Império de Górdio.

As bigas foram conectadas e conduzidas aos quatro portões de largada. Dois homens de aparência rude compunham a equipe dourada do imperador, mas Karn e Thianna ficaram surpresos ao constatar que a equipe verde, dos anões dáctilos, representava o culto ao Rei de Mármore.

Os aurigas ajustaram com profissionalismo as armaduras leves e conferiram as armas. As próprias espadas de Karn e Thianna foram devolvidas a eles, assim como o equipamento dos elfos escuros.

— Isso é para a corrida ficar mais interessante — explicou Lymos. Tanthal admirava as foices nas rodas de seu carro. Estava claro que ele aprovava os acessórios mortíferos.

— É óbvio que eu vou conduzir e você, lutar. — disse Karn a Thianna.

— Por que isso é óbvio? — ela questionou, fazendo Karn não se sentir tão fracote. Mas ela subiu na biga e desembainhou a espada, experimentando alguns golpes no ar.

— Fique na paz — disse uma voz ao lado de Karn. Ele se virou e viu um dos quatro norrønir da guarda pessoal do imperador, um homem de cabelo ensebado e com roupas grosseiras.

— O que você está fazendo aqui? — ele perguntou ao sujeito.

— Meu nome é Ynarr Ulfrsson — respondeu o homem.

— Eu conheço você? — O nome não significava nada para Karn.

— Estive na Batalha do Baile dos Dragões — disse Ynarr, com os olhos baixos. — A serviço do seu tio.

Karn recuou, alarmado. Quando o seu tio Ori tomou o controle da Fazenda de Korlundr, contratou quatro brutamontes para ajudá-lo a impor disciplina.

— Foi um grande engano — continuou Ynarr, erguendo a mão em sinal de paz. — Eu não deveria ter trabalhado para aquele homem. Estava com fome e ele tinha dinheiro. Não imaginei as coisas que ele iria pedir de mim. Então fui golpeado, caí inconsciente e fui deixado lá para morrer. Quando acordei, eu me mandei para o sul.

Karn analisou o homem. Um bandido e um covarde também, fugindo da justiça dos norrønir.

— Então por que você está aqui? — ele perguntou.

— Pensei ter deixado minha vergonha para trás, em Norrøngard, mas atravessei todo o continente e voltei a encontrar você.

O homem entregou a Karn seu próprio escudo. Era de madeira, redondo, com cerca de oitenta centímetros de diâmetro, acabamento em couro e tinha uma bossa de ferro no centro para proteger a mão. A madeira tinha sido pintada de verde.

— Por favor, fique com isso — disse Ynarr. — Deixe-o defender você durante a corrida.

Karn desconfiava de presentes de antigos inimigos.

— Por que você quer me dar isso?

— Eu sei agora que lutei pelo lado errado — Ynarr respondeu. — Talvez os deuses me vejam auxiliando você e me ajudem a recuperar a minha honra.

Karn pegou o escudo. Era pesado, mas ele sentia falta de portar um desde que perdera o *scutum*.

— Não é mágico — disse Ynarr, olhando para a Clarão Cintilante, a espada de Karn.

— Tudo bem — disse Karn. — É um forte escudo norrønir. Isso basta.

Ynarr pareceu satisfeito com o elogio.

— Sobreviva a este desafio, Karn Korlundsson — disse ele.

— Obrigado — respondeu Karn. — Se você sobreviver ao cerco, espero que consiga recuperar a sua honra.

As mantícoras se mordiam entre si enquanto estavam alinhadas na linha de partida. Alguns apostadores e agentes de apostas mais corajosos faziam suas avaliações finais dos cocôs mais recentes. Um ficou perto demais e quase foi abocanhado pela mantícora da equipe dourada.

Karn e Thianna examinaram as fileiras de assentos lotadas.

— Acho que aqui há mais gente do que todos os habitantes de Norrøngard — disse Karn.

— Isso não importa — disse Tanthal. — Só a vontade de vencer e a capacidade de lutar.

— Eu espero, pelo seu próprio bem, que você corra melhor do que jogou Aurigas em Nelênia — Karn respondeu.

Tanthal franziu o cenho e ocupou-se de ajustar a própria armadura.

Karn voltou sua atenção para o mestre dos jogos. Lymos havia subido a uma tribuna elevada e estava se dirigindo à multidão.

— Por ordem especial do imperador, Sua Alteza Adrius Quarto, Governador da Sagrada Supremacia Gordiana, Monarca da Cidade de Gordasha, Primeiro entre Iguais, dedicamos esta corrida a Mensis e aos demais deuses de Górdio. Que comece o desfile!

Todas as mantícoras começaram a avançar. Elas teriam de fazer uma volta completa pela pista para que a multidão pudesse vê-las e avaliá-las. Karn sacou que isso era para possibilitar apostas de última hora.

A equipe dourada permanecia séria e altiva sob os aplausos dos espectadores. A julgar pelo número de bandeiras verdes, Karn concluiu que os dáctilos também tinham muitos torcedores nas arquibancadas. Tanthal, ao passar, lançou um olhar desafiador a todos que fizeram contato visual com ele, mas Desstra parecia tão intimidada pela multidão quanto Karn.

Quando se aproximaram da marca que assinalava a metade do percurso, Karn pensou na maneira como as características da pista eram reproduzidas no jogo Aurigas. Apesar da tensão daquela noite na Salgueiros Ventosos, ele havia se divertido com o jogo. Na ocasião, pensou que Desstra fosse uma aliada sua, quando ela tinha fingido ser Nesstra Sunbottom. Karn surpreendeu a elfa negra olhando para ele e franziu o cenho. Então, notou duas estátuas na extremidade da *spina*.

— Olhe para isso — ele disse, cutucando Thianna. A gigante do gelo estava mostrando os músculos para a multidão e acenando. Seu enorme tamanho parecia ter impressionado alguns deles, que estavam acenando de volta e até mesmo lhe atirando flores.

— Eu poderia me acostumar com isso — disse ela. — Olhar para o quê?

— Aquelas duas estátuas — disse Karn.

Uma retratava um anão dáctilo usando a armadura de um soldado auxiliar de Górdio. O anão usava uma coroa de louros. A outra estátua era de um enorme dragão. Longa e sinuosa, ela se estendia pela *spina* sem ocupar muito espaço de cada lado.

— Como no carro alegórico do desfile — observou Thianna.

— Uma estátua do Rei de Mármore e seu dragão — concordou Karn. Ao fazerem a curva, puderam ver que o anão estava segurando um chifre. Eles o reconheceram imediatamente. Não havia dúvida de que era uma representação de um Corno de Osius. — É ele, pode apostar! Ou pelo menos como ele era.

— Por que colocar isso aqui? — ela perguntou.

— Porque o império o conquistou — disse Karn. — Osius deve ter encomendado as estátuas durante o seu governo, para o seu palácio, uma praça do mercado ou outro lugar. Quando foi derrubado, o império transferiu as estátuas para cá, assim como os demais despojos de guerra.

— Essa é uma estátua bem realista —, disse Thianna, olhando para o dragão. — É quase uma versão menor do Velho Dragão Rabugento.

Karn estudou a escultura. Thianna estava certa. Havia uma certa semelhança com Orm Hinn Langi, embora este dragão fosse consideravelmente menor do que o maior dos linnorms. Claro, não havia no mundo um bloco de mármore grande o suficiente para reproduzir Orm em tamanho real, mas as semelhanças estavam lá. Com algumas diferenças. Era difícil dizer em se tratando de dragões, mas Karn achou que este parecia ser do sexo feminino. Sua cabeça não era tão grande quanto a de Orm, e o dragão tinha uma elegância que a Destruição de Sardeth não possuía.

As bigas completaram a volta ao redor da pista. O imperador anunciou os nomes dos condutores — ele chamou Tanthal e Desstra de "Tantrum e Dessie", para enorme aborrecimento dos elfos negros e diversão de Thianna.

Bandeiras se ergueram.

— Em suas marcas, preparem-se... — disse o imperador.

— JÁ!— As bandeiras baixaram.

A corrida começou.

Karn sentiu as rédeas se retesarem em suas mãos e, então, os efeitos do deslocamento quando a biga se precipitou para a frente. As rodas de madeira ressoavam pelo solo. Os solavancos eram fortes o suficiente para que Thianna tivesse dificuldade em manter o equilíbrio de pé.

Karn usava o pesado escudo norrønir nas costas para manter as mãos livres. E também como proteção, caso eles alcançassem a liderança. Ele não queria uma lança ou dardo atingindo-o por trás. Enquanto Karn observava a equipe do imperador à frente do restante das bigas, ele pensou quanto havia sido otimista. Conduzir bigas não era fácil.

— Mais rápido — ele gritou para a manticora que os puxava.

— Mais rápido significa mais fome — a criatura respondeu, mas Karn sentiu sua velocidade aumentar.

A pista se estreitou rapidamente depois do portão de largada, forçando os quatro carros a se aproximarem. Thianna teve de se defender de uma lança curta sendo apontada para ela por um anão. Ela bloqueou a lança com sua espada.

Tanthal lançou um punhal contra o flanco desprotegido da gigante. Karn girou, colocando o pesado escudo entre eles. A adaga afundou na madeira grossa, furando-a com uma sonora pancada.

O elfo negro olhou-o furioso e puxou sua maça. Karn esquivou-se para a direita. A foice na roda rasgou a lateral da biga dos dáctilos, abrindo um talho na madeira pintada.

Irritado, o anão atacou Thianna outra vez com a lança. A gigante desviou a lança para o lado e, depois, agarrou-a pela haste e arrancou-a da mão do anão. Sem perder tempo, ela virou a lança para a esquerda, bloqueando a maça de Tanthal e forçando-a para baixo, quando o elfo tentava outro golpe.

Então, as bigas se aproximaram da curva — a parte mais perigosa do percurso. Tanthal lançou um projétil na equipe dourada enquanto eles desaceleravam para fazer a curva. Os aurigas favoritos do imperador sufocaram com o gás nocivo. Mas logo a velocidade em que iam os levou para fora da nuvem.

Os dáctilos enxergaram aí uma oportunidade e entraram em confronto com a equipe dourada enfraquecida. Thianna, com seu alcance ampliado devido à lança conquistada, mantinha os elfos negros à distância. Karn ouviu zombarias da plateia. Pedras bombardearam as costas de Tanthal, encorajando-o a ser mais ousado. Ele entendeu. Tirando um dos dardos de Desstra de sua bolsa de perna, Tanthal atirou não em Thianna, mas na mantícora. O animal gritou quando o dardo afundou em sua anca, mas o veneno não funcionou na devoradora de homens. A mantícora irritada deu uma ombrada no animal do elfo negro. O bicho tropeçou nas próprias pernas e deu uma guinada para o lado, enquanto os dois elfos lutavam para se manterem a bordo. Karn e Thianna avançaram.

Quando as bigas terminaram a primeira volta, um marcador dourado num poste foi baixado para registrar o progresso. O metal reluzente era moldado à imagem do mesmo animal meio pássaro, meio réptil que Karn tinha visto em edifícios públicos por toda a cidade. Uma cocatriz. "*Cobra e galo*", ocorreu a ele. Mas não teve tempo para pensar muito nisso.

Os dáctilos assumiram a liderança na segunda volta, mas entraram na curva muito rápido. A biga deles se inclinou muito para a esquerda, chocando-se com o muro abaixo das arquibancadas. Um dáctilo foi lançado para fora do carro.

As rédeas se retesaram nas mãos de Karn. Sua própria mantícora desviou-se do curso, tomando um caminho que a levava direto ao anão apavorado. Karn puxou as rédeas, mas a criatura lutou contra ele.

— Thianna! — ele chamou. Ela entendeu no mesmo instante. Segurando ambas as armas com uma só mão, Thianna agarrou as rédeas com a outra e deu um puxão violento. A mantícora foi obrigada a parar. O animal rugiu furioso.

Karn olhou para trás. A mantícora do carro negro escancarou a bocarra. Sem ao menos diminuir o ritmo, ela abocanhou o desafortunado anão e engoliu-o inteiro. O público irrompeu numa comemoração entusiasmada.

— Esse anão era meu! — Rugiu a mantícora que conduzia Karn e Thianna.

Thianna bateu forte na cabeça do monstro com a lança.

— Ai! — ela gritou.

— Você não deve comer coisas que falam — ela gritou de volta.

A equipe dourada tomou a dianteira enquanto uma segunda cocatriz dourada foi baixada para marcar a passagem de outra volta. Karn viu Desstra tirar vários pequenos sacos de ovos de aranha de sua mochila.

— Cuidado! — ele gritou, esperando projéteis na direção deles. Em vez disso, Desstra se virou e atirou os sacos de ovos atrás dela, nas areias da pista de corrida.

O aterrorizado dáctilo entrou na curva muito rápido outra vez. Sua besta tropeçou nas próprias patas. A biga inclinou-se, caiu e espatifou-se. O anão se levantou no mesmo instante, correndo para as arquibancadas enquanto sua própria mantícora se libertava do seu jugo e se punha no encalço dele.

A mantícora de Karn saltou direto sobre a madeira quebrada, arrastando a biga por cima dos destroços. Ambas as rodas saíram do chão por um instante. Karn puxou as rédeas com força. Thianna, alta demais para o resguardo frontal da biga, tombou por cima dele. Ela aterrissou sobre o dorso da assustada mantícora.

— Saia de cima de mim! — gritou o bicho. — Pesada, pesada, pesada!

— Pare de reclamar! — respondeu Thianna. — Eu também não prefiro as coisas deste jeito.

— Faltam mais duas voltas — Karn gritou para Thianna. A gigante ainda se agarrava à mantícora. Não havia um jeito fácil de ela voltar para a biga, e ambos sabiam o destino terrível de qualquer um que estivesse desprotegido diante das temíveis criaturas.

À frente deles, uma roda da biga dourada esmagou um dos sacos de ovos que Desstra havia lançado na pista. Ele explodiu numa gosma pegajosa. A substância espumou e inchou, engolfando a roda e, depois, o próprio carro. A roda e a biga se arrebentaram. O auriga se viu solto com as rédeas nas mãos, sendo arrastado atrás da mantícora, enquanto o outro membro da equipe caía numa pilha de madeira despedaçada.

— Não, você não vai fazer isso! — disse Thianna. Adivinhando as intenções de sua própria mantícora, ela agarrou selvagemente a sua juba.

— Eu juro que vou devorar você, garota! — o animal grunhiu para ela. Thianna bateu forte na cabeça da besta por isso.

— Pare com isso! Eu sou uma devoradora de homens. É o que

eu faço! — E o monstro gritou de novo quando a garota golpeou-o pela segunda vez.

Karn desviou os olhos da equipe negra quando esta alcançou os destroços. E tentou bloquear os gritos entusiásticos da multidão.

Agora, havia apenas duas equipes.

Eles tinham aberto uma boa vantagem sobre os elfos negros. E seus oponentes àquela altura já deviam estar sem dardos, bombas de ovos e adagas.

Agarrando-se firmemente à criatura, Thianna estudou as estátuas de mármore do anão e do dragão. Ela viu a roda quebrada da biga do dáctilo.

— "No arco onde rodas partirão, altera o curso, busca o talão" — ela recitou. E, de repente, entendeu. A curva do Hipódromo era o arco onde as bigas eram mais propensas a se acidentar.

— Pare! — ordenou ela.

— O quê? — Karn e a mantícora reagiram ao mesmo tempo.

— Pare! — Ela ordenou outra vez.

— Mas se pararmos... — começou Karn.

— Eu vou comê-los inteirinhos — concluiu a mantícora.

— Eu disse pare!

A gigante do gelo enroscou o braço em torno do pescoço da mantícora e puxou sua cabeça para trás com toda a força. O animal se retorceu de um lado para o outro, rugindo, as patas dianteiras se debatendo no ar.

E parou.

Karn viu os elfos negros correndo atrás deles. Tanthal estava comemorando sua vitória certa, mas Desstra parecia perplexa. Karn sabia bem como ela se sentia.

— Por que nós paramos?

— Karn — Thianna explicou — este é o arco que parte rodas.

— Vou comer vocês dois! — disse a mantícora, com a bocarra escancarada. Três fileiras de dentes luzidios deixavam claro que a besta não estava brincando.

— Eu já disse para você não comer coisas que falam! — repetiu Thianna. Ela deu um tremendo soco na ponta do nariz da criatura. A mantícora gritou e apertou as patas na cara. Karn viu lágrimas brotarem de seus olhos. E medo.

— Agora seja uma boa gatinha e fique quieta — ordenou a gigante.

— Eu já falei — disse Karn. — Com Thianna não se brinca.

Mas a gigante do gelo não o estava escutando. Ela havia se aproximado da estátua do Rei de Mármore e estava olhando para a base. Então, começou a bater o pé no chão.

Nas arquibancadas, o público estava dividido entre vaiar e aplaudir. Metade da plateia ficou chateada com o fato de a equipe vermelha ter perdido a corrida, mas a outra metade ficou impressionada ao ver uma mantícora ser socada.

— O que você está fazendo? — Karn perguntou. A gigante estava elevando a perna e baixando o pé com força bem atrás da estátua.

— Quem escreveu o enigma gosta de brincar com sinônimos. Dizia "acanhado" no lugar de "estreito". E acho que fez a mesma coisa usando "talão" no lugar de "calcanhar".

— Entendi — disse Karn, começando a perceber. — "Altera o curso, busca o talão" significa parar de correr e procurar no calcanhar do Rei. Mas por que bater no chão desse jeito?

Como resposta, Thianna bateu o pé no chão mais uma vez. Com um grande estrondo, um enorme pedaço de rocha desmoronou. E desapareceu num buraco que se abriu no chão. Karn ouviu um barulho de água sendo atingida.

Um som alertou-o para a aproximação de guardas. Olhando para a linha de chegada, viu Desstra lutando para chamar a atenção de Tanthal. O vaidoso elfo parecia estar desfrutando sua vitória, mas sua companheira percebera que algo mais importante estava acontecendo.

— Eu acho que não podemos mais nos demorar aqui — disse ele.

— Exatamente o que eu penso — sua amiga respondeu. Então, ela pulou no buraco, desaparecendo na escuridão lá embaixo.

CAPÍTULO DEZENOVE
O Palácio Submerso

Karn afundou na escuridão. Mas não caiu por muito tempo. Sua queda terminou com um mergulho em água fria. Ele subiu à superfície e rompeu-a, cuspindo um bocado de água enquanto seus olhos se ajustavam à escuridão. A única iluminação vinha através do buraco no teto lá em cima. Luz solar derramada através de um círculo apertado.

— Ainda bem que você conseguiu pular — disse Thianna ao seu lado.

— Você consegue tocar os pés no fundo? — Karn perguntou, batendo os pés para se conservar à tona. Ela não parecia estar agitando os braços ou as pernas, embora estivesse levantando o queixo para manter a boca no ar.

— Mais ou menos — ela respondeu. — Na ponta dos pés.

Karn puxou o cordão com a pedra fosforescente de dentro da camisa e sacudiu-a. Gritos ecoaram da pista de corrida acima deles. Thianna notou também.

— Não podemos demorar aqui — concluiu ela. Thianna se afastou na escuridão. Ele nadou atrás dela. Estavam num longo túnel. Não era uma caverna natural, Karn constatou, já que as paredes eram feitas de tijolo. Adivinhou que o túnel os levaria para o norte. Mas, depois de um trecho, chegaram a um píer baixo de pedra. Thianna subiu nele e, em seguida, estendeu a mão para Karn.

Eles seguiram o túnel até um arco e para outra câmara depois dele, onde o píer terminava. As paredes do recinto desapareciam na escuridão de um espaço cavernoso. Elaboradas colunas de pedra eram dispostas em fileiras ordenadas por toda a câmara. Só dava para eles verem as primeiras, mas podiam adivinhar que havia mais.

— Não há duas colunas iguais — disse Karn.

— São todas muito bonitas — disse Thianna, estudando a arquitetura. Era quase como uma catedral ou... — Bem-vindo ao Palácio Submerso — ela pronunciou.

Karn percebeu uma movimentação perturbando seu reflexo na água. — Peixes — disse ele, apontando.

— Cegos, eu acho — disse Thianna, sem surpresa. — De viverem no escuro.

— Você adivinhou que isto estava aqui embaixo? — ele perguntou.

— Sim — ela admitiu. — Fiquei pensando nos pescadores de rua. Toda aquela água que entrava no aqueduto tinha que estar indo para mais lugares do que apenas alguns banhos públicos e fontes.

— Isto é uma espécie de cisterna — disse Karn.
— Se é uma lanterna, por que está tão escuro? — perguntou Thianna.
— Cisterna — repetiu ele. — Uma câmara subterrânea para a retenção de água. Idas disse que aprendeu a pescar na rua com o pai. Que aprendeu com o avô e assim por diante, várias gerações para trás. Este lugar provavelmente foi construído pelo império há mil anos, ergueram prédios por cima e ele foi esquecido. Os habitantes sabem que há peixe aqui, mas eles não se lembram por quê.
— Faz sentido — disse a gigante. — Vamos? — Ela saltou na água novamente. Sua cabeça desapareceu sob a superfície. Ela veio à tona, cuspindo.
— Ok, aqui é mais fundo. É melhor tomar cuidado ao entrar.
— Ou você poderia prender a respiração e eu subiria em seus ombros.
— HA, HA, muito engraçado — ela disse. Então, agarrou o tornozelo de Karn e o puxou para dentro. Ele caiu, mergulhando na água. Ele subiu à superfície cuspindo e sorrindo. Era bom rir de novo. Rir com ela. Seguiu-se uma pequena briga na água. Mas só por um instante. Eles tinham trabalho a fazer.

Juntos, exploraram o Palácio Submerso.
— Olhe para isso — disse Thianna. Algumas das colunas não eram tão altas quanto as demais. As mais baixas estavam apoiadas sobre a cabeça quebrada de estátuas antigas. Algumas das cabeças estavam de invertidas ou de lado. Karn não sabia se aquilo era deliberadamente desrespeitoso, ou se os antigos gordianos estavam apenas usando o que funcionava melhor, ajustando as peças do jeito que desse.

— Aposto que os gordianos roubaram essas colunas por toda a Katérnia — disse ele. — É por isso que nenhuma delas combina.

— Eles com certeza gostavam de roubar coisas — disse Thianna, lembrando-se da estatuária na *spina*.

— Você ouviu alguma coisa? — perguntou Karn.

— Água, muita água.

O som ficou mais alto quando eles se aproximaram. Quando chegaram à sua fonte, soava como um rugido. Uma coluna de água derramava-se da escuridão lá no alto, caindo sobre uma plataforma de pedra, como um estrado para um trono.

— "No Palácio Submerso as águas imperam" — disseram juntos.

— As águas parecem se derramar sobre um trono — Karn observou —, por isso "imperam".

Eles perambularam por ali e se puseram a examinar a plataforma, mas ela era simples e sem adornos. Quaisquer que fossem as decorações que pudesse ter tido, a pedra tinha se tornado lisa após séculos de erosão.

— Tem que haver algo mais aqui — disse Thianna.

— "Rei e Dragão sua perdição tiveram" — Karn recitou. — Estamos procurando um rei e um dragão.

— Lá em cima — disse Thianna.

Duas colunas estavam alinhadas com a cachoeira. Elas formavam uma fila entre si. As duas eram baixas e os seus plintos apoiavam-se em cima de estátuas quebradas para compensar sua falta de altura. Uma coluna torcida repousava sobre o que obviamente pretendia ser uma representação pouco lisonjeira de um anão dáctilo. A outra estava em cima de um dragão, comprimido de maneira desajeitada em uma forma quadrada. Karn e Thianna estudaram cada qual uma coluna.

— Nada que eu possa ver — disse a gigante.

— Eu também — admitiu Karn. Ele olhou para cima, onde o corpo das colunas desaparecia na escuridão. — Nada que possamos ver — refletiu, pensando na escolha de palavras de Thianna. — Essas colunas são mais baixas do que as outras. Como sabemos que são altas o suficiente para chegarem ao teto?

A expressão de Thianna dizia que ela achava que Karn estava no caminho certo. Ela nadou para a coluna torcida apoiada sobre o anão. Era a mais distante da cachoeira. A curva espiralada poderia servir de apoio para as mãos e os pés de quem se aventurasse a escalá-la.

— Isso vai ser escorregadio — disse ela. Então, começou a subir. Quando chegou à borda de seu círculo de iluminação, ela perguntou: — Que tal uma luz aqui, garoto norrønur? Escalar no escuro não faz meu gênero.

Karn sorriu. Ser chamado de "garoto norrønur" costumava irritá-lo. Agora, era um lembrete do laço que os unia. Ele apoiou o escudo de madeira sobre o plinto, onde não flutuaria e a seguiu. Como Karn trouxe a luz com ele, Thianna retomou a escalada e logo chegou ao topo. A coluna terminava numa base plana. Karn estava certo. Acabava bem longe do teto. Ela se deslocou para permitir que Karn ficasse ao seu lado. Eles ficaram ali juntos na escuridão, mal conseguindo enxergar o plinto da coluna vizinha.

— Pelo menos, lá embaixo tem água — disse Thianna. Ela saltou e pousou com perfeição no topo da coluna do dragão. — Sua vez.

Karn preparou-se e pulou. Ele caiu em cima de Thianna, que o estabilizou e impediu que ambos caíssem. Com a pedra fosforescente de Karn, agora eles podiam ver a cachoeira com clareza. Ali, ela estava correndo por uma parede de rocha, cuja base ficava no mesmo nível dos plintos das duas colunas. Onde a rocha terminava, a água continuava em queda livre.

— Não há para onde ir — disse Karn.

— Não pode ser só coincidência que as colunas se alinhem com aquela parede — disse Thianna. Ela flexionou as panturrilhas, preparando as pernas para dar um salto.

— Você não pode estar falando sério! — exclamou Karn. — Thianna, você vai quicar fora dessa pedra. Não há nada em que se agarrar. A pedra está lisa como vidro por causa do degaste da água. E você não vai cair dentro d'água lá embaixo. Você vai quebrar as costas no estrado de pedra.

— Não se eu estiver certa — disse Thianna. E saltou.

Karn prendeu a respiração enquanto Thianna subia pelo espaço vazio. Então, ele ficou boquiaberto quando ela desapareceu na cachoeira.

— Thianna? — chamou.

Alguns segundos mais tarde, sua cabeça afastou a cortina de água. Ela estava radiante de prazer com sua inteligência.

— Há uma passagem na rocha — ela gritou. — Venha.

Eles estavam em outro túnel, esculpido numa longa laje de rocha suspensa do teto. Invisível na escuridão, sua entrada era escondida por uma cachoeira, e tudo isso enterrado numa cisterna perdida no tempo.

— Sem o enigma, ninguém encontraria este lugar — disse Karn. — Mesmo que encontrassem a cisterna. Você acha que o chifre está aqui?

— Tenho certeza — disse Thianna. — Além disso, estamos ficando sem versos.

— Quando cobra e galo separados vão, busque o Rei de Mármore então — citou Karn. Era isso. Tudo o que restava do enigma escrito pela Ordem do Carvalho em épocas passadas.
— Você primeiro — disse ele. Karn achou que o certo seria deixar que a amiga visse o chifre primeiro. A mãe dela havia fugido de sua terra natal para impedir que um dos chifres fosse usado por seus inimigos. Thianna arriscou tudo para fazer o mesmo. Eles caminharam pelo corredor juntos. O único som era o rugido, agora cada vez mais fraco, da água atrás deles.

O corredor terminava numa porta, na qual estava gravada a insígnia da cocatriz que tinham visto pela cidade. Thianna buscou a aprovação de Karn, depois pôs a mão na porta e empurrou-a, entreabrindo-a.

A luz brilhou lá dentro.

Eles viram uma câmara hexagonal. Todas as paredes, exceto a porta, eram revestidas por espelhos de prata polida. Os espelhos captavam a luz da pedra fosforescente de Karn e ampliavam sua intensidade. No meio da sala havia um altar erguido. Algo em forma de meia-lua tinha sido colocado no topo. O Corno de Osius?

Ou alguma outra coisa?

Thianna correu para a frente. Então, parou.

— Não está aqui! — exclamou Thianna. — Onde está o chifre? Não está aqui!

— Mas o que é isso? — perguntou Karn.

Algo muito estranho estava sobre o altar. A luz parecia brincar em toda a sua superfície, cintilando. Karn aproximou-se para olhar mais de perto.

Era uma escultura — ou não — de outra cocatriz. Só que no final de sua cauda, esta tinha uma espécie de cabeça de cobra. Tanto a cabeça do galo como a cabeça da serpente eram imobilizadas por uma espécie de braçadeira, o que as forçava a encarar uma à outra. Um espelho pequeno e redondo estava erguido num sulco ao lado delas.

— Venha ver isso — disse Karn.

— Eu não posso acreditar que não está aqui. Depois de tudo...

— Thianna, esta coisa não é uma estátua.

Isso chamou a atenção da garota. A gigante do gelo juntou-se a ele no altar.

Karn e Thianna viram o que estava causando o efeito de cintilação com a luz. A criatura estava viva. Ou quase viva. Seu corpo alternava entre pedra e carne num ciclo veloz e infindável de transformação. Enquanto eles observavam, ela se tornou quente e viva e, em seguida, fria e dura como pedra, vezes seguidas.

— O que está acontecendo? — perguntou Thianna. — O que há de errado com ela?

— É mágica — disse Karn.

— Bem, sim. É claro que é algo mágico.

— Não, quero dizer que a criatura é mágica. Seus olhos. Acho que o olhar da cabeça do galo transforma as criaturas em pedra. Mas o olhar da cabeça da serpente as transforma em carne. Ela tem sido forçada a olhar para si mesma. Está presa entre estar num estado e noutro.

— Isso é horrível! — exclamou Thianna. Ela viu como a criatura se contorcia quando era carne, tentando se libertar da braçadeira.

— É — concordou Karn. — Esteve presa assim por um milênio. É como eles a mantiveram preservada caso precisassem dela novamente.

— Eles?

— O Império de Górdio. Usaram a cocatriz como sua arma final e, então, esconderam-na aqui.

— A Ordem do Carvalho sabia de tudo.

— Eles souberam um dia. E compuseram o enigma caso esquecessem.

— E eles não fizeram nada a respeito — disse Thianna zangada. Eles simplesmente deixaram esta coisa-ave aqui embaixo, nesta horrível situação.

— Cocatriz — corrigiu-a Karn.

— Eu não preciso saber como é chamada para sentir pena dela — Thianna respondeu.

— Concordo. Se nos encontrarmos com a Ordem do Carvalho outra vez, vou ter uma conversa sobre o modo como eles tratam as coisas vivas...

— Vou ajudar com isso — disse Thianna. — Mas você disse que o Império de Górdio usou a cocatriz como arma. Arma contra quem? E o que eles fizeram com o chifre?

— Você não entendeu? — perguntou Karn. Não, Thianna não entendera. — Quando cobra e galo separados vão, busque o Rei de Mármore então. Obviamente, temos que separar esses dois.

— E então encontramos o chifre?

— Espere um instante — Karn pegou o espelho. — Agora, o truque é posicionar isso direito, de modo que o olhar de carne seja refletido nos olhos da criatura e o olhar de pedra seja bloqueado. O contrário iria transformá-la em pedra permanentemente.

— Você tem certeza de que sabe qual cabeça faz o quê? — perguntou Thianna.

— Não — Karn admitiu. — Mas dá para ver mais ou menos como a transformação começa — A carne parecia começar com a cabeça do galo, a pedra com a da serpente. Tudo acontecia tão rápido que era difícil ter certeza.

— Além disso — continuou Karn, — vamos precisar de algo para mantê-la vendada assim que a libertarmos. Caso contrário, poderíamos tornar-nos residentes permanentes do Palácio Submerso.

Thianna pensou um pouco na questão, depois tirou as botas. E também as meias.

— Podemos colocar isso nas cabeças dela — disse ela.

Karn olhou para o pano gasto, molhado, fedorento. Ele não invejaria ninguém que respirasse pela primeira vez em séculos através do único par de meias de uma gigante do gelo.

— Talvez seja mais gentil transformá-la em pedra — disse ele.

— Meus pés cheiram a flores — disse ela. — Além disso, acho que um pouco de gratidão não faria mal. Esta é a segunda vez que fico descalça para salvar a situação.

— Ok, eu agradeço — disse Karn. — Eu agradeço não ter que colocar isso na minha cabeça.

— É o que acontecerá se você continuar falando — rosnou Thianna.

Rindo, Karn posicionou o espelho de modo que o lado reflexivo ficasse de frente para a cabeça da serpente.

— Pronto? — ele disse.

— Estou pronta há muito tempo — ela respondeu.

Com rapidez, Karn deslizou o espelho entre as duas cabeças da criatura.

No mesmo instante, uma onda de carne fluiu em torno do corpo da criatura, distanciando-se do espelho e se movendo para a cabeça do galo.

— Agora! — disse Karn.

Thianna meteu as meias no animal.

Karn agarrou-o por cada pescoço, apertando as meias com firmeza. O animal estava meio lento no início, mas depois começou a lutar, batendo as asas furiosamente. Usando os cadarços das botas, Thianna amarrou os capuzes improvisados enquanto Karn segurava o animal.

Que raio de cheiro horrível é esse?, disse uma voz na mente de Thianna.

— Karn — disse ela. — Eu posso ouvir. Na minha cabeça. Pelo menos, posso ouvir o final da cauda dele. É um réptil.

Tire esse saco da minha cabeça, a criatura pensou para ela.

— Não posso fazer isso — disse Thianna. — Meu amigo e eu não gostamos da ideia de virarmos estátuas.

Isso quem faz é a outra extremidade. O meu olhar restaura a carne.

— Pode dizer à outra cabeça para fechar os olhos?

Não estamos nos falando neste exato momento. É culpa da cabeça de ave estarmos nessa situação.

— Bem, então receio que as meias continuarão aí. Pelo menos até que vocês dois resolvam suas diferenças.

Isso pode levar algum tempo. Apesar de que esse fedor é uma forte motivação.

— Ei, meus pés cheiram a flores!

Mortas, talvez. Plantadas em estrume.

— Não importa. Como encontramos o chifre?

Que chifre?

— Karn, essa coisa não sabe nada sobre o chifre. Pensei que ela iria nos levar a ele.

— Não, exatamente. Mas precisamos dela.

— Então, como...

— Não se preocupe — Karn a interrompeu. — Eu sei exatamente onde o chifre está, e sei onde o Rei e o Dragão também estão. E você também, se pensar no assunto.

Os olhos de Thianna se arregalaram lentamente, mas não com compreensão. Com alarme. Sua mão sentiu o dardo fino espetado em seu pescoço.

— Thianna! — Karn gritou, segurando a amiga. Os olhos da gigante do gelo reviraram e ela caiu pesadamente no chão.

— Quer dizer que você sabe exatamente onde está o chifre? — perguntou Tanthal, entrando na sala com Desstra atrás dele. — Que ótimo! Chegou a hora de executar o verso "Busque o Rei de Mármore então".

— O que você fez com ela?

Karn ajoelhou-se ao lado de Thianna. Agarrou os dois pescoços da cocatriz com uma só mão e segurou a mão da amiga com a outra. A gigante estava pálida e sua respiração entrecortada e acelerada. Tanthal estava de pé ao lado deles, a maça preparada para descer com força na cabeça de Karn se ele se levantasse ou fizesse qualquer movimento para puxar sua espada. Desstra estava atrás dele, com um dardo preparado para deixá-lo imóvel.

— Karn — Thianna ofegou —, eu não consigo sentir minhas pernas. Por que não posso sentir minhas pernas?

Ele soube instantaneamente o que tinha acontecido.

— Você usou sua toxina paralisante, não é? — ele gritou para Desstra em tom de acusação.

— Uma dose extraforte — confirmou Tanthal. — Não quisemos arriscar com uma brutamontes tão grande. Claro que, se tivermos usado demais, há perigo de o coração dela parar.

— Thianna! — Karn gritou.

A gigante do gelo não parecia assustada. Em vez disso, seus olhos ardiam de raiva.

— Vou arrancar esse sorrisinho da sua cara com um soco, elfo — ela disse. — Junto com a maior parte dos seus dentes.

Tanthal inclinou-se, balançando o queixo perto dela, de modo tentador.

— Prepare o seu melhor soco — ele zombou.

Thianna lutou para levantar o punho, mas seu braço estava duro e o melhor que conseguiu foi um espasmo frouxo.

— Xiii, acho que não — ironizou o elfo negro. — Agora — ele falou para Desstra —, você cuida do norronur enquanto eu cuido do prêmio.

Karn começou a se levantar e sentiu Desstra agitar-se atrás dele, pronta para derrubá-lo. Ela realmente faria isso? Ele não tinha dúvidas de que faria.

— Ah, sim, a cocatriz — disse Tanthal, tirando o animal de Karn. — É muito rara. Com duas cabeças, mais ainda. Não é de admirar que o império quisesse preservá-la.

— Eles escolheram uma maneira muito terrível de fazer isso — disse Desstra.

— Ah, lá vem você de novo — zombou Tanthal. — Compaixão pelas criaturas inferiores. Toda vez que acho que ainda há esperança para você, sua fraqueza aparece. Mas pôr a nocaute essa gigante mestiça conta muito.

— Compaixão não é uma fraqueza — disse Karn. — Nem a amizade.

— Você é um chato, sabia? — disse Tanthal, dirigindo-se para a saída. — Vamos, Desstra. Vamos deixar esses dois amigos juntos. Karn pode ver como a amizade o torna forte enquanto assiste Thianna morrer.

CAPÍTULO VINTE

Nas sombras da dúvida

Tanthal assobiava. Estava tão próximo de sua vitória que mal conseguia se conter.

Por serem criaturas do subterrâneo, os elfos negros não precisavam de muita luz para enxergar no Palácio Submerso. Eles se orientaram facilmente, de coluna em coluna — Tanthal praticamente pulando — e, então, desceram com agilidade pelo caminho espiralado. O escudo de madeira de Karn ainda descansava na base. Isso certamente havia tornado a perseguição ao humano mais fácil. Deslizando pela água, eles prosseguiram pelo túnel que levava ao Hipódromo. Subindo para o cais, Tanthal virou-se para Desstra.

— Encontre-me aqui quando tiver terminado — ordenou ele.

— Do que você está falando? — ela se admirou. Presumira que eles já tinham terminado e iriam recuperar o chifre juntos.

— Karn terá de ser descartado em algum momento — Tanthal disse. — Você vai esperar por ele. Então, fará o que precisa ser feito.

As orelhas de Desstra foram baixando em pavor crescente.

— Já temos o que viemos buscar — protestou ela. — Podemos ir embora. — Tanthal meneou a cabeça e estalou a língua em sinal de desaprovação.

— *Eu* tenho o que *eu* vim buscar — ele a corrigiu. — Ou terei em breve quando colocar isso em uso. — Ele deu tapinhas na mochila em seu ombro, onde havia enfiado a cocatriz. Desstra esperava que ela não tivesse se afogado em seu curto mergulho. — Você está aqui por uma razão diferente. Veio aqui para completar o seu treinamento. Algo que, como você bem se lembra, requer minha aprovação. Minha carta branca. Você se saiu bem, eu admito, mas preciso de uma prova de que subjugou a fraqueza em seu coração. Lembre-se: forte como a rocha do nosso lar, Desstra. Seja forte e elimine o garoto norrønur para mim. Aí, considere-se graduada.

Presunçoso como sempre, Tanthal não aguardou por uma resposta. Ele sabia que ela só tinha uma coisa a fazer. Começou a assobiar enquanto a deixava ali, sozinha no frio e no escuro.

— Você precisa ir atrás deles.

Thianna agarrou com força a mão de Karn. Ela não parecia conseguir mover nada abaixo do pescoço agora. Ele não tinha certeza se ela estava de fato apertando sua mão, ou se a dela estava apenas ficando rígida. Ele a apertou de volta, esperando que ela pudesse captar a sensação.

— Eu não vou deixar você — assegurou ele.

— Você tem que fazer isso — ela insistiu.

— Thianna, toda essa jornada que fiz foi por você. Você é a razão... Eu não posso...

— Karn, ouça. Eu sei que você se importa comigo.

— Sim, eu me importo.

— Se você realmente se importa comigo, então tem que se preocupar com o que é importante para mim. Esqueça essa ideia de me salvar. Termine o que eu vim fazer aqui. Eu não gosto de valentões. Quero que eles sejam detidos. Eu quero aquele chifre destruído.

— Eu não posso...

— Sim, você pode. Você pode fazer o que quiser. Você me encontrou, não é? — Ela sorriu de forma encorajadora para ele. — Seja lá o que tenha feito para chegar até aqui, continue fazendo até o fim da jornada. Agora, vá.

Karn olhou para a amiga. Poderia realmente deixá-la? Seus olhos lhe diziam que ela jamais o perdoaria se não o fizesse. Mas não podia abandoná-la sozinha no escuro. Se esses eram seus últimos momentos de vida, como poderia deixá-la aqui no fim das contas?

— Adeus — ele disse.

— Fique na paz — ela respondeu.

Karn atravessou com determinação a cachoeira. Raiva e tristeza o impeliam quando pulou pelas colunas. Ele foi imprudente enquanto corria pela passagem.

Recuperou seu escudo, colocando-o nas costas, e mergulhou na água. Nadou com vigor até o cais de pedra. Subiu nele e entrou no túnel. Estava pronto para descarregar sua ira sobre o mundo, e ai de quem se colocasse em seu caminho!

Karn sentiu um dardo roçar os cabelos em seu pescoço. Ele congelou. Atrás dele, Desstra estava imóvel de tal forma que beirava a perfeição. A ponta do dardo estava tão próxima de sua pele que seria difícil deslizar até mesmo uma carta de baralho entre elas. Karn esperou pelo momento do dardo atravessar a sua pele. E se perguntou por que esse momento não chegou.

Graduação, Desstra estava pensando, considerando o que a palavra significava para ela. Sua vida inteira a havia conduzido para aquele momento. Eles tinham vencido, e ela se formaria. Ela e Tanthal voltariam juntos para Sombras Profundas. Ele seria o herói triunfante, e ela se tornaria membro incontestável do Ardil. Ambos ficariam famosos. Era impossível prever que patamar os dois poderiam alcançar depois disso. Não importava que ela o desprezasse. Tudo o que lhe custaria era a vida de um menino humano. Um menino tão ingênuo que chegara a confiar nela. Confiar que ela fosse alguém decente, que compreendia o que era amizade, que morreria pelos seus amigos e não os esfaquearia pelas costas.

— Vá em frente — disse Karn, tomado de amargura. — É tudo o que você quer.

— Karn. — Ela não deveria dizer o seu nome. Nomes eram algo que somente amigos usavam entre si. Ela não tinha esse direito. — Não é assim que...

— Acabe logo com isso. O que está esperando? Termine o serviço e vá ser uma elfinha feliz junto com todos os seus amigos desagradáveis.

— Eles não são meus amigos — ela observou. — Amizades o tornam fraco.

— Você acha que eu sou fraco, Desstra? — questionou Karn. — Você acha que Thianna é fraca?

Ela não achava. Tinha ouvido as lendas e tinha visto os dois em ação. Eles haviam lutado contra mortos-vivos, lutado contra um dragão, lutado contra trolls, lutado contra o tatzelwurm, superado os elfos negros durante o voo, encontrado o Palácio Submerso...

— Não acho nem um pouco que você seja fraco — disse ela. Era verdade. — Não enquanto estiverem juntos.

Karn sentiu o dardo afastar-se do seu pescoço. Ele não ousou se mover.

— Ainda posso salvá-la — disse ela.

Karn virou-se devagar.

— Por que você faria isso?

— Você tem que deter Tanthal. Não acho que eu possa confrontá-lo. Mas vou salvar Thianna. Eu prometo.

— Por quê? — Karn afastou-se de Desstra, mas não desembainhou sua espada. Desstra deu-lhe as costas, escondendo o rosto.

— Porque vocês dois não merecem acabar assim — disse ela.

— Eu não entendo.

— Eu não preciso de você. — Desstra virou-se e empurrou-o para a frente. — Vá.

— Ainda está respirando. Ainda bem. — A elfa ajoelhou-se junto à gigante do gelo, vasculhando sua mochila. — Não posso acreditar nisso. Deveríamos ter usado uma dose maior.

— Voltou... para me dar... mais veneno? — arquejou Thianna.

— Veneno não — disse Desstra, segurando um frasco. — Antídoto.

Ela entornou o líquido do vidrinho na boca de Thianna, massageando a garganta da gigante do gelo para ajudá-la a engolir. Depois de um instante, a respiração de Thianna tornou-se mais regular. Lembrando-se de que era a única que podia enxergar na escuridão, Desstra ativou uma pedra fosforescente para que Thianna pudesse ver ao redor.

— Por quê? — perguntou Thianna.

— Funciona rápido — assegurou Desstra. — Você estará de pé em...

A enorme mão de Thianna ergueu-se e agarrou Desstra pelo fino pescoço. A gigante do gelo levantou-se com dificuldade, içando a pequena elfa do chão. Os olhos de Thianna se estreitaram quando seus dedos se apertaram. Desstra balançou no ar, lutando para respirar.

— Thianna, pare! — Desstra tossiu as palavras, debatendo-se para interromper o aperto de Thianna. — Nós... temos que ajudar... Karn.

Por um instante, não parecia que Thianna iria lhe dar ouvidos. Então, ela baixou Desstra até que tocasse o chão com os pés e relaxou a pressão em sua mão.

— Karn?

— Ele foi atrás de Tanthal.

A raiva de Thianna deu lugar à apreensão.

— Não pense que isso limpa a sua barra — advertiu ela.

— Eu não fiz isso para ter o seu perdão — respondeu a elfa.

— Por que fez isso, então? — quis saber Thianna.

— Por Karn. Pela sua amizade.

— Você e eu jamais seremos amigas — Thianna bradou.

— Não é isso que estou dizendo. Quero dizer, pela amizade *de vocês*. — Desstra desviou os olhos, fitando as sombras profundas do túnel, por onde Karn e Tanthal haviam partido. — Eu pensei que ser um membro da Ardil era o melhor que a vida poderia oferecer. Mas Karn percorreu toda essa jornada até aqui, milhares de quilômetros, por você. Vocês dois arriscaram a vida várias vezes um pelo outro. Uma coisa assim... supera qualquer sonho que eu possa ter. Se é a minha jornada contra a jornada de vocês, vocês dois merecem vencer, e eu mereço perder.

— Ainda não vencemos — observou Thianna.

— Não — confirmou Desstra. — Nós vencemos. — Ela olhou suplicante nos olhos de Thianna. — Você não precisa gostar de mim, mas poderia aceitar a minha ajuda para deter Tanthal. Eu devo isso a você.

— Tudo bem — concordou Thianna. — Mas serei eu quem vai arrancar o sorrisinho do rosto daquele elfo presunçoso.

Karn esperava encontrar pelo menos alguns soldados gordashianos ao retornar, mas estava sozinho no Palácio Submerso. Se os elfos negros os haviam eliminado, onde estavam os corpos? Era um mistério, mas estava feliz por isso. Ele logo chegou ao fim do túnel e ficou sob o trecho de luz do buraco que Thianna tinha aberto. Era uma longa subida até o teto. Ele não vislumbrou quaisquer pontos de apoio oportunos. Havia um laço de corda pendendo da borda do buraco. Obviamente, Tanthal tinha usado a corda para subir e, em seguida, puxou-a atrás dele. Ter deixado Desstra aqui para se defender sozinha dizia muito sobre o elfo negro. Karn duvidava que Tanthal estivesse testando a inventividade da "amiga".

Mas como Karn alcançaria a saída? Se ao menos houvesse um jeito de pegar aquele pedaço de corda dependurado. Ele pensou a respeito. Talvez houvesse.

Karn puxou a Clarão Cintilante da bainha. Segurou o punho da lâmina para cima e preparou o lançamento. Então, atirou-a o mais alto que pôde. Ela atingiu o teto, mas não acertou a corda. Ele pegou a espada no ar enquanto ela caía. Tentou acalmar-se e concentrar-se, não lançar de qualquer jeito.

Ele mirou de novo o lançamento, e atirou a espada no ar bem alto. Desta vez, o punho passou pelo laço e a Clarão Cintilante prendeu-se à corda. Ficou pendurada nela precariamente.

— Clarão Cintilante! — Karn a convocou.

A espada deu um tranco para baixo. Pressionou por um momento e pouco depois lá estava a Clarão Cintilante voando para a mão de seu dono, arrastando uma extremidade da corda com ela.

Karn guardou a espada e testou a corda. Por sorte, ainda estava firme lá no topo. Então começou a escalá-la.

CAPÍTULO VINTE E UM
O Rei de Mármore

Karn não sabia o que esperar quando subiu para as areias do Hipódromo. Não havia guardas da cidade aguardando por ele. A grande maioria dos espectadores havia deixado a arena. O vasto espaço estava vazio. Mas, de trás do alto muro das arquibancadas, Karn ouviu um fragor tal como as ondas trovejantes do oceano.

Um dáctilo estava no chão. Ele se moveu, gemendo, e Karn o ajudou a se levantar.

— O que aconteceu? — Karn perguntou.

— O elfo mais pálido que já vi — respondeu o anão — me nocauteou e pegou... — Sua voz assumiu um tom de temor. — Meu chifre!

Foi quando Karn notou que a estátua havia desaparecido.

— Você é ele! Você é o Rei de Mármore!

— Sou rei — disse o dáctilo —, mas não sei nada sobre mármore. Seu discurso é estranho, filho. O que você está fazendo na minha cidade e por que estamos no Hipódromo?

— Sua cidade? — Karn sentiu uma pontada de compaixão. O anão não sabia o que tinha acontecido com ele. Não sabia que Gordasha deixara de ser a "sua cidade" havia mais de mil anos.

— Você é estrangeiro? Quem é você para não saber da existência de Acmon, o Bigorna: ex-soldado imperial até que acabei com o jugo do Império e libertei Ambrácia de suas correntes?

— Acho melhor você se sentar — sugeriu Karn. — Muita coisa mudou desde a sua época.

— Minha época? Do que você está falando?

— Para começar, a cidade não se chama mais Ambrácia. Chama-se Gordasha. E o império contra o qual você lutou desapareceu há muito tempo.

Acmon, o Bigorna, encarou Karn.

— Garoto, acho que talvez você tenha pegado uma insolação. Parece um pouco pálido para este clima.

— Estou bem — garantiu Karn. — Mas você tem sido uma pedra de mármore por quase mil e quatrocentos anos. Assim como ela.

Karn apontou para a outra estátua disposta na *spina*.

— Meu dragão! — gritou Acmon, os olhos arregalados com o choque. — O que eles fizeram com o meu dragão? — Ele agarrou a camisa de Karn. — Quem fez isto? Conte-me. Eu vou trucidá-los!

— Quer, por favor, ouvir o que estou dizendo? — perguntou Karn. — Seus inimigos já se foram há muito tempo. Mas seu chifre foi roubado por um novo vilão, aquele elfo pálido que o atacou. O nome dele é Tanthal, ele está com o chifre e também com a criatura que transformou você e o dragão em pedra. E eu vou trazer os dois de volta.

Karn deixou Acmon e correu para os estábulos.

— Aonde você vai? — perguntou o Rei de Mármore, indo atrás de Karn.

— Tanthal tem uma vantagem. Mas eu sei como consertar isso.

As ruas da cidade estavam um pandemônio só. Desstra e Thianna lutavam para caminhar por entre a multidão. As pessoas fugiam para o sul, para longe da muralha terrestre e do paredão marítimo do norte. A elfa e a gigante mestiça se deslocavam na contramão do fluxo de gente.

— O que está acontecendo? — Thianna gritou acima do barulho.

— Os uskianos derrubaram as muralhas — um homem gritou de volta, continuando a correr. — Eles quebraram um portão e estão entrando na cidade.

Karn tinha razão sobre a capacidade do enorme canhão, refletiu Thianna. Shambok estava a caminho de ser espetacular. Por mais ruins que as coisas estivessem desde que ela chegara àquela estranha metrópole, elas tinham piorado ainda mais. Mas nada parecia tão ruim quanto a ideia de elfos negros controlando dragões.

— Isso está demorando demais — resmungou ela. — Precisamos avançar mais rápido.

— De que jeito? — perguntou Desstra. — A menos que você saiba de alguma maneira mágica de limpar as ruas.

— Estou surpresa com você, elfa — disse Thianna. — Pensando como uma habitante da cidade. — Ela apontou para cima. — Os telhados estão liberados. Correr por eles não deve ser um problema para duas filhas das montanhas, não é mesmo?

— Tecnicamente, eu moro embaixo de uma montanha — corrigiu Desstra. — Mas posso escalar tão bem como qualquer outra pessoa.

— Quer ter a honra? — disse Thianna, uma pontinha de desafio em sua voz.

— Pode crer! — respondeu a elfa.

Karn conduzia a biga pelas ruas apressado. A manticora estava desfrutando sua relativa liberdade. Depois de ter ficado enclausurada num estábulo por anos, correndo apenas quando era levada para a pista de corrida, trotar assim pela cidade era empolgante.

Havia uma vantagem em ter sua biga puxada por uma besta devoradora de homens, pensou Karn. As pessoas tendem a sair do seu caminho bem rápido.

Infelizmente, Tanthal estava se mostrando muito fácil de seguir. Ele fora deixando um rastro de pessoas transformadas em pedra em seu caminho. Eram como perturbadoras migalhas de pão sinalizando a passagem do elfo negro.

Ao lado de Karn na biga, Acmon havia ficado deprimido e calado quando Karn o deixara por dentro dos eventos. Agora, ele resolvera falar.

— Então quem governa a minha cidade? — perguntou.

— Um imperador — respondeu Karn.

— E é a supremacia, não o império?

— Correto.
— E eles estão lutando contra quem?
— Contra o Império de Uskir.
— Império? Os uskirianos são apenas um bando de nômades rudes do norte. Ninguém lhes dá muita atenção.
— Não é mais assim.
— Eu mal sei de que lado estou.
— Conheci os dois governantes — observou Karn. — Não fiquei impressionado com nenhum deles, pra falar a verdade.
— Eu só quero que minha cidade seja livre — afirmou Acmon. — Eu pude provar da escravidão lutando no exército do império.
O dáctilo parecia sincero. Mas Karn tinha suas dúvidas sobre o lendário rei.
— Se você preza tanto a liberdade, por que escravizou um dragão?
— O quê? — surpreendeu-se Acmon. — Escravizar? Não, você não entendeu direito.
Karn estava prestes a perguntar a Acmon o que ele queria dizer, mas uma aclamação elevou-se do povo nas ruas.
— É o Rei de Mármore! — gritavam. Karn viu que a multidão entusiasmada era formada, em sua maior parte, por anões.
— Rei de Mármore! Rei de Mármore! — eles entoavam.
Acmon animou-se com isso.
— Sigam-me, meus dáctilos! — ele gritou.
Logo, eles dispunham de um pequeno exército correndo em seu rastro.
— Não quero parecer ingrato pelo apoio — disse Karn —, mas metade de seus seguidores recém-descobertos está armada com nada mais do que varas de pescar.

— Uma boa arma nas mãos certas. — Acmon sorriu. — Agora temos soldados.

— Apenas certifique-se de que todos permaneçam atrás de nós — pediu Karn. — Se eles cruzarem na frente da biga, não tenho certeza se posso evitar que a mantícora faça uma boquinha.

— Rápido como o lobo gigante! — Tanthal entoou para si mesmo enquanto corria pelas ruas. Ele segurava o chifre numa mão e a cocatriz na outra. Isso o deixava impossibilitado de segurar sua maça, mas não importava. Ele possuía uma arma mais poderosa agora. Quando levasse a criatura e o chifre para Sombras Profundas, ele seria o mais reverenciado membro da Ardil da história de sua cidade. Na verdade, pensou ele, com a cocatriz em seu poder, ele poderia governar a cidade, se quisesse. Por que se curvar às ordens de outros quando poderia ser ele a dar as ordens? Não haveria como detê-lo.

Ele estava se dirigindo para a entrada subterrânea do Rio Lux. Seu plano era sair de Gordasha da mesma maneira que havia entrado. Ele não esperaria por Desstra. Não valia o risco agora que tinha o que queria. Se sua subordinada não era capaz de se virar e escapar por conta própria, então ela de fato não merecia se salvar. Tanthal esperava que ela conseguisse. Era fraca e irritante, sim, era verdade, mas dotada de habilidades que ele poderia explorar. Talvez matar aquele garoto norronur tivesse endurecido seu coração. Se pudesse ser transformada numa elfa durona, ela daria uma boa tenente na nova ordem que ele implantaria na Ardil. Ou, se não concordasse com o novo comando, ela poderia dar uma bela estátua para a sua sala do trono. Seria uma deliciosa ironia endurecer seu coração junto com o restante dela.

Tanthal estava tão envolvido em seus devaneios de glória e conquista que quase não notou a figura que bloqueava a passagem para a entrada.

— Você! — ele rosnou. — O que está fazendo aqui?

A figura encapuzada com a qual havia lutado nos telhados de Castelurze estava entre ele e a entrada para o rio subterrâneo.

— Você não está um pouco longe de casa? — Tanthal perguntou.

— Na verdade, estou bem perto — respondeu o estranho. — Você é que está longe de casa. E nunca vai retornar para lá. Não com o chifre.

Tanthal riu da arrogância do encapuzado. Ele procurou a cocatriz em sua bolsa, preparado para pegá-la e descobrir sua cabeça.

O cajado da figura encapuzada disparou uma chama flamejante. Tanthal guinchou e esquivou-se para o lado, perdendo o controle sobre a cocatriz. Sua armadura de pele de salamandra conteve o ataque, mas ele sentiu seu cabelo chamuscar.

Franzindo o cenho, puxou a maça e saltou para a frente. O cajado não era uma arma de curto alcance. Sua melhor chance estava em atacar.

Das pregas do manto, o estranho desembainhou uma espada. O duelo teve início.

Tanthal e a misteriosa figura duelaram de forma feroz. Quem quer que estivesse por baixo daquela capa, era um lutador treinado. A espada chocava-se com a maça, enquanto o estranho empunhava o cajado como se fosse um escudo. Seja lá o que estivesse envolvido naquelas camadas de couro, era metal, não uma bengala de madeira.

Tanthal sabia que só precisava chegar à entrada, mas não podia colocar muita distância entre ele e seu oponente ou ficaria em chamas. Sua armadura podia resistir ao calor, mas ele tinha visto as chamas saindo daquele cajado. Não conseguiria suportar um golpe direto.

O estranho também sabia disso e o afastava da entrada do rio. Ele estava perdendo terreno. Era hora de pensar num plano B. Foi aí que o duelo, de fato, ficou interessante.

Guerreiros uskirianos, montados em seus feiosos javalis de guerra, tomaram de assalto as ruas da cidade. Uma tropa da milícia gordashiana vinha da direção oposta.

As duas forças entraram em confronto, com Tanthal e o estranho no meio.

— Esta guerra não é minha — ele gritou frustrado quando um uskiriano atirou uma lança contra ele. — Eu não me importo com nenhum de vocês.

Mas aí ele já estava ocupado demais para conversar, lutando por sua vida.

Os telhados estavam ficando apinhados. Thianna viu as forças uskirianas espalharem-se pelas ruas lá embaixo. Mas os cidadãos gordashianos estavam proporcionando-lhes uma verdadeira batalha. Eles haviam escalado suas residências e removido as telhas de barro vermelho. Atiravam-nas nos uskirianos, e vários invasores eram derrubados atordoados das selas de seus javalis de guerra.

Thianna não pôde evitar. Ela arrancou uma das telhas e a atirou num soldado. Atingiu-o bem na testa e ele tombou no chão.

— Ei! — disse a gigante em resposta à sobrancelha erguida de Desstra. — Eu nunca gostei de valentões.

— Sabe de uma coisa? — disse a pequena elfa. — Eu também não. — Ela também apanhou uma telha e atirou-a num uskiriano. Seu lançamento produziu uma pancada surda e sólida.

— Belo arremesso! — elogiou Thianna. Então, ela viu algo ainda mais impressionante.

— Karn! — exclamou ela.

Karn assimilou a batalha num relancear de olhos enquanto sua biga adentrava o combate, com o exército dáctilo de Acmon na retaguarda. Os soldados uskirianos entraram em confronto com as forças gordashianas. Tanthal estava lutando por sua vida contra vários invasores. E, próximo a ele, o estranho encapuzado de Castelurze — o feiticeiro, se é que era feiticeiro — estava mantendo os oponentes afastados com as chamas de seu cajado. Tudo estava um caos.

— Javali — alertou Acmon, apontando.

Um uskiriano armado com uma lança e montado numa das grandes bestas avançou sobre eles. Karn largou as rédeas e sacou o escudo. A dura madeira norrønur deu conta da ponta de lança, mas o golpe o derrubou para fora da biga. Ele aterrissou na areia, o baque expulsando o ar de seus pulmões.

Ele sentiu uma mão sob seu braço, ajudando-o a ficar de pé.

— Ynarr?

O norrønur loiro assentiu com a cabeça.

— Você não deveria estar defendendo o imperador com o restante dos Juramentados? — Karn perguntou.

— O imperador fugiu da cidade — respondeu Ynarr. — Ele embarcou em seu navio e partiu da sua doca particular no momento em que ficou sabendo que a muralha terrestre tinha sido violada.

— Você realmente sabe escolhê-los, não é? — disse Karn.

— É, eu não dou sorte com patrões — o homem concordou. — Talvez não seja um bom juiz de caráter. — Ynarr viu que o uskiriano que havia derrubado Karn estava vindo com seu javali de guerra para outra investida. Ynarr puxou o machado. — Mas talvez haja honra em lutar ao seu lado agora, Karn Korlundsson.

Mesmo a pé contra oponentes montados, Tanthal estava segurando a barra. Ele era rápido e pequeno comparado aos porcos gigantes. Ele se esquivava do alcance das lanças, embora sua maça fosse de pouca utilidade contra a pele dura dos javalis.

— Isso é o melhor que vocês podem fazer? — ele provocou. — Não há ninguém aqui que saiba lutar de verdade?

— Eu! — uma voz ressoou atrás dele.

Tanthal virou-se a tempo de ver o punho da gigante do gelo colidir com a sua mandíbula. Ele sentiu um dente seu rachar. Então, sacudiu a cabeça para afastar o zumbido nas orelhas enquanto estava caído na lama da margem do rio.

— Você? — disse, incrédulo.

— Eu falei que ia arrancar esse sorrisinho do seu rosto — Thianna respondeu. Ela se inclinou e apanhou o chifre de onde ele havia caído ao lado dele.

Tanthal arrastou-se para trás, levantando-se e erguendo a maça.

— Você acha que consegue me derrotar numa luta limpa? — ele perguntou.

— Consigo, sim — disse a gigante com a espada em punho preparada para o ataque dele.

— Então é uma pena, porque eu não luto limpo — respondeu Tanthal.

Atrás dele, caindo do céu, uma dúzia de elfos negros saltou das selas de suas montarias aladas, pousando num meio círculo ao redor de Tanthal. Havia um morcego extra, sem cavaleiro, entre o bando.

— Mandei minha montaria buscar reforços antes mesmo de entrar na cidade — explicou Tanthal. — A Ardil tem agentes em todos os lugares. Você nunca vai vencer essa luta, entendeu? — Ele ordenou por cima de seu ombro aos elfos negros: — Matem essa garota gigante! Matem todos!

CAPÍTULO VINTE E DOIS
A queda de Gordasha

— Você já jogou Knattleikr? — Thianna perguntou ao elfo negro.

— O quê? Você quer dizer aquele seu jogo idiota de gigantes do gelo? — zombou Tanthal.

— Não achei que tivesse — disse Thianna. Ela atirou o Chifre de Osius, lançando-o sobre a cabeça dos elfos negros. Tanthal girou a cabeça para seguir sua trajetória. As cabeças de todos eles viraram.

A gigante do gelo foi com tudo pra cima deles.

Ela arremeteu com rapidez contra eles como se fosse um javali de guerra uskiriano. Como um touro. Como a menor entre os gigantes tornando-se, de repente, a maior pessoa no campo de jogo. Os elfos foram sendo derrubados com a mesma facilidade que pinos de boliche.

Ela os tirou do caminho, deixando os svartalfar abatidos em seu rastro. Então, um uskiriano montado apontou sua lança para ela. Thianna agarrou a haste e puxou-a, derrubando o guerreiro de seu javali. Ela derrubou uskirianos pela direita e pela esquerda até que quebrou a haste na presa de outro javali. Apanhou o Chifre de Osius do chão onde tinha caído. Então era hora de desembainhar a espada.

— Lá está sua parceira! — indicou Ynarr, em outro ponto no campo de batalha.

— Onde? — perguntou Karn; em seu rosto, uma mistura de empolgação e alívio.

— Bem no centro da ação — respondeu o homem.

Karn olhou e viu Thianna se sobressaindo em meio a elfos negros, a milícia da cidade, dáctilos empunhando varas de pescar e uskirianos desmontados. Ela parecia estar se divertindo à beça.

— Por que não estou surpreso? — ele observou.

Lutando, Karn abriu caminho em direção à sua extraordinária melhor amiga.

— Garoto norrønur! — ela exclamou quando o viu, resplandecendo de empolgação. — Estou com o chifre! O que é uma coisa boa. Mas não acho que esta cidade esteja tendo o melhor dos seus dias.

Karn olhou em volta para o caos instalado. Ele sabia que a cena ali repetia-se em outras áreas de Gordasha.

— Eu sei que esta luta não é nossa... — disse a gigante do gelo.

— Mas podemos fazer alguma coisa, é o que quer dizer? — perguntou Karn.

Thianna assentiu com a cabeça.

— Não sei bem o quê — ela confessou. — Mas muita gente vai morrer aqui hoje. Tudo parece tão sem sentido.

Karn notou uma pequena sacola, estremecendo de forma misteriosa na margem do rio. Demorou um minuto para perceber que ele estava olhando para a cocatriz. Estava se debatendo para sair de dentro da bolsa de um elfo negro.

— Acho que sei como acabar com isso — disse ele. — Pelo menos, acho que sim. É um pouco arriscado, mas...

— Diga-me o que temos que fazer — pediu Thianna.

— Primeiro, precisamos daquilo — disse ele, apontando para a bolsa contendo a cocatriz. — Depois, precisamos voltar para o Hipódromo.

Tanthal havia perdido o chifre e a cocatriz. Estava atolado numa batalha que não tinha nada a ver com ele. Quem se importava com quem venceria, fossem os uskirianos ou gordashianos? Ambas as potências sucumbiriam ao fogo do dragão, se ele conseguisse levar o Chifre de Osius para as cavernas das Sombras Profundas. Seu pequeno esquadrão de elfos negros enfrentava qualquer um que se aproximasse deles enquanto se esforçavam para chegar ao menino e à gigante. Então, ele notou mais um membro em seu grupo. Seu rosto contraiu-se com a suspeita.

— Karn não está morto. Thianna não está morta. Então, por que *você* ainda está respirando?

— Eu deveria dizer que não é o que parece — disse Desstra, sacando dois dardos de sua bolsa de perna —, mas receio que seja.

— Eu não entendo — disse Tanthal. — Você jogaria fora o seu lugar na maior sociedade do mundo por dois inimigos que sequer são da sua raça?

— Você apunhalaria qualquer um de nós pelas costas se isso servisse aos seus propósitos — acusou Desstra.

— Pelo bem das Sombras Profundas.

— Pelo seu próprio bem.

— Dá no mesmo — disparou Tanthal. — Quando nós nos fortalecemos, fortalecemos todos os svartalfar.

— Esse é um tipo solitário de força. Há tipos melhores.

— Então mostre-me quanto você é forte. — Tanthal girou a maça, atacando-a.

Desstra estava preparada, mas, ainda assim, o golpe não a acertou por uma questão de centímetros.

— Pária! — Tanthal berrou, e balançou de novo a arma, fazendo Desstra recuar. — Fraca! Aberração! Traidora!

Tanthal desferiu uma saraivada de golpes. Desstra saltou e esquivou-se de formas como nunca antes havia se deslocado. A fúria de seu ex-oficial superior e colega de classe alimentava a sua raiva. Ela lançou um dardo nele, mas Tanthal o rebateu para o lado. Ela atirou os sacos de ovo que ainda restavam, mas ele se abaixou e a chutou com força no estômago. Apesar de toda a disposição para explorar seus companheiros de equipe, ele sabia lutar quando era preciso. Ele a pressionou bastante, esgotando-a.

Ela estava ficando sem munição, sem fôlego e sem tempo.

— Tem certeza de que quer fazer isso?

Karn e Thianna haviam retornado ao Hipódromo, depois de terem lutado muito para abrir caminho pelas ruas. Ynarr dera cobertura à sua retirada, bem como vários integrantes do exército dáctilo improvisado de Acmon, embora os anões não soubessem ao certo a quem estavam ajudando ou por quê.

— Mais ou menos — respondeu Karn.

— Ok — disse Thianna. — Claro, por que não? Qual é a pior coisa que poderia acontecer?

— Sermos assados vivos daqui a cinco segundos por um monstro zangado — respondeu Karn.

— Tem razão. Está bem, é tudo ou nada, vamos lá!

Ela levantou a cocatriz e puxou a meia da cabeça da serpente.

Oh, finalmente, disse a voz da serpente em sua mente. Ar fresco. Sabe, não é realmente necessário colocar uma meia sobre as duas cabeças. Só na do galo. Eu não transformo ninguém em pedra.

— Sério? Bem, eu não queria dar tratamento preferencial a ninguém. Vocês dois resolveram suas diferenças?

Estamos chegando lá. Vão nos deixar ir embora se fizermos isso?

— Temos algumas pessoas para libertar se sobrevivermos a isto, mas, depois, vamos sim. Só que agora temos um trabalho a fazer aqui. — Ela segurou a cabeça de serpente no alto, diante da colossal estátua. — Faça sua mágica.

Os olhos da serpente contemplaram a estátua do dragão na *spina*. O mármore pareceu se aquecer e amolecer. Uma bela cor dourado-avermelhada brotou das escamas de couro da magnífica criatura. O dragão desdobrou suas colossais asas e sacudiu o pescoço, flexionando músculos que não eram usados havia mais de mil anos.

Karn percebeu a expressão de confusão nos enormes olhos. O dragão olhou para a esquerda e para a direita, compreendendo que estava no Hipódromo e se perguntando como havia chegado lá. Assim como o Rei de Mármore, o dragão não havia percebido que tinha sido transformado em pedra. Ele rugiu e eles cobriram os ouvidos para se protegerem do poderoso som. Então, a atenção do dragão recaiu sobre Karn e Thianna.

— Onde está Acmon? — A voz era estrondosa, zangada e, como Karn havia suposto, claramente feminina.

— Acmon está lutando pela cidade — disse Karn. — Mas ele e seu grupo estão em menor número e pessoas vão morrer. Muitas pessoas. Precisamos da sua ajuda.

— Por que eu deveria ajudá-lo? Por que... — A fêmea de dragão se inclinou, seu enorme focinho tão próximo que eles podiam sentir o bafo quente e fedorento. — Por que eu não devoraria vocês dois agora mesmo, quando estão carregando o chifre de Acmon?

— Porque não estamos usando o chifre — esclareceu Thianna. — Estamos pedindo, não ordenando.

— E porque o seu irmão nos enviou — acrescentou Karn.

— Como assim, "seu irmão"?! — exclamou Thianna, virando-se para Karn com uma expressão de assombro. — Quer dizer que ela é... irmã de Orm?

Desstra estava ficando esgotada. Era cada vez mais difícil desviar-se dos golpes de Tanthal. Ao seu redor, outros elfos lutavam contra anões, humanos e uskirianos. Morcegos sobrevoavam e mergulhavam, rasgando com suas garras qualquer cabeça desprotegida que pudessem encontrar. Cacos de telhas ainda choviam sobre os uskirianos, e um ou dois atingiram um svartalfar.

A maça de Tanthal atingiu Desstra no ombro. O golpe a fez perder o equilíbrio. Um segundo ataque colidiu de forma dolorosa contra suas costelas.

Ele a estava afastando de qualquer aliado. Não que ela tivesse aliados. Os dois acabaram indo parar na parte rasa do rio, sem interromper a luta. A passagem para o rio subterrâneo estava bem atrás de Desstra.

— Já existe um corpo lá embaixo — disse Tanthal. — Vamos dar uma companhia a ele. — Ele a chutou com violência, atingindo-a no joelho. Entretanto, o movimento também o desequilibrou, e ela lançou seu último dardo. Por um instante, pensou que iria acertá-lo. Então, ele levantou a maça. O dardo atingiu a arma e ficou preso nela. Tanthal olhou para o dardo e fez uma expressão exagerada de choque, zombando dela.

— Acabaram as suas armas, subordinada.

Tanthal avançou devagar na direção dela. Estava saboreando os momentos finais da elfa.

— Você poderia ter conseguido tudo — disse ele. — Teríamos sido heróis. Conquistadores. Os maiores elfos nas Sombras Profundas. Da história. Tudo o que você tinha que fazer era me obedecer e poderia ter sido o que quisesse. Mas você me decepcionou e agora não é nada. Você é menos do que nada. É mole, compassiva e fraca.

Tanthal ergueu a maça para um golpe mortal.

— Chegou a hora da sua última lição, Desstra.

Em desespero, a mão de Desstra deslizou para sua bolsa, procurando por qualquer coisa que pudesse ajudá-la. Estava vazia, desprovida de sacos de ovos e armas. Todos eles gastos naquela missão infrutífera. Vazio, exceto por... seus dedos fecharam-se sobre um objeto duro e redondo.

Ela golpeou a lateral da cabeça de Tanthal o mais forte que pôde.

Ele caiu de joelhos.

— O quê? — gaguejou.

— Forte como a rocha do nosso lar — ela disse, enquanto os olhos dele se reviraram para cima.

Tanthal desabou na água, derrubado pela pequena pedra que ele tinha dado a Desstra como um lembrete dos valores das Sombras Profundas.

Desstra caiu de joelhos nas águas do rio, exausta. Ao lado dela, a corrente carregava a figura inerte de Tanthal. Ela fez menção de estender a mão para agarrá-lo, mas estava sem energia. Seu corpo inconsciente foi despejado através da grade, desaparecendo nas profundezas.

A pedra escorregou dos dedos de Desstar e caiu no rio. Não importava mais. Não precisava dela. Ela jamais voltaria. Não pertencia àquele lugar. Ou a qualquer lugar que fosse. Ela olhou para sua armadura de couro com padrões alaranjados. A marca de uma pária. O único lembrete de que precisaria.

Os javalis de guerra corriam guinchando do dragão que arremetia velozmente do céu.

Ela atacava com fúria as forças uskirianas. Orma, como eles descobriram que se chamava o dragão fêmea, carregava Karn e Thianna nas costas. Sem qualquer tipo de sela, eles se agarravam firmemente às suas escamas serrilhadas e um no outro. Estavam passando paralelamente à muralha terrestre, usando a presença intimidadora do dragão para afastar as forças uskirianas.

— Como você sabia? — perguntou a gigante.
— Eu não sabia. Adivinhei — esclareceu Karn.
— Bom palpite.
— Bem, eu sabia que Orm estava fugindo de alguma coisa quando foi para Norrøngard. Algo acontecera, mas ele não quis falar sobre o assunto. E ele odiava pra valer o Império de Górdio. Devia ter sofrido uma perda que realmente o desequilibrou. Então, reparei na semelhança de família.

— Então, quando a irmã de Orm se transformou em pedra, Orm ficou tão assustado...

— Meu irmãozinho não fica assustado — resmungou Orma. Thianna não tinha percebido que ela estava ouvindo. Pensava que o dragão estivesse se divertindo muito perseguindo os javalis.

— Atordoado? Desnorteado? Desconcertado? — perguntou Thianna.

— Irritado — respondeu Orma.

— Certo — concedeu Thianna. — Ele ficou tão *irritado* que *fugiu*.

Orma rosnou ameaçadoramente, mas não disse nada.

— Até chegar a Norrøngard — terminou Thianna. — Ele encontrou gordianos lá na cidade de Sardeth e entrou em pânico.

— Meu irmãozinho não "entra em pânico".

— Seu, hum, "irmãozinho" já não é tão pequeno — disse Karn. — Você sabe quanto tempo esteve presa no mármore, certo? Ele agora é mais como seu irmão mais velho.

Isso calou a boca de Orma. Ela sobrevoava o Mar Sombrio, pronta para dar às forças navais o mesmo tratamento que dera ao exército.

— De qualquer forma — disse Karn —, isso é basicamente como as coisas aconteceram. Mas o que eu não entendo é como você e Acmon se juntaram.

— Quando Anvil encontrou o chifre pela primeira vez — explicou Orma, fazendo uma pausa para lançar uma rajada de fogo num navio que vagava muito perto das muralhas —, ele não sabia para que servia. Tentou tocar música nele. Mas sua ascendência me chamou.

— Ele era um thicano — disse Thianna. — Deve ser de uma família que originalmente sabia usar o chifre.

— Além disso — disse Orma —, eu gostei da música dele.

— Cuidado — disse Karn. Os tiros de canhão estavam começando a ser apontados na direção deles. O dragão fêmea se inclinou, subiu e mergulhou, evitando os disparos.

— Quando eu perguntei a Acmon como poderia retribuir sua canção, ele disse: "Liberte o meu povo" — explicou ela. — Foi mais do que eu esperava, mas, de qualquer forma, eu não tinha planos para esse século.

— Por falar em planos — disse Karn —, já é hora de colocarmos em prática o próximo passo do nosso. Você está vendo aquele grande palácio de tenda no meio das forças terrestres?

— Sim — disse Orma.

— Vá para lá.

O dragão bateu as asas e partiu em linha reta em direção ao grande pavilhão. Os uskirianos observaram sua trajetória. Eles viraram seu enorme canhão em formato de javali para o novo adversário.

— Cuidado! — gritou-lhe Thianna quando uma bala de canhão do tamanho de uma grande rocha rugiu na direção deles.

Orma esperou até o último minuto e, então, subiu. A bala de canhão quase roçou sua barriga.

— Essa foi por pouco! — disse Thianna. Ela achou que o dragão estava se divertindo.

Orma cuspiu uma bola de fogo. Os uskirianos saltaram para o lado, fugindo das chamas. Ela acertou a enorme arma de artilharia, o orgulho de seu exército, deixando no lugar uma poça de metal derretido. Havia pouca coisa no mundo que pudesse resistir a fogo de dragão.

— Agora vem a parte complicada — disse Karn.

Shambok, que Beira o Espetacular estava em seu trono, querendo saber se valia a pena chamar-se de Shambok, Prestes a se Tornar Espetacular a Qualquer Minuto Agora apenas por hoje ou se devia esperar a confirmação de que a cidade caíra para mudar o nome de uma vez. Estava ansioso para ser Shambok, o Espetacular e imaginava a festa de celebração que daria quando esse fosse o caso.

Um de seus comandantes, Lagra Shathmir, invadiu a sala atropeladamente, gritando e agitando os braços.

— O que esse homem está falando? — perguntou ao seu assessor, Dargan Urgul, Intérprete dos Bárbaros.

Dargan curvou-se e foi ver o comandante. Shambok ouviu um monte de gritos ininteligíveis, acompanhados de agitação de braços e, no geral, mais pânico do que um guerreiro uskiriano experiente deveria exibir. Estava bastante irritado quando Dargan voltou para perto dele.

— O que ele disse? — perguntou Shambok, o que Está Tão Perto de Ser Espetacular que Pode até Saborear o Título e Não Tolerará qualquer Atraso.

— Ele disse que implora o seu perdão — respondeu Dargan, sem demonstrar a confiança habitual —, mas a invasão esbarrou num ligeiro obstáculo.

— Um obstáculo? Que obstáculo?

— Um muito grande, receio eu. Lagra diz que é um dragão.

Isso surpreendeu Shambok.

— Mas não se vê dragões nesta parte do mundo há séculos! — disse Shambok. — De que dragão ele está falando?

Naquele momento, todo o palácio de tenda foi arrancado de cima deles. Simplesmente subiu no ar, todas as belas sedas e lonas grossas subindo em linha reta para cima, cordas estalando e estacas sendo arrancadas do chão. Todos os olhos seguiram a tenda enquanto ela sobrevoava o campo de batalha para aterrissar com um estrondo nos campos para além do acampamento do exército.

Várias centenas de funcionários do palácio, empregados e outros atendentes, que até um momento antes haviam estado em diferentes câmaras dentro do enorme pavilhão, de repente ficaram sem paredes ou teto no meio do terreno.

Pairando sobre eles, uma enorme criatura batia suas asas colossais para se manter no ar. Dois adolescentes se agarravam às suas costas. Os espiões suspeitos que haviam escapado.

— Acredito que seja *esse* dragão — respondeu Dargan.

CAPÍTULO VINTE E TRÊS
Um império sem correntes

Estavam na Basílica de Mensis. Era o maior espaço da cidade, o único em que a fêmea de dragão poderia caber com certo conforto. O Hipódromo tinha sido sugerido, mas eles queriam algo coberto para que não fossem incomodados por balas de canhão perdidas. No entanto, a maior parte dos combates havia terminado, a não ser por explosões esporádicas em partes da cidade que ainda não tinham tomado conhecimento da notícia. Como o imperador havia fugido e o líder uskiriano era agora convidado ou prisioneiro de um enorme dragão que soltava fogo pelas ventas, ambos os lados estavam confusos quanto ao que deveriam estar fazendo. Soldados por toda a cidade e também fora dela ficaram parados, desconcertados, boquiabertos e aguardando ordens.

Thianna foi quem sugeriu a basílica.

— Ninguém está morando lá agora — ela havia dito.

Então, em resposta aos olhares surpresos, acrescentou:

— Que foi? Se o deus a quisesse, ele não deveria tê-la deixado.

Todos concordaram que isso fazia sentido, e assim, na ausência de ideia melhor, eles se reuniram na grande nave da basílica, sob a grande cúpula do teto. Neste caso, *todos* eram Karn; Thianna; Acmon, o Bigorna; vários funcionários públicos da cidade e ministros gordashianos; Idas, o pescador de rua; Desstra, a quem tinham resgatado quando pegaram Acmon; Shambok, que Ainda Não Tinha Certeza se Era Espetacular ou Não; Dargan Urgul, Intérprete dos Bárbaros; e, claro, um dragão muito grande e difícil de não ser notado.

— Agora que estamos todos aqui — disse Karn —, façam um acordo de paz.

— O quê? — protestaram várias vozes ao mesmo tempo.

— Façam um acordo de paz — disse Karn novamente.

— Estamos esperando.

— Mas não por muito tempo — disse o dragão.

— Mas... — disse Shambok com um olhar nervoso para Orma. Ele não tinha gostado nada de ser capturado e levado pelo ar nas garras de um dragão, mas ainda se sentia um bocado aliviado por estar vivo e não tostado, e queria continuar assim. — Mas meus antepassados me encarregaram de conquistar a cidade. Isso não é algo que eu possa simplesmente varrer para debaixo do tapete, por assim dizer. É o meu dever hereditário.

— E não podemos fazer nenhum tratado na ausência do imperador — disse um dos funcionários públicos.

— Seu imperador já era há muito tempo — disse Thianna. — Acho que ele abdicou quando fugiu da batalha.

— Vamos por partes — disse Karn. Ele se dirigiu a Shambok: — Do que você foi encarregado exatamente?

— De abrir o Estreito de Gordasha para que as glórias dos uskirianos possam cruzar o Mar Faiscante e ir além.

— Ok. Agora, já que o imperador se foi, temos algum outro membro da realeza presente?

Acmon, o Bigorna sorriu. Ele podia ver aonde aquilo iria chegar.

— Eu poderia me encaixar na descrição — disse ele.

— Você? — perguntou Shambok.

— Nós governamos esta cidade séculos antes de o imperador nascer. Orma e eu juntos. Acmon estendeu uma mão afetuosa para acariciar o focinho do dragão. Orma se esfregou contra a palma da mão dele. Era uma amizade estranha.

— E não se esqueçam de que os dáctilos fundaram esta cidade — disse Idas —, antes que os gordianos viessem conquistá-la.

— Aí está! — disse Karn. — O Rei e — ele olhou para o dragão — a Rainha de Gordasha. Vossas Majestades, estariam dispostos a baixar a Grande Corrente e permitir que a frota uskiriana se dirija para o sul?

— Baixar a Corrente? — várias pessoas exclamaram imediatamente.

— Não para a guerra — disse Karn. — Para o comércio. Navios diplomáticos. Navios mercantes. — Ele olhou para Shambok e Dargan. — Viram? Há outras maneiras de espalhar sua cultura.

Dargan sorriu. Shambok parecia confuso.

— Poderíamos, talvez, dar um baile para comemorar?

— Não vejo por que não — respondeu Karn.

Todos os presentes pensaram que era uma ideia muito boa.

No final, chamaram de "Acordo do Dragão" a paz que foi negociada por Karn Korlundsson no final do "Cerco de Gordasha". O novo rei Acmon iria residir no palácio, enquanto sua gigantesca corregente, Orma, viveria na basílica. A Grande Corrente baixaria para qualquer navio mercante uskiriano que quisesse ir para o sul, desde que suas intenções fossem pacíficas. O primeiro ato de Acmon foi emitir um decreto legalizando a pesca nas ruas. E se falava em substituir as manticoras por cavalos, em futuras corridas no Hipódromo.

Os elfos negros foram todos localizados e recolhidos, embora o corpo de Tanthal nunca tenha sido recuperado. E dois homens formaram um laço improvável — Dargan Urgul e Ynarr Ulfrsson acharam ambos que era hora de largar seus empregos. Ynarr queria buscar o restante de sua honra e Dargan queria conhecer o mundo ocidental antes que ele fosse "civilizado". E, assim, o bárbaro e o intérprete partiram juntos. Alguns queriam rebatizar a cidade como Nova Ambrácia, para celebrar o que todos saudaram como uma era de paz e prosperidade. Outros disseram que era mais sensato "esperar para ver", mas todos concordaram que era melhor não estar em guerra do que estar. Qualquer que fosse o resultado, Gordasha tinha sido salva, embora, é claro, nunca mais seria a mesma.

Karn e Thianna encontravam-se na península norte superior, perto de um bairro de anões, onde a Grande Corrente estava presa a uma torre na muralha. A enorme barreira refulgia ao pôr do sol com o mesmo brilho avermelhado que a Clarão Cintilante.

— Ambas forjadas por anões — disse Thianna. — Eu estava certa sobre isso.

— É uma espada especial, nós sempre soubemos — disse Karn.

— Não tão especial quanto o seu dono — disse a gigante do gelo, apertando carinhosamente o braço dele. — Obrigada por vir atrás de mim, Tampinha. Eu não teria conseguido sem você.

— Não — disse Karn, esfregando o braço e sorrindo. — Não, você não teria.

— Você vai levar o chifre de volta para Orm, então? — Thianna perguntou. Sua voz soou um tantinho embargada.

— Tenho certeza de que ele também vai querer comer este aqui como fez com o outro. — disse Karn. Ele deu um tapinha na bolsa, onde o chifre estava guardado em segurança. — E quanto a você?

Antes de responder, Thianna olhou em direção ao estreito. A corrente estava sendo lentamente baixada, desaparecendo debaixo da água. Novas rotas estavam sendo abertas para todos.

— Thica? — perguntou Karn. — Eu sei que você quer ir para lá, mas tem certeza de que é uma boa decisão?

— Eu tenho que ir. — Isso era verdade. — Não se preocupe — disse ela. — Vou procurar passar despercebida.

— Até parece que isso é possível! — Karn riu.

— Sim, bem... Thianna baixou o olhar para onde as ondas quebravam sobre as rochas na base da muralha e, então, afastou-se da borda do penhasco.

A gigante prendeu Karn num abraço apertado.

— Eu realmente não estou morrendo de vontade de ir para lá sozinha — ela disse baixinho.

Alguém tossiu atrás deles.

— Talvez eu possa ajudar nessa questão — disse Desstra.

— É incrível como nunca consigo perceber a sua aproximação... como você faz isso? — admirou-se Karn.

Desstra deu de ombros. Karn viu que a elfa negra ainda usava o uniforme com padrões alaranjados de pele de salamandra de fogo. Ela tinha explicado o que significava. Ele não tinha certeza se ela o estava usando como um sinal de vergonha ou de honra.

— Não posso voltar para as Montanhas Svartálfaheim — disse Desstra. — Eu não devo nem ao menos chegar perto de Norrøngard, creio eu.

— Então, aonde você está querendo chegar? — perguntou Thianna, estreitando os olhos.

— Eu poderia ir com você — disse Desstra, esperançosa.

— Comigo? — perguntou Thianna. Seu tom não era lá muito convidativo.

— Qualquer companhia é melhor do que nenhuma, certo?

— Vou pensar no assunto. — Era óbvio que Thianna não estava preparada para confiar na pequena elfa, embora ela tivesse trocado de lado quando de fato foi necessário. Karn esperava que a gigante do gelo desse uma chance a Desstra. O perdão podia não acontecer num estalar de dedos, mas ele sabia que sua grande amiga tinha um ponto fraco: sempre dava chance a "fracotes".

— Ei — ele disse, de repente reparando nos óculos de Desstra. — Qual é a dos óculos?

— Você gosta? — perguntou a elfa. Os óculos tinham lentes redondas de quartzo fumê. — Eu arranjei na barraca de um comerciante enquanto estava reabastecendo o meu equipamento. Ele contou que eles vêm de LongGuo ou um lugar assim. De qualquer maneira, toda essa luz do sol fere os meus olhos. Imaginei que precisaria deles se fosse ser uma habitante da superfície.

— Eles ficam bem em você — disse Karn. Ele ficou satisfeito com a transformação pela qual passara a elfa. — Devem ter sido caros. Quanto custaram?

— Não sei. — Desstra deu de ombros. — Eu surrupiei.

Karn gemeu e Thianna bufou. Ao que parecia, um elfo negro não podia mudar tão rápido.

— Você tem que levá-la com você, Thianna — disse Karn. — Ela precisa de alguém para endireitá-la.

— Eu disse que pensaria nisso — respondeu Thianna.

Desstra sorriu com gratidão. Ela não esperava o perdão da gigante tão cedo, ou mesmo nunca. Mas, pelo menos, nem Thianna nem Karn estavam tentando matá-la. Já era melhor do que merecia. E mais do que esperava. Então suas orelhas se contraíram. Desstra procurou a causa e notou alguém se aproximando por trás dos amigos, caminhando ao longo da muralha.

— Ei, você! — ela gritou.

A figura escondida por um manto e capuz e carregando um cajado balançou a cabeça numa saudação.

— Quem é? — perguntou Thianna. Ela percebeu a consternação dos outros e ficou tensa.

— Ele... ou ela... me seguiu em Castelurze — disse Desstra.

— Mas também nos ajudou lá — explicou Karn. — Quando Desstra era Nesstra.

— E você estava na batalha nas margens do Rio Lux — disse a elfa ao estranho.

— Evitei que o elfo negro saísse da cidade — respondeu o recém-chegado. — Pelo menos, até que outras forças chegassem.

— Quem é você, então? — perguntou Thianna. — Amigo ou inimigo?

— Sou alguém que queria ver vocês terem sucesso em sua missão — disse o desconhecido. — Eu sabia que vocês dois poderiam encontrar o chifre. O que vocês conseguem realizar juntos é de fato notável! — A figura estendeu a mão. — Posso ver?

— Não — respondeu Thianna.

— Não? — perguntou o estranho, surpreso.

— Passamos por poucas e boas para conseguirmos colocar as mãos nessa coisa. Não vamos entregá-lo a ninguém, exceto ao dragão que a pediu.

— Muito bem — respondeu a figura disfarçada. — Compreendo. Agora, deixe-me mostrar algo a vocês.

— Cuidado! — gritou Karn quando a figura apontou o cajado na direção deles. Um jato de chamas foi disparado de sua extremidade, forçando-os a pular de lado. Karn e Thianna foram separados. Outra explosão de chamas os manteve assim.

— Você não vai querer derreter o chifre se o deseja tanto assim — disse Karn.

— Não, não vou — disse o estranho. — Mas posso torrar um de vocês!

O cajado balançou de um lado para o outro entre Karn e Thianna.

— Mas com qual de nós dois está o chifre? — desafiou Karn. — Você não poderia correr esse risco, não quando está tão perto... de casa.

O estranho gargalhou.

— Então você adivinhou quem sou! — Com uma só mão, a figura arrancou o manto, revelando ser uma mulher trajando uma armadura de bronze finamente trabalhada com tiras de couro preto. O que Karn a princípio tomara por um cajado mágico era uma daquelas lanças de fogo thicanas envolta em couro. A armadura tinha visto dias melhores. Estava arranhada e amassada, e o rosto da mulher estava cheio de cicatrizes.

— Você? — Thianna abriu a boca espantada, reconhecendo uma antiga inimiga. — Você era uma das guerreiras de Sydia! Você sobreviveu!

— Eu sobrevivi — confirmou a mulher. — Mais ou menos, como podem ver. Sem o chifre, eu não podia voltar para casa. Não em desgraça. Não como um fracasso. Eu me mantive viva pela vingança. Mas, ao seguir vocês, fiquei sabendo de sua missão. Vi uma chance de redenção.

— Você estava nos ajudando apenas para que nós a levássemos até o chifre — disse Karn.

— Não fique tão zangado — disse a guerreira. — Dá para ver que eu aprecio o talento de vocês. Eu sabia que os dois juntos poderiam encontrar o chifre.

— Isso não significa que vamos entregá-lo a você — disse Thianna. — E você não sabe com qual de nós ele está.

— Da maneira como eu vejo a situação, tenho uma chance de cinquenta por cento de acertar. — A lança de fogo continuava a mover-se de um lado para o outro entre Karn e Thianna. A guerreira pôs o dedo sobre o gatilho. — E nada a perder. Então, qual de vocês vai ser torrado?

— Essa não é a pergunta que você deveria estar fazendo — retorquiu Karn.

— Não? — a guerreira se admirou.

— Não — confirmou Karn. — Você deveria estar perguntando "Onde está Desstra?"...

A mulher gritou quando a lança foi arrancada de repente de sua mão. Desstra estava no topo de uma das ameias da muralha, de onde tinha lançado uma longa, fina e aparentemente pegajosa linha que se prendeu à lança de fogo. Com um movimento de seu pulso, ela mandou a lança pelos ares, por cima da muralha, para mergulhar no mar lá embaixo.

A guerreira rosnou e puxou a espada.

— Três contra um... suas chances não são nada boas — disse Karn.

— Então, vamos tornar a briga equilibrada.

Por trás de Desstra, uma wyvern subitamente se elevou no ar. Justo quando a elfa se deu conta de que algo estava às suas costas, as garras do animal a arrebataram e a levaram para o alto, no céu. Ela esperneava e lutava, impotente contra a força da wyvern.

— O chifre — disse a guerreira, estendendo a mão.

Thianna deu um passo ameaçador para a frente.

— O chifre — a mulher repetiu — ou vamos arrancar fora os braços dela.

Karn olhou para Thianna. Pairando acima deles, Desstra interrompeu seus chutes e os observou pasma. Ela não esperava que fossem desistir do chifre e entregá-lo à mulher.

Thianna deixou a cabeça pender, sentindo-se derrotada. Só havia de fato uma escolha.

— Dê a ela — disse Thianna a Karn.

Desstra assistiu, atordoada, Karn entregar o Chifre de Osius para a guerreira de Thica. A mulher recuou com rapidez, e a wyvern mergulhou de repente. A guerreira saltou da muralha, e a wyvern a aparou em seu lombo. Então, elevou-se nos ares outra vez. Ela ficou pairando diante deles, com a elfa negra ainda pendendo de suas garras.

— Solte-a! — Karn gritou.

— Por que não? — A guerreira sorriu. — Eu já tenho o que vim buscar.

A wyvern abriu as garras e Desstra caiu.

— As pedras! — gritou Karn alarmado. Desstra não estava longe o suficiente da muralha para evitar as pedras em sua base. Ela se despedaçaria contra elas.

Thianna se moveu mais rápido do que nunca em sua vida.

Saltando da muralha, a gigante do gelo desviou a pequena elfa com uma tapa enquanto ela caía. O impulso de Thianna afastou as duas do paredão.

Karn alcançou a borda da muralha e olhou para baixo. Com alívio, viu as duas garotas mergulhando na água. Fora por muito pouco que elas conseguiram evitar as rochas da base, mas haviam conseguido. Então, ele fuzilou com os olhos a wyvern, que acelerava o voo sobre a interseção do Mar Sombrio com o Mar Faiscante, rumando para Thica. Eles haviam perdido o chifre, mas salvaram a elfa negra.

Nas águas lá embaixo, Desstra emergiu na superfície da água e respirou ofegante.

— Por quê? — ela perguntou, desprendendo-se dos braços da menina maior.

— Estou tão surpresa quanto você — respondeu Thianna. Então, ela começou a nadar para as docas.

Karn as encontrou no Grande Ancoradouro quando saíram da água. Thianna estava furiosa.

— Droga, droga, droga! — Ela disse, chutando vários barris de carga que tiveram a má sorte de estar em seu caminho. — Nós perdemos. Nós perdemos!

— Vocês salvaram uma cidade — disse Desstra. — Vocês evitaram que dois exércitos enormes se enfrentassem. Isso deveria servir de consolo.

— É isso mesmo — concordou Karn. — Todas as pessoas aqui. Evitamos uma guerra.

— E isso não é tudo — disse a elfa. — Você me salvou. Na verdade, vocês dois me salvaram. E não estou me referindo apenas à queda.

Thianna olhou primeiro para a elfa negra e depois para Karn.

— Vencemos aqui, Thianna — disse Karn.

— Eu sei disso — ela admitiu com má vontade. — E eu vou pegar o chifre de volta.

— Nós vamos recuperá-lo — disse Karn.

— Nós? — disse Thianna. — Você não vai voltar para Norrøngard?

— Para enfrentar Orm sem o chifre? — ele respondeu. — Eu não sou doido que nem você. Além disso, não posso deixar você sair por aí de novo se metendo em encrencas. Já resgatei você uma vez. Você precisa de mim e eu preciso de você.

— Obrigada, garoto norrønur — disse Thianna, já radiante. — Não creio que haja qualquer coisa que nós dois juntos não possamos enfrentar.

— Nós três — disse Desstra.

Karn e Thianna olharam para a elfa negra.

— Eu me sinto responsável — ela explicou. — Além do mais, não tenho para onde ir. E, admitam: vocês dois vão precisar de alguém muito mais sorrateiro se quiserem resolver essa parada.

— É justo — disse Thianna. — Pode vir com a gente. — Ela puxou a espada do cinto e a apontou para a pátria de sua mãe. — Uma gigante mestiça, um bárbaro e uma pequena elfa trapaceira. Está pronta para nós, Thica? Porque aqui vamos nós!

GLOSSÁRIO

Acmon, o Bigorna (Á-que-mã): Anão de ascendência thicana, Acmon proclamou-se rei de Ambrácia, mas foi deposto alguns anos depois. A lenda diz que, quando a cidade (agora chamada de Gordasha) enfrentar sua maior ameaça, Acmon retornará. Mas quem acredita em lendas?

Ambrácia: Cidade situada na costa oriental de Gordasha, fundada por anões dácticos. Foi rebatizada de Nova Górdio em 137 EI pelo imperador Gordas, depois que ele conseguiu reunificar o Império de Górdio. No entanto, os moradores preferiram o nome Gordasha e Nova Górdio acabou caindo em desuso. (Ver: Gordasha)

Ardil: Organização de elite da cidade das Sombras Profundas, dedicada à proteção da cidade e à coleta de informação. Para a Ardil, o interesse dos cidadãos vem sempre em primeiro lugar. É sério, pode confiar.

Bela Sombra: Cidade de elfos da floresta na Floresta do Fogo Negro, a poucos dias de viagem de Castelurze. Visitantes são bem-vindos lá, contanto que não levem um machado.

Castelurze (cas-te-LUR-ze): Um antigo posto avançado de Górdio, hoje uma cidade independente no país de Nelênia. Antes chamada de Castrusentis (cas-tru-SÊN-tis), era originalmente a localização de uma fortaleza militar de fronteira do Império de Górdio. Após a queda do império, a cidade transformou-se num importante centro comercial. Hoje em dia, Castelurze é uma cidade cuja população gira em torno dos quatro mil habitantes, a maioria deles seres humanos, elfos da floresta, gnomos e murídeos.

Chifre de Osius (Ô-sius): Na verdade, existem três chifres mágicos criados por Osius de Talsathia (tal-SÁ-tia) há mais de mil anos. Os chifres proporcionam domínio sobre serpentes, wyverns e outros répteis. Aqueles que porventura os manejarem são advertidos, entretanto, de que seu uso tem a tendência de irritar grandes dragões.

Cibele: Divindade do Império caído de Górdio que ainda hoje é venerada em algumas regiões de Katérnia. Cibele é também chamada de Mãe da Montanha e muitas vezes é representada com um leão ao seu lado. É a deusa dos animais selvagens, das muralhas da cidade, da fertilidade e do milho. Pois é, o milho tem uma divindade. Quem diria?

cocatriz: Nascida de um ovo colocado por uma galinha e incubado por um sapo, segundo dizem, a cocatriz é um animal esquisito com cabeça e pernas de galo, mas corpo de dragão. Dizem que o olhar de uma cocatriz pode transformar uma pessoa em pedra, embora existam poucos relatos de testemunhas oculares, o que não é de se admirar. É algo considerado muito raro uma cocatriz nascer com duas cabeças, sendo a segunda delas uma cabeça de serpente na ponta de sua longa cauda.

dáctilo: Anão marinheiro nativo dos climas mais quentes de Thica e da Supremacia Sagrada de Górdio. Os dáctilos assemelham-se a outros anões em estatura, mas têm pele mais escura, o cabelo mais ondulado e nariz mais aquilino, e gostam de pescar.

Dargan Urgul (DÁR-gã ÚR-gul): Chamado de Intérprete dos Bárbaros, Dargan Urgul é um assessor diplomático na corte real uskiriana. É seu trabalho comunicar-se com os forasteiros em nome de seu imperador. Dargan tem curiosidade pelos países "bárbaros" do oeste e anseia conhecer o mundo antes que os uskianos os "civilize". Ele acha que vai ser uma pena quando todos os lugares indomados forem obrigados a prestar obediência, mas ele sabe que, no fundo, é para o próprio bem deles.

Desstra (DÉS-tra): Elfa em treinamento para se juntar à Ardil, ela se destaca em furtividade, estratégia e armadilhas. Apesar disso, seus superiores questionam se ela de fato se encaixa em seu próprio povo.

Elfos da floresta: Subespécie da raça élfica que vive dentro ou próxima de florestas. Sua cor de pele possui uma variedade de matizes, semelhante aos tons das cascas das árvores e da madeira viva.

Floresta do Fogo Negro: Grande floresta localizada a nordeste da cidade de Castelurze, no país de Nelênia. A floresta recebeu esse nome devido a um terrível incêndio que quase a devastou, há mais de mil anos.

Fosco Pertfingers: Gnomo da cidade de Castelurze e dono da taberna Folias do Fosco, que serve gente pequenina como gnomos, anões e murídeos. Todos são bem-vindos na taberna do Fosco, mas se você medir mais de um metro e meio de altura, é bom tomar cuidado para não bater a cabeça!

gnomo: Pequena criatura humanoide apaixonada por jardins e flores. Os gnomos são nativos de Nelênia e do país vizinho de Tho Bovo. Eles podem ser semelhantes aos anões, porém, são menores e mais esbeltos, e não tão apaixonados por pedras e joias. Além disso, não são tão exigentes em relação a barbas.

Gordasha (gor-DA-xa): Fundada por anões dáctilos do país de Thica, essa cidade foi rebatizada de Gordasha durante o período do Império de Górdio e mais tarde foi transformada na capital da Supremacia Sagrada de Górdio. Tem hoje uma população de cerca de quinhentas mil pessoas. Gordasha está localizada numa área de importância estratégica, pois controla o acesso a um estreito entre o Mar Sombrio e o Mar Faiscante. A cidade é protegida por uma formidável muralha dupla por todos os lados. Resistiu a muitos cercos em sua história. Certamente, sempre resistirá.

Hipódromo: Pista de corrida enorme em formato de U na cidade de Gordasha, o Hipódromo tem quase 500 metros de extensão por 165 metros de largura. Foi projetado para corridas com bigas puxadas por cavalos, mas hoje em dia as bigas são puxadas por mortíferas mantícoras, para tornar as coisas mais "interessantes", se é que você me entende.

hörgr (RÚ-gur): Pilha de pedras erguida como santuário para um deus ou um espírito guardião dos norrønir. Tais monumentos de pedra pontilham a paisagem de Norrøngard, e um deles pode ser encontrado na cidade de Bense, no Mercado do Trapaceiro.

imperador: Sua Alteza Adrius Quarto, Governante da Supremacia Sagrada de Górdio, Monarca da Cidade de Gordasha,

Primeiro entre Iguais. O governante de Gordasha e, ao que parece, da Supremacia Sagrada de Górdio. Ele adora dizer às pessoas o que fazer e o que não fazer, mas não é muito competente quando as coisas ficam difíceis.

Katérnia: O continente de Katérnia é uma das cinco grandes porções de terra do planeta Qualth. É o lar de uma variedade diversificada de culturas e raças de muitos países, dos norronir do extremo noroeste ao povo felino de Neteru no sul e uskirianos do nordeste.

Leflin Raiz Verde (LÉF-lin): Aparentemente um historiador que vive na cidade de Castelurze, o elfo da floresta de nome Leflin Raiz Verde adora jogar e quase sempre pode ser encontrado na estalagem Salgueiros Ventosos, ouvindo música e jogando uma partida de Aurigas.

Malos das Profundezas (MÁ-los): Patrono dos Elfos Negros, um dos cinco anciãos sagrados da raça élfica, Malos é um espírito ancestral venerado por todos os svartalfares. Se você busca inspiração para um truque sujo perfeito, Malos é seu patrono. Mas não conte com ele para aquilo que não seja desonesto, perigoso ou mortal.

mantícora: Criatura desagradável com corpo de leão, rosto de homem e cauda de escorpião. As mantícoras são conhecidas por engolir pessoas inteiras e por terem um senso de humor de gosto duvidoso.

Mensis (MÊN-sis): Divindade do antigo Império de Górdio, venerada ainda hoje em certas regiões de Katérnia, especialmente na cidade de Gordasha. É geralmente representado com chifres em meia-lua que se projetam de seus ombros.

Morcegão: Morcego gigante usado pelos elfos negros da Ardil como montaria voadora.

murídeos: Raça de pessoas-roedores. Os murídeos são uma das menores raças do mundo, e convivem com muito preconceito de outras raças. Apesar disso, ou talvez por causa disso, são um povo engenhoso. Existem quatro tipos de murídeos. Cada um se assemelha a um roedor diferente. Os Mousekin (Maus-quin) são os mais tímidos entre os murídeos. Os Hamustros (Ra-mus-tros) podem ser pequenos, mas não dá para saber ao certo pela pelagem. Os Gerbos são habitantes do deserto apaixonados por ambientes áridos. Os Ratkins (Rét-quin), habitantes das cidades por natureza, são os mais universalmente detestados de todos os murídeos. Eles nunca fizeram nada para merecer essa desagradável reputação. Coitados.

Nasthia Mãe Verdejante (NÁS-ti-a): Patrona de Elfos da Floresta, um dos cinco anciãos sagrados da raça élfica. Nasthia é um espírito ancestral venerado por todos os elfos da floresta. É a protetora das florestas e da natureza, adorada por todos os que amam as coisas que germinam.

Nelênia: País no centro do continente de Katérnia, Nelênia controla uma importante passagem leste-oeste entre duas cadeias de montanhas, o que faz dele um dos países mais cosmopolitas, com uma população diversificada de humanos, elfos, gnomos e murídeos.

Ordem do Carvalho: Sociedade secreta com séculos de existência dedicada a encontrar artefatos mágicos perdidos, para então escondê-los onde jamais poderão ser usados para desestabilizar o equilíbrio de poder no mundo. Pelo menos é isso que eles dizem.

Orysa (ô-RIS-sa): Instrutora sênior da Ardil. Os alunos descobrem logo que Orysa é a mais severa das instrutoras! É dureza lidar com esse lado dela. Infelizmente, é o único que ela tem.

scutum (is-quiu-tum): Um tipo de escudo carregado por soldados do Império de Górdio há muito desaparecido. O scutum era um escudo retangular e curvo. Era feito de madeira e coberto com lona e couro, e tinha uma pequena saliência de metal no centro para proteger a mão.

Shambok, Aquele que Beira o Espetacular (XAM-ba-que): Atual líder do Império de Uskir, Shambok preferiria dançar a travar uma guerra. Mas a vida não é só diversão.

Sombras Profundas: A principal cidade subterrânea dos elfos negros, localizada nas cavernas sob as Montanhas Svartalfarheim. Sombras Profundas é a maior cidade da terra, um lugar de incríveis maravilhas e realizações. Pelo menos, eles matarão qualquer um que diga o contrário.

Supremacia Sagrada de Górdio: Pequeno país que se formou na esteira da queda do Império de Górdio. A Supremacia Sagrada de Górdio autoproclama-se como legítima herdeira dos gordianos, mas pouca gente acredita nisso. Ainda assim, a Supremacia detém o poder por causa do seu controle sobre o estreito entre o Mar Sombrio e o Mar Faiscante. Os uskirianos dizem que a batata deles está assando, mas deve ser despeito.

Svartalfar (is-VAR-tal-far): Elfos negros de Norrøngard, que vivem sob as Montanhas Svartalfarheim (is-VAR-tal-fã--ráim). Grandes guerras já foram travadas entre os elfos e os norrønir. Hoje, os svartalfar ficam na deles no subterrâneo, mas quem sabe o que estão tramando?

Tanthal (TÃN-tal): Elfo negro da cidade das Sombras Profundas, Tanthal é sarcástico, arrogante e convencido de sua própria genialidade.

Tatzelwurm (TÁT-zu-vurm): Criatura nativa dos bosques de Nelênia. Tem cabeça e patas dianteiras de gato e a parte traseira de uma serpente. Os tatzelwurms também são chamados de serpente-mola por causa da sua habilidade em saltar grandes distâncias. Eles podem ser bastante letais, por isso, certifique-se de carregar sempre erva-dos--gatos com você.

Ti-Emur (TAI-I-mur): Deus uskiriano da guerra. Ti-Emur é o desbravador que deve subjugar o mundo para que Umalgen (o-MAU-gã), deus da benevolência, e Karshan (CÁR-xón), deus da sabedoria e do conhecimento, possam segui-lo. Ti-Emur é um deus impaciente, pois somente quando todos os povos estiverem reunidos sob o estandarte dos uskirianos é que ele poderá descansar.

Uskirianos: Grupo de povos antes nômades que se reuniram sob a liderança de Yarak Uskir para formar o Império de Uskir. Hoje é um dos maiores e mais sofisticados impérios do continente. Além de serem grandes guerreiros, os uskirianos são versados em filosofia, matemática, astronomia, arranjos florais e dança.

Wyrdwood (U-iêrd-uo): Floresta situada em um vale em Norrøngard cercada pelas Montanhas de Svartálfaheim. Os seres humanos evitam Wyrdwood, que é o lar de muitas criaturas estranhas e perigosas. *Wyrd* é a palavra norrønir para "destino ou sorte de um indivíduo". No entanto, qualquer humano que perambule à noite em Wyrdwood pode abreviar seu destino.

Yarak Uskir, o Esmagador de Ossos (IÁro-que ÚS-quir): Fundador do Império de Uskir, no ano de 832 DG, Yarak organizou as beligerantes tribos nômades uskirianas num exército formidável, e então passou a conquistar vários de seus vizinhos. No momento de sua morte, ele incumbiu seus sucessores de expandir seu império para o sul, pelo Estreito de Gordasha. E, por isso, há mais de um século os exércitos uskirianos investem de tempos em tempos contra as muralhas duplas de Gordasha.

Yelor (IÁI-lor): Elfo negro e oficial da Ardil. Yelor foi designado para a cidade de Castelurze, que ele detesta, embora tenha aprendido que gosta ainda menos de gigantes mestiças.

Ynarr Ulfrsson (Í-nar ÔU-fur-sã): Norrønur que lutou na batalha do Baile dos Dragões, Ynarr deixou Norrøngard após ter manchado a sua honra. Ele agora serve como um dos quatro membros dos Juramentados, a guarda de elite particular do imperador da Supremacia Sagrada de Górdio. Infelizmente, ele não parece dar sorte com seus patrões.

O ENIGMA DO CHIFRE QUE NÃO EMITE SOM

Antes a um castelo entre as urzes indo,
Onde todo desejo da vida é findo.
Por sobre o Carvalho e por baixo do Milho vá,
O Chifre silencioso procure lá.

Um dedinho controla o fado,
Onde um crescente comanda o acanhado.
No arco onde rodas partirão,
Altera o curso, busca o talão.

No Palácio Submerso as águas imperam,
Rei e Dragão sua perdição tiveram.
Quando cobra e galo separados vão,
Busque o Rei de Mármore então.

"QUANDO VOCÊ É USKIRIANO"[*]

Como foi cantada por Shambok, que Beira o Espetacular, para Karn Korlundsson e Thianna, Nascida no Gelo.

> Quando eu era pequeno,
> De tão tenra idade,
> Meu pai disse: "Shambok,
> Seus irmãos têm maldade.
> Mate eles todos
> Ou vão te pegar.
> No topo só fica um.
> Pra dois não há lugar.
> Com pulso firme
> Deve liderar a nação.
> Perderá a cabeça
> Se ignorar sua vocação".
>
> Quando se é uskiriano,
> A vida não é só diversão.
> Você precisa tomar todo o mundo
> Com cimitarra, sabre e canhão.
> A civilização que espalhamos
> É um presente que damos...

---

[*] Traduzida do uskiriano.

Bibliotecas, escolas, centros de filosofia.
A guerra é uma sala de aula e eu sou a "tia".

Quando eu era pequeno,
E ainda chupava o dedo,
Meu pai disse: "Shambok,
O mundo não é brinquedo.
Uma tarefa você tem
E deve realizar:
Conquistar o mundo todo
E só depois sossegar.
Sua missão é mesmo esta,
Levar a todos a paz.
Não é nenhuma festa,
Mas precisa ser feito, rapaz".

Uskiriano de verdade
Todos os mares veleja,
Todas as terras invade
Glória ao império almeja.
Você tem que romper o estreito
Para cumprir a missão legada.
Arrasar as muralhas de jeito
De Górdio a Supremacia Sagrada.

Quando eu era pequenino,
Na minha infância já ida,
Meu pai me disse: "Menino,
Para ser alguém na vida,
O triunfo terá que ser seu
Onde para os outros não deu.

Se Gordasha você conquistar
E o Mar Faiscante abrir,
Grande irá se tornar".
Aqui papai foi um pouco oracular:
"Quando tais coisas cumprir,
Será chamado Shambok, o Espetacular!"

Regras de Aurigas™

Um Jogo do Império Perdido de Górdio

Aurigas é um jogo que data do período do Império de Górdio, mas ainda hoje é disputado em muitos países em todo o continente de Katérnia. Normalmente jogam entre dois a quatro participantes num tabuleiro onde os quadrados são dispostos para se assemelharem ao formato do famoso Hipódromo de Gordasha, uma pista de corrida para competição de bigas. Assim como acontece no Hipódromo, as quatro pistas de partida convergem para apenas duas pistas de corrida. Isso torna algumas posições iniciais mais desejáveis do que outras.

Objetivo do jogo

O objetivo do jogo é dar a volta no tabuleiro. O primeiro jogador que levar duas de suas quatro peças até a linha de chegada fica em primeiro lugar. O jogo continua até que se determine o segundo, terceiro e último lugares.

O início do jogo

Cada jogador controla quatro peças de jogo, designadas pelas cores vermelha, verde, preta e dourada. A sequência da rodada ocorre na mesma ordem: primeiro vermelha e, por último, dourada.

No início do jogo, todos rolam um dado de seis faces. O jogador que tirar o número maior fica com a equipe dourada, o segundo maior fica com a equipe preta, o terceiro maior com a equipe verde e o menor com a equipe vermelha. Empates são resolvidos lançando-se os dados mais uma vez.

O jogador vermelho começa primeiro, e a sequência da rodada avança da esquerda para a direita: vermelho, verde, preto, dourado.

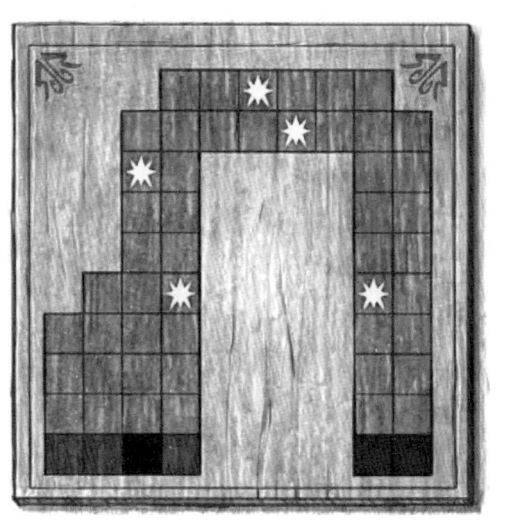

Como jogar uma partida

Para avançar, o jogador rola quatro dados de seis faces e conta o número de dados que mostram um número par (um 2, 4 ou 6, em vez de um 1, 3 ou 5). O jogador pode avançar o mesmo número de espaços que a quantia de números pares tirados nos dados. Por exemplo, se o jogador tirar 1, 2, 5 e 6 há dois números pares nos dados que lançou (2 e 6), portanto, esse jogador pode avançar dois espaços.

As peças devem avançar na pista em direção à linha de chegada ou lateralmente, mas não podem ir ao contrário, na direção do portão de partida. Movimentos na diagonal não são permitidos. Um jogador não pode ocupar o mesmo quadrado de partida de outro jogador.

Um número par de movimentos pode ser dividido entre mais de uma peça de jogo. Em outras palavras, dois movimentos podem ser divididos em 1/1, e quatro movimentos podem ser divididos em 2/2, 2/1/1 ou 1/1/1/1. Movimentos ímpares não podem ser divididos e devem ser executados por uma única peça de jogo. (Três movimentos resultantes do lançamento de dados, por exemplo, não podem ser dividido entre as peças do jogo.)

Colisão e acidente

Pousar sobre um oponente significa colidir sua biga com a do oponente e enviá-lo de volta ao ponto de partida. Passar por cima de um adversário não causa efeito nenhum sobre ele.

COLISÃO

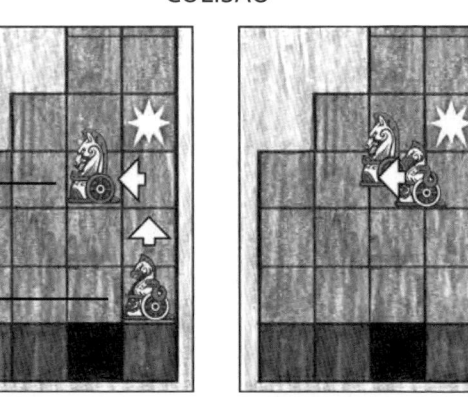

O dourado colide com o vermelho.

O vermelho retorna ao ponto de partida.

ULTRAPASSAGEM

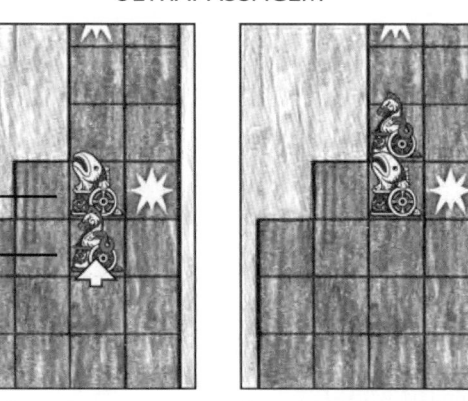

O dourado passa por cima do verde.

O verde não é enviado ao ponto de partida.

Se uma peça do jogo é enviada ao ponto de partida, é possível que um jogador possa ter mais de uma peça no portão de partida, e isso é permitido.

Obter 0 como resultado (ou seja, não tirar nenhum número par ao lançar os dados) significa um acidente, e a peça retorna para o ponto de partida. Se um jogador tem mais de uma peça no tabuleiro no momento em que tira um 0, a peça mais próxima à linha de chegada é a peça que se acidenta.

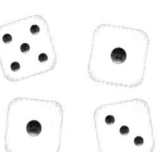

Quadrados estrelados

Os quadrados estrelados oferecem proteção. Uma peça de jogo que ocupa um quadrado estrelado não pode ser devolvida ao ponto de partida por outro jogador ou por um acidente. Duas peças de participantes adversários podem ocupar um quadrado ao mesmo tempo, mas apenas um por cor e não mais de duas peças no total.

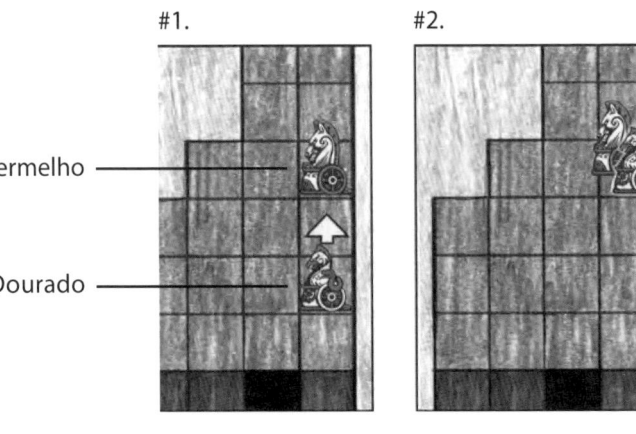

Como vencer o jogo

Vence a partida o primeiro jogador que levar duas de suas quatro peças até a linha de chegada. A partida não termina quando um jogador chega em primeiro lugar, mas continua até determinar o segundo, o terceiro e o último lugares. Assim que uma peça cruza a linha de chegada, ela é removida da partida. No entanto, o jogador pode continuar a jogar a partida depois de tê-la vencido, usando as duas peças restantes que ainda estão em jogo para interferir no resultado dos competidores remanescentes.

Os jogadores podem descobrir que Aurigas promove tanto a cooperação quanto a traição, assim como as corridas de bigas do Hipódromo!

Regras opcionais

Ao longo dos séculos, variações de Aurigas surgiram em diferentes cidades e países em toda a Katérnia. Aqui estão duas das variações mais conhecidas, apresentadas como regras opcionais.

Partida rápida: para acelerar o jogo, os participantes podem usar seis dados em vez de quatro.

Partida longa: os jogadores que desejarem um jogo mais longo podem estipular que, para que seja o vencedor, todas as quatro peças do jogador devem cruzar a linha de chegada, em vez de apenas duas.

BREVE HISTÓRIA DO CONTINENTE DE KATÉRNIA

(Extraído de *O Livro do Mundo*, conforme registrado por Alenya Cloudspell)

Há muitas e muitas eras, o mundo começou. Primeiro, veio a Era da Aurora, uma era atemporal em que deuses, monstros, espíritos e outras coisas para as quais não há nomes vagavam pelas terras e se moviam sob os mares. Desse caos surgiram os elfos. Os Ljósálfar, que os homens chamam de Altos Elfos, governaram o mundo durante séculos sem serem desafiados. Esse período veio a ser conhecido como a Era dos Impérios, e nele foram realizadas coisas grandiosas que não tinham sido feitas antes e nem voltariam a ser. O deles foi o Império da Luz, e os seres humanos existiam apenas nas sombras daquela luz.

Entretanto, Osius de Talsathia (uma ilha que um dia existiu ao largo da costa sul de Thica) queria mais para a sua espécie. Dos dáctilos, Osius aprendeu os segredos de trabalhar e enfeitiçar metais. Usando uma forja mágica, Osius fabricou três chifres que lhe deram o domínio sobre as serpentes. Usando esses chifres, ele reuniu e escravizou os Grandes Dragões. A guerra do Rei Dragão *versus* os Elfos da Luz foi travada por muitos anos e, embora não aniquilado, o Império da Luz foi enfraquecido.

Foi então que os Grandes Dragões se rebelaram.

Os dragões sepultaram Talsathia no fundo do mar. A forja e seu conhecimento secreto foram perdidos. Mas várias tribos humanas do continente estavam agora livres do domínio Talsathiano. Elas saquearam o que restou do Império Élfico da Luz, e dos despojos eles construíram aquilo que se tornaria o Império de Górdio, a segunda maior potência daquela era.

Mas e os chifres? Boatos sobre a existência e o paradeiro desses objetos poderosos de Talsathia abundam.

Um chifre foi levado para Thica. E usado lá por um tempo. Esteve perdido, mas foi encontrado*.

Um chifre permaneceu submerso. Lendas sobre a Talsathia submersa têm atraído muitos aventureiros para a morte sob as ondas.

Um chifre viajou para o posto avançado gordiano de Castrusentis, mas seu portador morreu sem aprender a dominá-lo. Reconhecendo que o chifre era valioso e perigoso, uma sociedade secreta conhecida como a Ordem do Carvalho escondeu o artefato num túmulo especial. A Ordem registrou esses eventos na forma de um enigma críptico. Os membros da tal sociedade escolheram esse método para preservar o significado do enigma ao longo dos séculos e garantir que apenas eles pudessem decifrá-lo.

Um dia, o túmulo foi roubado por um soldado de Górdio, um recruta auxiliar que era um anão dáctilo de ascendência thicana. Ele vinha da cidade de Ambrácia, e era conhecido como Acmon, o Bigorna.

Acmon usou o chifre para escravizar a fêmea de dragão Orma (ou assim se acreditava) e liderou uma rebelião contra

---

* E finalmente destruído, conforme os eventos narrados no livro *Tronos & Ossos — Nascida no Gelo*.

o Império de Górdio em Ambrácia. Lá, ele governou como rei por um breve tempo, mas Acmon e seu dragão foram derrubados pelo Império de Górdio. Vendo a queda de sua irmã, o grande dragão Orm fugiu através de Katérnia para a terra de Norrongard. Quando o dragão chegou à cidade de Sardeth e lá encontrou gordianos, seu desagrado foi terrível.

Enquanto isso, a Ordem do Carvalho adicionou mais dois versos ao enigma, desta vez escondido no escudo perdido de Acmon, que ele havia deixado no túmulo de Castrusentis.

Anos mais tarde, Ambrácia foi rebatizada como Nova Górdio pelo Imperador Gordas, mas o nome não era popular e as pessoas passaram a chamar a cidade de Gordasha.

Quando o Império de Górdio desmoronou, marcando o fim da Era dos Impérios, surgiu a Supremacia Sagrada de Górdio, um minúsculo remanescente apegado a glórias passadas. A Supremacia escolheu Gordasha como sua capital e obteve seu exíguo poder devido ao controle do Estreito Gordashano.

Mais ao norte, os outrora selvagens nômades uskirianos, unidos sob a liderança de Yarak Uskir, Yarak, o Quebra-Ossos, transformou seu povo num formidável poderio. Então, Yarak voltou os olhos para o sul, para Gordasha. Depois disso, os governantes uskirianos se lançaram contra as muralhas da cidade. Essas muralhas sempre resistiram, mas dizem que um dia cairão.

LINHA DO TEMPO DOS IMPÉRIOS

EA: Era da Aurora
EI: Era dos Impérios
DG: Depois de Górdio

- **? a 4000 EA**: Deuses e monstros vagueiam pelo mundo.
- **Milênio 4000 a milênio 2000 EI**: As primeiras culturas humanas começam a surgir. Na vasta porção de terra de Katérnia, o Império dos Elfos da Luz surge e governa grande parte do continente.
- **1967 EI**: A grande civilização do Rei Dragão é fundada quando Osius de Talsathia forja os três chifres (e muitos outros artefatos lendários).
- **1912 a 1565 EI**: Guerra do Rei Dragão contra os Elfos da Luz.
- **1565 EI**: Destruição de Talsathia. Muitos refugiados talsathianos — principalmente anões dácteis — migram para Thica.
- **1220 EI**: Górdio é fundado por Gordius e Gordilla.
- **1138 EI**: Ambrácia é fundada por anões dácteis num período de expansão colonial thicana.

- **942 a 808 EI**: O Império de Górdio contra o Império da Luz.

- **739 EI**: Todas as colônias thicanas livres em Katérnia, incluindo Ambrácia, rendem-se ao Império de Górdio.

- **731 EI**: O Império de Górdio destrói os últimos vestígios do Império da Luz. Ljósálfaria cai sob o controle de Górdio.

- **645 EI**: O Império de Górdio estabelece um posto avançado em Norrøngard, que se torna a cidade de Sardeth.

- **616 EI**: O Império de Górdio conquista Thica depois de vencer a Batalha de Pymonia.

- **389 EI**: Um túmulo em Castelurze, Nelênia, é roubado por um soldado gordiano, um recruta auxiliar thicano de Ambrácia (que reivindica a linhagem real thicana). Sem querer, ele deixa pistas — um escudo que é abandonado apoiando uma laje de pedra — que identificam suas origens na cidade de Ambrácia.

    Esse soldado, chamado Acmon, o Bigorna, usa o chifre para escravizar a fêmea de dragão Orma e conduzir uma rebelião contra o Império de Górdio em Ambrácia.

- **386 EI**: Acmon e Orma são transformados em pedra pelo Império de Górdio. O grande dragão Orm foge para Sardeth, furioso com o império. Quando chega lá, queima a cidade inteira.

- **172 EI**: O Império de Górdio é dividido entre o Império do Norte e o Império do Sul.

- **137 EI**: Depois de conquistar o norte e reunir o Império de Górdio, o imperador Gordas rebatiza a cidade de Ambrácia como Nova Górdio (mas o nome não se populariza, e os moradores passam a chamá-la de Gordasha).

- **3 DG**: O fim oficial do Império de Górdio. Muitos novos reinos são fundados, e muitos antigos libertam-se do jugo de Górdio. Em conjunto, às vezes eles são chamados de Reinos de Brasas porque brotaram das cinzas do Império de Górdio. Um remanescente do império sobrevive como a Supremacia Sagrada de Górdio, que faz de Gordasha sua capital.

- **832 DG**: Yarak Uskir forma o Império de Uskir. Ele incumbe seus sucessores de se apoderarem de Gordasha.

- **876 DG**: Cerco Fracassado de Gordasha por Kagrak, o Quase Grande.

- **920 DG**: O Estreito de Thica cai totalmente sob o domínio da Supremacia Sagrada de Górdio, mas os não thicanos são expulsos de Thica. A Grande Corrente entre Gordasha e a Fortaleza de Atros é mantida pelo tratado.

- **923 DG**: Cerco Fracassado de Gordasha por Orzob, o Quase Magnífico.

- **928 DG**: Cerco Fracassado de Gordasha por Shunk, o Razoavelmente Impressionante.

- **929 DG**: Herzeria é conquistada por Shunk, o Agora mais do que Razoavelmente Impressionante. Exércitos galdaquianos, herzerianos, rosnianos e turmanos, combinados com forças da Supremacia Sagrada de Górdio e algumas tropas de Escoraine e Nelênia, realizam uma grande cruzada. Dezesseis mil cruzados encontram 15 mil uskirianos. Herzeria cai, e os uskirianos massacram quase 3 mil soldados capturados, enquanto tornam reféns nobres também capturados. A escala de derrotas desencoraja novas cruzadas. Rosnia, Galdachia e a Supremacia Sagrada de Górdio são agora os principais obstáculos para a expansão uskiriana (embora o clima indesejável de Rosnia force a maioria das tentativas de expansão a ser direcionada para o sul, enquanto a cordilheira Muspilli, lar de gigantes do fogo e vulcões, mostra-se uma barreira eficaz).

- **985 DG**: Os acontecimentos do livro *Tronos & Ossos – Nascida no Gelo*.

- **986 DG**: Sob a liderança de Shambok Yargul, conhecido como Shambok que Beira o Espetacular, os uskirianos fazem um cerco à cidade de Gordasha.

AGRADECIMENTOS

Desta vez, agradeço meus leitores beta: Justin Anders, Judith Anderson, Logan Ertel, Howard Andrew Jones, Janet Lewis, J. F. Lewis, Jay Requard e Cindi Stehr. Agradeço a Jonathan Anders por seus comentários perspicazes sobre as regras de Aurigas® e pelo auxílio na fase de testes do jogo. Agradecimentos adicionais também são devidos a Jay Requard por sua opinião especializada sobre espadas e suas classificações e méritos. Obrigado a James Enge por me ajudar a elucidar alguns elementos da mitologia grega. Obrigado mais uma vez a Trond-Atle Farestveit pela ajuda com a minha pronúncia da língua norroniana.

Obrigado ao meu agente, Barry Goldblatt, da Barry Goldblatt Literary. Meus agradecimentos também à minha editora na Crown Books for Young Readers, Phoebe Yeh, e à editora Barbara Marcus da Random House Children's Books. Obrigado a Rachel Weinick, assistente editorial; Cassie McGinty, assessora de imprensa associada; Alison Kolani, diretora de copidesque; Isabel Warren-Lynch, diretora executiva de arte; e Ken Crossland, designer sênior. Agradecimentos a Julianna N. Wilson, minha produtora do audiobook na Penguin Random House Audio's Listening Library; à minha diretora de audiobook, Christina Rooney; e ao meu fabuloso narrador, Fabio Tassone. Obrigado a Dominique Cimina, diretora de publicidade e comunicação corporativa. E a todos que trabalharam no incrível site ThronesandBones.com.

Mais uma vez, obrigado a Justin Gerard por sua arte inspirada, a Robert Lazzaretti por seus admiráveis mapas e a Andrew Bosley pelo sensacional trabalho exibido no site de Thrones and Bones.

Por fim, e sempre, obrigado à minha família maravilhosa por seu amor e apoio.